Journal de LOS ANGELES

Journal de LOS ANGELES

Violet Fontaine

Journal de Los Angeles

Secrets et trahisons

FLEURUS

Déjà paru :
Journal de Los Angeles
Journal de Los Angeles – Suspense à Hollywood

FLEURUS

Illustration de couverture : Dorothée Jost
Coordination du texte : Anne-Sophie Jouhanneau

Direction : Guillaume Arnaud

Direction éditoriale : Sarah Malherbe
Édition : Anne-Claire Aubron, assistée d'Astrid Seynave

Direction artistique : Élisabeth Hebert

Fabrication : Thierry Dubus, Marie Guibert

Site : www.fleuruseditions.com
ISBN : 978-2-2151-2135-0
N° d'édition : 13078
Code MDS : 651 703

« Loi n° 49-956 du 16 juillet 1949 sur les publications destinées à la jeunesse. »

Avertissement de l'éditeur :

Par respect pour la vie privée des protagonistes de ce livre, certains noms, adresses e-mail et appellations de lieux ont été modifiés.

Pour servir au mieux l'histoire et par souci de garder un rythme constant, nous avons choisi avec Violet – au prix de discussions acharnées – de couper certains passages de son journal.

Quelques mots sur l'auteur :

Violet Fontaine a 18 ans et *Journal de Los Angeles, Secrets et trahisons*, basé sur des faits réels, est son troisième roman. Elle est née et a grandi à Paris seule avec sa mère, jusqu'à l'âge de 16 ans où elle est partie étudier à Albany High School, un des lycées les plus réputés de la cité des anges. Elle est curieuse, gourmande et impulsive, adore écrire, et peut faire du shopping jusqu'à la nuit tombée. Elle tient un blog sur sa vie à Los Angeles depuis septembre 2011 !

Retrouvez-le à l'adresse suivante : www.violetsdiary.com

À I. F.

New York, New York

Mardi 20 décembre

J'ai erré dans les rues de New York pendant des heures. La ville me paraissait soudain plus hostile, plus brutale. Un passant pressé m'a poussée hors de son chemin. Un taxi impatient a grillé un feu rouge alors que j'allais traverser. Deux filles apprêtées m'ont reluquée de la tête aux pieds avec dédain. Le message était clair, je n'étais pas la bienvenue par ici. Comment avais-je pu croire un instant que moi, Violet Fontaine, je pouvais être heureuse ? Ma vie était plein de choses à la fois : des voyages, des amitiés profondes, des découvertes bouleversantes, une passion inassouvissable pour l'écriture, des idées fantasques qui me faisaient toujours un peu plus vibrer. Mais le bonheur ne semblait pas vouloir en faire partie. Depuis que je vivais à Los Angeles, je n'avais jamais réussi à être heureuse en amour et dans mon travail en même temps. J'avais toujours dû faire des sacrifices, accepter que ma vie soit constamment déséquilibrée, que je ne pourrais jamais tout avoir. Et maintenant, j'avais perdu les deux, définitivement. Normal que New York ne veuille pas de moi. C'était la ville de tous les rêves, de toutes les réussites, de toutes les grandes histoires d'amour. Je n'avais rien à faire ici. Dans moins de quarante-huit heures, je serais chez moi. Chez moi ! Ces deux mots ne m'avaient jamais autant rassurée. Là-bas, je serais entourée des personnes qui me sont les plus chères. Qui me comprennent. Qui m'acceptent telle que je suis. Avec mes défauts, mes erreurs, mes failles. Peut-être que c'était cela, la solution ? Parce que, pour le moment, je ne pouvais pas me sentir plus rejetée, bafouée, déniée. Et pourtant, cette confession qu'elle m'avait faite, ce n'était que le début de ma descente aux enfers.

L'impensable

Vendredi 9 septembre

Et l'impensable s'est produit. L'incroyable, l'inimaginable, l'inconcevable. J'ai le souffle court et le cœur léger, les jambes chancelantes et les mains moites. Et je vois rouge. Littéralement rouge. Du rouge sang des casiers qui habillent les couloirs de *mon* lycée. Je m'appelle Violet Fontaine et je viens de rentrer en *senior year*[1] à Albany High. Je m'appelle Violet Fontaine et je vis à Los Angeles. J'ai envie de le crier sur tous les toits. Je m'appelle Violet Fontaine, je suis en *senior year* à Albany High et je vis à Los Angeles. Encore. Et pour toujours ?

En tout cas, je suis bien la première surprise de ce retournement de situation. De leur côté, Zoe, Maggie et Claire, mes trois meilleures amies à Los Angeles, ignorent encore qu'en ce moment même, je devrais être en train de défaire ma valise dans ma chambre parisienne au lieu de presser le pas pour les retrouver à la cafèt' avant le grand *rush* du midi. Et pour une fois, ce n'est pas moi qui ai cherché à leur faire des cachotteries. J'étais sur le point de tout leur avouer. D'admettre que je rentrais à Paris, finalement. Et que c'était mon idée, mon choix. Ça, je crois que ça aurait

1. *Senior year* : dernière des quatre années de lycée aux États-Unis.

été le plus dur à avaler pour elles. LE point de l'histoire qu'elles n'auraient jamais pu comprendre. Moi, partir de mon plein gré ? Laisser s'évanouir dans le rétroviseur la vie rêvée que j'avais menée à Los Angeles depuis un an ? Quitter Simon, mon père spirituel, Susan, ma tante – Susan est ma tante ! Susan est ma tante ! Peut-être que si je l'écris une douzaine de fois, cela me paraîtra moins surréel ? Abandonner Noah, mon « petit copain » – hum, bon, on reviendra là-dessus plus tard – et pourtant, c'est bien vrai, j'étais prête à faire tout cela. À faire, sans rechigner, ce que ma mère attendait de moi. Prête aussi à enterrer la hache de guerre. À reprendre notre relation mère-fille là où nous l'avions laissée : enfouie sous des années de mensonges, de non-dits, de reproches, d'incompréhension. Et de regrets sans doute.

Je m'appelle Violet Fontaine, j'ai 17 ans, et, après toute une vie de recherches, de questions sans réponses, de spéculations intenses, j'ai appris que mon père n'est pas le héros dont j'avais rêvé. Qu'il a laissé sa famille se débarrasser de moi et de ma mère comme d'un grain de poussière sur son costume à 3 000 livres. Qu'il a deux autres enfants, légitimes, eux, qui ont grandi avec tout ce que je n'ai pas eu : deux parents, une vraie famille, de l'argent, une superbe maison dans le quartier le plus huppé de Londres, et tous leurs désirs accomplis. Voilà, je m'appelle Violet Fontaine, j'ai 17 ans, je suis la fille de Paul Walmsley. LE Paul Walmsley. Celui de la fortune Walmsley, celui de tous les tabloïds britanniques. Celui qui doit prier très fort, en ce moment, pour que son secret ne lui explose pas à la figure, et qui doit savoir que ses prières ne changeront certainement rien. Son secret, c'est moi. L'enfant qu'il a eu lors d'une liaison avec une Française, ma mère, alors qu'il était promis à une autre. Cette petite erreur de parcours lui a coûté cher, dans tous les sens du terme. Et moi, Violet Fontaine, faute de père, j'ai droit à un lot de consolation : un héritage avec plein de zéros dedans lorsque j'atteindrai mes 18 ans. Des dommages et intérêts pour avoir grandi dans l'ombre et une belle revanche pour ma mère qu'il a mise à la porte comme une malotrue quand elle a su qu'elle m'attendait.

Elle a quitté Los Angeles ce matin, sans moi. Et je crois bien que je n'ai jamais été aussi triste de la voir partir. Le jour de la rentrée, mardi, j'ai insisté pour qu'elle fasse le chemin avec moi. Le même trajet en bus que j'avais fait chaque jour pendant un an, et que je croyais ne plus jamais faire. J'ai même voulu qu'elle passe la porte du lycée avec moi. Je savais que j'étais la seule élève accompagnée d'un parent, mais ça m'était complètement égal. Il fallait que je lui montre la porte de mon casier. La preuve la plus tangible que je suis une lycéenne comme les autres. Que j'appartiens à cette foule qui s'apprête à rentrer en classe. Pendant un instant, j'ai cru qu'elle allait changer d'avis de nouveau. Mais non. Elle a repoussé une mèche de mes cheveux, celle qui tombe tout le temps devant mes yeux, a esquissé un sourire et a dit :

– Tu es chez toi, ici.

Simon et Susan sont rentrés de leur lune de miel hier soir. Les retrouvailles ont été émouvantes, tendres et presque silencieuses. Maman leur avait déjà expliqué la situation par téléphone et ils n'avaient pas hésité une seule seconde.

Je fais partie de la famille, de leur foyer. *And I am here to stay* [1].

E-mail de **isafontaine@myemail.com**
à **violetfontaine@myemail.com**
le samedi 10 septembre à 19 h 59
Sujet : Bien rentrée !
Hello ma chérie,

Me voilà de retour à Paris. Et tu sais ce qui m'attendait ? Une demi-douzaine de messages sur mon répondeur et quelques lettres portant toutes sur le même sujet. Toi, moi et Paul. Ces journalistes, ils n'en auront jamais assez de me harceler ! J'ai beau ignorer leurs e-mails, les appels incessants sur mon portable, rien n'y fait. Comme quoi, notre décision fut la bonne : à Los Angeles, tu es protégée de tout ce cirque, ils n'iront pas te chercher là-bas. Et sans ton témoignage ni le mien, ils n'ont pas de preuve.

Je veux aussi que tu saches que je n'ai aucun regret. Même si j'aimerais beaucoup t'avoir à mes côtés, je comprends désormais à quel point tu es heureuse à Los Angeles. Je ne sais pas si j'aurais pu me pardonner de t'extirper de ta nouvelle vie pour te ramener à Paris et te jeter dans la cage aux paparazzis. Car tu sais qu'ils n'abandonneront pas, n'est-ce pas ? Paul Walmsley et son enfant cachée, c'est une histoire bien trop juteuse. Mais peu importe, ce n'est pas ton problème !

Toi, il ne te reste plus qu'à profiter de ton année de *senior* à fond. Qui sait de quoi demain sera fait…

Ta maman qui t'aime.

---

1. *And I am here to stay* : J'y suis j'y reste.

Mémorable

Lundi 12 septembre

Mais bien sûr, elle n'avait pas pu partir avant que nous ayons établi un plan d'attaque. Ou de défense plutôt. Je préfère croire que ce n'est pas parce que maman doute de moi, de mon intégrité. C'est juste que l'enjeu est trop grand pour qu'elle me laisse traverser cette nouvelle étape toute seule. Quelques mois plus tôt, je ne cachais à personne à quel point je tenais à découvrir la vérité sur mon père. Le destin s'est bien joué de mes projets : cette vérité, il m'importe désormais plus que tout de la garder sous clé. C'est ma faute après tout. En allant fouiner dans mon passé, j'ai perturbé le présent de ceux qui comptent le plus pour moi. Simon n'a pas quitté sa famille il y a si longtemps, changé de nom et caché son identité, pour que sa vie en Californie soit hantée par ses origines. Maman non plus n'a pas besoin de toute cette attention. Et moi, j'ai bien l'intention de me contenter d'être Violet Fontaine, simple lycéenne française en échange à Los Angeles. Violet Fontaine, fille de Paul Walmsley et héritière d'une fortune colossale, n'est pas du tout une étiquette dont j'ai envie de m'encombrer. Surtout pas à Albany High, où j'ai déjà attiré l'attention sur moi pour plein de mauvaises raisons.

J'ai fait part de mon plan à Lou lors de notre conversation sur Skype hier soir.

– Et tu crois vraiment que ça va fonctionner ?

Lou a fait une moue dubitative à travers la webcam.

– Il FAUT que ça fonctionne ! Je ne peux pas décevoir ma mère et Simon une fois de plus ! J'en ai déjà assez fait, non ?

Ma meilleure amie n'avait pas besoin de répondre à cette question. Je savais déjà qu'en contactant Scott Byrne, ce journaliste anglais qui enquête sur les Walmsley depuis le début de sa carrière, j'avais mis en jeu toute la confiance et le respect que Simon et maman avaient pour moi.

– Ça m'étonnerait que les journaux britanniques enterrent cette histoire tout de même ? Maintenant qu'ils savent que tu existes…

– Oui, mais même s'ils la publient, ils n'ont pas le droit de révéler quelque information sur moi tant que je suis mineure. C'est mon père qui sera sous les projecteurs, pas moi. Et puis, je n'ai jamais révélé mon véritable nom, ni celui de Simon, ni où nous vivons exactement…

– Et comme tu as changé de numéro de portable… a opiné Lou. Et tes copines ? Et Noah ?

– Bon, tout d'abord, je ne leur avais pas tout raconté. J'étais tellement choquée quand j'ai appris la vérité que je n'étais pas entrée dans les détails. Elles savent que j'ai découvert l'identité de mon père et sont au courant du fait que ma mère bataillait pour qu'il me reconnaisse… Mais elles n'ont pas osé me poser plus de questions que cela. Et seul Noah sait que j'avais prévu de rentrer à Paris.

– Hmmm, si tout cela est vrai, il ne reste qu'une chose alors…

– Moi et ma langue un peu trop dégourdie ?

Lou a laissé échapper un rire.

– C'est juste que… tu n'es plus la même personne maintenant.

– Tu crois vraiment que ça va changer quelque chose, tout ça ? Que moi, je vais changer ?

S'il y a une chose dont j'ai vraiment besoin en ce moment, c'est du soutien de Lou. Lou, c'est ma conscience, mon ange gardien. La cuillerée de sagesse dans ma tasse de folie. Si elle ne croit pas en moi… Je suis fichue.

– Je croyais que tu ne m'en voulais pas de ne pas être rentrée à Paris, finalement…

– Et c'est vrai, je ne t'en veux pas ! s'est insurgée Lou. Je suis tout à fait d'accord avec ta mère. Peu importent les raisons qui t'ont amenée à partir pour Los Angeles, ta vie est là-bas maintenant. Je m'inquiète juste des conséquences de… Enfin, ce n'est pas rien tout ça, et je me demande juste si tu réalises vraiment…

– Est-ce que je réalise que je fais partie de cette famille richissime et que j'étais sur le point de rentrer vivre à Paris deux jours avant ma rentrée ici pour finalement ne jamais monter dans l'avion ? Non, bien sûr que je ne réalise pas encore tout. Mais, justement, ce qui m'importe le plus, c'est de remettre un peu de normalité dans ma vie. De profiter de mon année de *senior* telle que je l'avais envisagée avant que ma vie n'explose en mille morceaux. Si maman a voulu que je reste ici après tout ce qu'elle a traversé récemment, je lui dois bien ça. Alors, crois-moi, cette année va être mémorable, non pas parce que je suis la fille de Paul Walmsley, mais parce que je suis en *senior year* à Albany High et que c'est ce dont j'ai toujours rêvé.

– Mémorable, oui, c'est bien le mot, a lancé Claire en tapant du poing sur la table.

– Remarquable, a renchéri Maggie.

– Formidable, a répondu Zoe.

– Non, plus que formidable, plus que remarquable. Il va falloir inventer un nouveau mot pour la définir, cette année. On est des *seniors*, les filles ! Notre dernière année au lycée. Notre dernière année toutes les quatre, ensemble. Il faut qu'on marque le coup dans tous les sens du terme !

Claire avait parlé avec tant d'emportement que les filles de la table d'à côté nous ont lancé un regard en coin.

Maggie a sorti son emploi du temps de son sac.

– Je veux bien, moi, mais peux-tu m'expliquer où tu vas trouver le temps de vivre une année de folie avec tous les cours, les devoirs, les exams… ?

– Oh, Maggie, l'a tout de suite interrompue Zoe. Claire ne parle pas des cours, voyons. Et puis, je ne me fais aucun souci pour toi. Tu auras des A[1] partout et ta vie sociale n'aura pas une seule égratignure.

– Hmmm, a répondu Maggie.

Mais elle ne pouvait pas vraiment contredire son amie. Maggie est la plus studieuse de nous toutes. Elle rend toujours ses devoirs en temps et en heure, arrive au lycée chaque matin avec dix minutes d'avance, ses longs cheveux bruns impeccablement lissés, son teint matifié à la poudre libre, sa chemise parfaitement repassée. Si je ne l'aimais pas autant, je serais capable de lui en vouloir d'être toujours aussi parfaite, tirée à quatre épingles, gérant à merveille chaque situation qui se présente à elle.

Je me suis tournée vers Claire.

---

1. La meilleure note.

– Alors, qu'est-ce que tu proposes, des soirées délirantes tous les samedis soir ?

Mon ton n'avait rien de moqueur. C'est juste que ce n'est pas un secret : Claire est la fêtarde de notre petite bande. Toujours partante pour s'amuser, il y a dans sa garde-robe plus de hauts à paillettes que de jeans. Claire connaît tous les bons plans et est souvent la première et la dernière personne sur la piste de danse. Elle sait aussi récolter des invitations avec un simple sourire. Rien à voir avec ses jolis yeux bleus et ses jambes galbées, bien sûr !

– Des soirées, il y en aura plein, fais-moi confiance. Mais je ne parle pas de ça. Je parle de marquer le coup, de vivre à 150 %, de rêver à voix haute et d'oser croire que nos rêves vont se réaliser.

Zoe a éclaté de rire.

– Bon, les filles, a-t-elle lancé en direction de Maggie et moi, je crois qu'on n'a rien à redire à cela, non ?

Bien sûr, Zoe avait raison. Mais j'avais beau être assise en plein milieu de la cafèt' avec mes trois Californiennes préférées, j'avais encore du mal à savoir comment appréhender cette rentrée. À partir du moment où j'avais décidé de rentrer à Paris avec maman, j'avais rangé dans le coin le plus profond de ma tête tout ce que mon année de *senior* aurait pu représenter. Le bon – mes amies, Noah, mon poste à l'*Albany Star* – tout comme le mauvais.

Je n'aurais pourtant pas dû être aussi stupéfaite quand j'ai croisé Olivia, Rebecca et Alyssa, les membres de l'*evil trio* [1], tel que nous surnommons ces trois pimbêches. J'ai eu droit à un regard narquois de la part de la brune aux traits

1. L'*evil trio* : trio diabolique.

parfaits, un haussement de sourcils surépilés de la blonde à la vanille, et un sourire moqueur de la métisse aux jambes interminables. Rien d'anormal, quoi. Olivia et moi étions faites pour nous détester dès le début, et ses deux acolytes approuvent chacun de ses faits et gestes. Bien sûr, si j'étais tout à fait honnête, j'avouerais que le dédain qu'Olivia a pour moi est lié en partie à mon histoire avec Nathan, son ex-petit copain, truand et manipulateur-né. Mais cela est mon journal, ma vision des choses, alors rien ne m'oblige à admettre ma part de responsabilité dans notre guerre de cour de récré. Et puis, grâce à mon bon travail de journaliste, j'ai réussi à démasquer cet imposteur de rédacteur en chef et à débarrasser notre princesse californienne de cet antihéros. En fait, si vous voulez mon avis, Olivia devrait me remercier. Et elle aura tout lieu de le faire car, comble de l'horreur, nous sommes dans la même classe ce trimestre dans deux matières, comme j'ai pu le constater lors de notre première semaine de cours. Sauve qui peut !

– En tout cas, a repris Maggie entre deux bouchées de *mac'n'cheese* [1], je suis ravie de te voir aussi enjouée…

Claire ne l'a même pas laissée finir sa phrase.

– Bien sûr que je suis enjouée ! Si j'ai retenu une seule chose de mon histoire avec Zach, c'est qu'il faut toujours voir le côté positif.

Zoe a froncé les sourcils.

– Ah, parce qu'il y a du positif dans ce qu'il t'a fait ?

– Pas dans le fait que cet idiot m'a trompée sous mon nez pendant tout l'été. Mais le bon côté des choses, c'est que je

1. *Mac'n'cheese* : macaronis au fromage, un classique de la cuisine américaine.

suis désormais libre de flirter à droite à gauche, de m'amuser ou bien de rester célibataire et de ne m'occuper que de moi !

Instinctivement, mes trois amies se sont tournées vers moi.

– Là-dessus, je suis bien d'accord avec toi, ai-je répliqué comme pour répondre à leur question muette. Être célibataire, ça peut être libérateur !

– Mouais, a répliqué Maggie, mais ça ne dure qu'un temps. Dans deux jours, deux semaines ou deux mois, tu vas croiser le regard d'un beau garçon et là…

– … les carottes sont cuites ! a poursuivi Zoe dans un éclat de rire.

Facile à dire pour ces deux-là. Zoe file le parfait amour avec Jeremy depuis plusieurs mois. Même le fait d'être séparés pendant presque tout l'été alors qu'elle animait une colonie de vacances près de San Francisco n'y a rien changé. Zoe est toujours aussi amoureuse et cela lui va très bien au teint. Elle s'est fait recouper les cheveux à la garçonne et après l'été, ses taches de rousseur sont plus présentes que jamais. Elle a de l'énergie à revendre, même si je sais que la rentrée lui fiche un peu le bourdon. Le rythme de l'école, ce n'est pas trop son truc, elle préférerait être en plein air ou à la piscine, à s'entraîner pour l'une de ses compétitions de natation. Quant à Maggie, après une longue période de célibat forcé, elle a rencontré Joshua par le biais de Jeremy. Entre eux, ça a tout de suite fait des étincelles. Ils ne se sont pas quittés d'une semelle les premières semaines, mais ont ensuite commencé à ressentir un certain manque d'indépendance. Le couple fusionnel, ce n'est pas fait pour tout le monde ! Maggie m'a d'ailleurs confié qu'elle était presque contente que Josh ne soit pas dans le même lycée que nous. Le voir moins souvent ne rend les retrouvailles que plus délicieuses, et Maggie-la-studieuse a besoin de toute sa concentration au lycée pour maintenir sa première position dans tous les domaines. De mon côté, en tant que fraîche célibataire, il ne me restait plus qu'un léger détail à régler avant de pouvoir voler de mes propres ailes.

Un mauvais quart d'heure

Vendredi 16 septembre

Mardi, quand j'ai passé la porte de Cookie – notre café préféré – Noah était déjà installé sur une des banquettes du fond. Il a relevé la tête quand je me suis approchée et son sourire maladroit m'a confirmé qu'il redoutait cette rencontre autant que moi. Il était clair que je n'allais pas tenir longtemps à lui raconter des banalités sur la rentrée.

– C'est vraiment ce que tu veux ? m'a-t-il lancé alors que le serveur déposait un thé chai devant moi.

J'ai hoché la tête. Oui, c'était vraiment ce que je voulais. Pourtant, rien de tout cela n'avait été prémédité. Quand j'avais appelé Noah pour lui annoncer que je restais finalement à Los Angeles, je n'aurais jamais pu me douter que notre conversation se terminerait par une rupture. Cela dit, notre relation avait été tumultueuse depuis ses débuts. Nous étions devenus copains lorsque je l'avais interviewé pour le journal mais notre amitié n'est pas allée très loin. Nos vies amoureuses, quant à elles, étaient à l'opposé total. De mon côté, je ne pensais qu'à l'affreux Nathan et Noah vivait une amourette avec une certaine Kate. Et puis un jour, Noah a rompu avec elle car il savait au fond de lui qu'il avait des sentiments pour une autre… Et cette autre, c'était moi. C'est ainsi que débutent les contes de fées, non ? Je ne sais pas si vous vous rappelez la *prom* [1] de l'année dernière, mais c'était la soirée étudiante la plus *fabulous* de toute ma vie. Le rêve. Et je l'avais terminée dans les bras de Noah, espérant ne plus jamais m'en détacher. Sauf que bon, les contes de fées, ça n'existe pas, apparemment. En tout cas, pas pour moi. Quelques semaines plus tard, on s'était tous les deux retrouvés en stage chez Black Carpet Productions [2] et c'est là que les ennuis avaient commencé. Un brin de jalousie par-ci, un petit mensonge par-là, des lignes de communication de plus en plus brouillées… J'aurais dû le voir venir. Noah a mis fin à notre histoire. J'étais complètement désemparée, le cœur brisé, l'âme en peine. Et puis, entre-temps, mon monde sans lui a été mis sens dessus dessous. J'avais déjà décidé de rentrer à Paris avec maman quand Noah est venu me retrouver juste avant le mariage de Simon et Susan, mais il a tout de même insisté pour être mon cavalier – parfait sous tous rapports. Et puis en me réveillant le lendemain, j'avais vu les choses sous un jour complètement différent. Quand j'avais annoncé à Noah que je rentrais à Paris, il n'avait pas sourcillé. Il ne s'était pas jeté à mes genoux pour me supplier de rester. Il ne m'avait pas dit qu'il ne pourrait jamais vivre sans moi. Et surtout, il ne m'avait pas dit qu'il m'aimait. Peut-être que j'en demandais trop ?

Mais voilà, si je suis restée ici, ce n'est pas pour faire les choses à moitié. J'ai des projets plein la tête, des émotions fortes à vivre, et un appétit vorace pour tout ce que cette année a à m'offrir. Et je n'avais plus envie de la passer aux

---

1. *Prom* : bal de fin d'année.
2. BCP : la société de production pour laquelle Simon travaille.

côtés d'un garçon qui ne semblait pas fou amoureux de moi.

– Oui, c'est ce que je veux. Tu avais raison de rompre avec moi la première fois, ça n'allait pas entre nous… Et peut-être que, enfin, je ne sais pas ce que tu en penses mais… Rester amis, tu crois que ce serait possible ?

Lou m'a toujours dit qu'on ne peut rester ami avec un ex que si l'on ne s'est jamais vraiment aimés.

– Ce serait même carrément bien !

– OK, marché conclu, ai-je répondu platement.

Pfff, on a beau dire ce qu'on veut, les ruptures, même quand c'est d'un commun accord – Noah avait seulement protesté pour la forme – ça laisse un véritable goût amer. Changer de sujet, vite, changer de sujet.

– Je t'ai rapporté ce livre que tu m'avais prêté sur l'écriture de scénario.

Noah n'avait pas non plus envie de ressasser ce qui n'était désormais que des souvenirs.

– Tu as trouvé ça intéressant ?

– Oui, très…

– Alors, tu as commencé à écrire quelque chose ?

– Hmmm, j'ai des idées, mais…

– Il n'y a pas de mais ! Le tout c'est de se lancer. Ce n'est pas si différent de ce que tu fais au journal…

– Un article et un scénario de film, ce n'est quand même pas la même chose !

– Peut-être pas, mais dans les deux cas, le plus dur, c'est la première ligne…

Pendant mon stage chez Black Carpet Productions, j'avais noué des liens avec ma chef, Carroll, chargée du développement de nouveaux projets et manager extraordinaire, et elle m'avait proposé de lire mon travail, si j'avais un projet de scénario à lui soumettre. Une chance inouïe pour une petite stagiaire de mon âge, mais je n'avais pour l'instant pas profité de cette opportunité. Nous sommes restées en contact depuis mon départ, mais je sais que Carroll ne va pas me le répéter dix fois. La balle est dans mon camp. Mais jusqu'à maintenant, elle est résolument restée au sol. Le fait est que, depuis que j'ai décidé de rester à Los Angeles pour mon année de *senior*, mes projets californiens sont revenus au premier plan, en commençant par le plus important de tous : devenir rédactrice en chef adjointe de l'*Albany Star*. Moi, viser trop haut ? Mais pas du tout ! J'en ai longuement discuté avec Simon cette semaine, et il est d'accord avec moi : le poste de rédacteur en chef est probablement déjà « réservé » à un des vétérans du journal. Il m'a donc conseillé de me concentrer sur le rôle d'adjointe et de présenter le plus tôt possible ma candidature à Mme Andrews, la professeur d'anglais qui supervise. Il va falloir y mettre tout ce que j'ai, me montrer sous mon meilleur jour et battre la concurrence, mais Simon pense que j'ai ma chance. Et c'est vrai quoi, pourquoi pas moi ?

La rentrée au journal avait lieu ce matin. Cette année, comme tous les ans, tous les membres de l'*Albany Star* se retrouveront chaque vendredi matin pour la réunion éditoriale. J'ai eu du mal à retenir un sourire quand je me suis assise à mon bureau. Mon bureau ! Mon poste au sein de l'équipe des affaires internes du lycée ! Quand je pense que j'ai failli faire une croix sur tout cela… J'ai eu un pincement au cœur quand j'ai parcouru tous les visages familiers avec qui j'ai partagé ces quatre murs l'année dernière.

Et bien sûr, il y avait Emily, la talentueuse photographe et la seule de mes collègues avec qui je me sois véritablement liée d'amitié.

Présidant notre réunion, la chaleureuse Mme Andrews a commencé par nous souhaiter une bonne rentrée et une nouvelle année éditoriale réussie, autant par la qualité de nos sujets que par la finesse de notre écriture. Bien que ce soit un journal lycéen, l'*Albany Star* a très bonne réputation et il est impératif que ses membres maintiennent son très haut niveau. Puis elle est entrée dans le vif du sujet. Aïe, c'est là que les choses se corsent ! Cette année, elle a décidé de modifier quelque peu le processus de nomination des nouveaux dirigeants du journal. La période d'intérim ne durera que quelques semaines et le rédacteur en chef et son adjoint seront choisis, par elle, dès le début d'octobre. Elle a donc encouragé les candidats à se préparer dès maintenant pour leur entretien d'« embauche ». Aaaargghh le stress ! Ses nouvelles mesures approuvées à main levée par toute l'assemblée, elle a désigné Nick comme rédacteur en chef intérim. Aucune surprise de ce côté-là. Nick est au journal depuis sa première année au lycée, n'a jamais raté une réunion, rendu un papier en retard… J'ai lu chacun de ses articles et je crois que tout le monde dans la salle sait que, maintenant qu'il est un *senior*, la plus haute marche du podium lui est réservée. Mme Andrews lui a laissé le choix de son adjoint intérim et il n'a pas hésité une seconde à désigner Jeff, son meilleur copain, avec qui il travaille en équipe dès qu'il en a l'occasion. Jeff va sans nul doute se présenter au poste d'adjoint, mais je crois avoir mes chances contre lui. Il est doué, certes, mais il est aussi ultra-réservé et se débine toujours quand il s'agit de faire des interviews. Un obstacle qui – je croise les doigts ! –

remontera sûrement à la surface lors de son entretien avec Mme Andrews. Alors que moi, ma prof préférée me l'a déjà fait remarquer, je pourrais taper la causette à une poignée de porte. Ça me fait toujours une longueur d'avance sur l'un de mes concurrents…

Si Nick est presque assuré de passer de rédacteur en chef intérim à permanent, la question de son rédacteur adjoint reste grande ouverte. Je sais que ça ne va pas non plus être facile pour moi. Je n'ai pas vraiment le profil requis, d'ailleurs aucun étudiant étranger n'a jamais occupé ce poste. Je devrais déjà être reconnaissante d'avoir été acceptée au sein du journal ! Mais non, je ne serai pas satisfaite tant que je n'aurai pas tenté le tout pour le tout. Simon pense que mon portfolio – ma collection d'articles et d'écrits en tout genre – est plutôt solide et qu'il faut que je me concentre désormais sur mon entretien. Il va falloir que j'éblouisse Mme Andrews par mon talent, et plutôt deux fois qu'une !

– Hé, Violet, tu as cinq minutes pour boire un café ?

Emily m'a attrapée dès la fin de la réunion. On avait échangé quelques e-mails pendant l'été, mais je ne l'avais pas revue depuis ma soirée d'anniversaire. Elle avait passé quelques semaines dans le Texas, d'où sa famille est originaire, et son été s'était aussi terminé sur une note un peu amère. Son meilleur ami d'enfance lui avait déclaré sa flamme quelques mois plus tôt, lorsqu'elle était rentrée dans sa ville natale pour les vacances scolaires, et ils avaient tant bien que mal entamé une histoire d'amour à distance. Cet été, ils ne s'étaient pas quittés d'une semelle mais avaient dû se rendre à l'évidence quand Emily était sur le point de repartir : leur relation allait sérieusement pâtir de la distance et de leurs emplois du temps chargés. Ils avaient alors préféré rompre amicalement, mais Emily avait encore le cœur en miettes.

Quand je lui ai raconté ma rupture avec Noah, mon amie a eu de la peine à me croire.

– Mais vous aviez l'air si amoureux lors de ta soirée d'anniversaire !

Je n'ai pas su quoi lui répondre. Ça, c'était il y a trois mois. Beaucoup d'eau avait coulé sous les ponts depuis. Emily a secoué la tête, comme pour chasser ses idées noires, et s'est redressée.

– Bon, espérons qu'il y a des petits nouveaux au lycée cette année ! On ne va pas s'avouer vaincues aussi vite, n'est-ce pas ma chère Violet ?

J'ai hoché la tête en silence. Suis-je prête à me relancer tête baissée dans une nouvelle histoire d'amour dès la rentrée ? Hmmm, rien n'est moins sûr…

– Tiens, en parlant de nouveaux, tu as remarqué cette fille, dans la salle de réunion ? Je ne l'avais jamais vue avant…

Emily s'est esclaffée.

– Si je l'ai remarquée ? Bien sûr que je l'ai remarquée ! D'ailleurs je crois que tous les garçons ont retenu leur souffle quand elle est entrée dans la pièce.

Je n'avais aucun mal à la croire. La mystérieuse fille en question est d'origine indienne, a de longs cheveux noirs très raides, un teint caramel sans défaut et des yeux étincelants. J'ai tout de suite remarqué la finesse de ses traits et sa prestance imposante malgré sa toute petite taille.

– Elle est nouvelle. Sa famille vient d'arriver de New York, a repris Emily.

– Mais elle fait déjà partie du journal ? Je croyais que les nouveaux devaient poser une candidature, comme je l'avais fait l'année dernière…

– Oui, c'est vrai. Mais tu sais, ici, il y a les règles pour monsieur et madame tout-le-monde, et puis les règles pour les autres.

– Qu'est-ce que tu veux dire ?

– Simplement que Naya, c'est comme ça qu'elle s'appelle, n'est pas n'importe qui. Elle était rédactrice adjointe du journal de son ancien lycée à New York et, vu que son père connaît bien la famille Steiner, j'imagine qu'elle a dû bénéficier d'une petite faveur…

– Tu veux dire que c'est le père d'Olivia qui l'a fait entrer à l'*Albany Star* ?

Emily a hoché la tête.

– Je ne connais pas les détails, mais bon, la vérité ne doit pas être loin…

– Eh bien, c'est Olivia qui doit voir rouge. Naya est superbe, bonjour la concurrence !

– Mais pas du tout ! D'après ce que j'ai entendu dire, Olivia et Naya sont amies depuis qu'elles sont toutes petites. Leurs pères ont travaillé ensemble régulièrement au cours des années et elles doivent être ravies à l'idée de passer toute leur année ensemble. Et puis, tu sais bien qu'au sein d'Albany High personne ne détrônera jamais Olivia Steiner dans le rôle de la reine des abeilles !

Hmmm, eh bien, il ne manquait plus que cela. Un membre de la clique d'Olivia au sein du journal ? Qu'est-ce qu'on va s'amuser ! Je me demande si les filles et moi n'allons pas devoir renommer l'*evil trio* en *evil quattro*…

Nouvelle cible

Vendredi 23 septembre

– Bon, les filles, il faut qu'on parle sérieusement.

Claire a presque laissé tomber son plateau sur la table. Trois paires d'yeux se sont relevées pour la dévisager.

– Par où commencer… Euh, ah oui. *Homecoming* [1] approche à grands pas. La date a été fixée au 14 octobre, alors il faut vraiment qu'on… Bah, pourquoi tu fais la grimace ?

Interrompue dans son élan, la jolie blonde m'a fait les yeux ronds.

– C'est juste que, le 14 octobre, c'est une semaine après les nominations au journal. Le compte à rebours est bel et bien lancé !

– Au moins, quel que soit le résultat, tu pourras faire la fête sans te prendre la tête, a remarqué Zoe.

– Mouais, mais si je n'ai pas obtenu le poste, je ne sais pas si j'aurai vraiment envie de la faire, la fête.

– Au contraire ! a rétorqué Claire. Dans ce cas-là, tu auras d'autant plus besoin de te défouler. Ce qui m'amène au point suivant.

---

1. *Homecoming* : littéralement, le retour à la maison. C'est le bal de rentrée, équivalent de la *prom* de fin d'année.

Claire a fait un geste exagéré de la tête vers sa gauche. J'ai poussé un lourd soupir.

– Ah, tu ne vas pas recommencer !

Lucas Kabrick était en train de déjeuner trois tables plus loin. Claire a fait mine de ne pas remarquer mon irritation et m'a fait un clin d'œil.

– Tu ne croyais tout de même pas qu'on en avait terminé sur le sujet ? Et puis, il te faut absolument un cavalier pour *Homecoming*...

– Sur ce coup-là, je suis bien d'accord avec Claire. Et puis, on sait déjà toutes que tu lui plais... a continué Maggie.

J'ai lancé un regard plaintif à Zoe qui s'est contentée de hausser les épaules. Ah, j'ai beau adorer mes amies, quand elles se montent toutes les trois contre moi... je les trouve carrément moins sympathiques !

Bon, OK, j'avoue, le nouveau Lucas fait beaucoup plus envie que celui de l'année dernière, qui me reluquait sans cesse sans jamais oser venir me parler. De toute façon, je ne lui aurais pas prêté beaucoup d'attention, avec sa coupe de cheveux beaucoup trop rétro pour être à la mode et ses poignées d'amour peu ragoûtantes. Mais ça, c'était l'année dernière. Nous l'avions croisé à une soirée pendant l'été et Lucas nous était apparu sous un nouveau jour : musclé par des séances intensives de surf, beaucoup plus souriant, et une coupe de cheveux, qui, enfin, était adaptée à notre époque.

– Tu as raison Claire, il faut absolument qu'on les case ensemble !

J'ai interrompu Maggie.

– Attends une seconde ! Toi qui nous as caché que tu avais un copain parce que tu ne voulais pas que l'on se mêle de tes amours…

Mon amie a fait la moue, mais je n'allais pas réussir à toutes les faire taire.

– Ne me dis pas que son changement radical de look ne te fait aucun effet.

– Franchement, ça m'est égal. Je n'ai pas la tête à cela en ce moment. Je viens juste de rompre avec Noah et…

Et bon, c'est vrai que si je vais à *Homecoming*, je n'ai pas envie d'y aller seule, surtout que mes copines, elles, seront toutes accompagnées pour ce qui est sans aucun doute le deuxième événement le plus important de l'année à Albany High. Et dans tous les lycées américains d'ailleurs ! L'année dernière, j'avais raté ce bal de rentrée. Les filles m'en avaient un peu parlé, mais j'avais l'esprit tellement occupé par autre chose – c'était juste après la fameuse soirée chez Zach où j'avais découvert que Nathan et Olivia sortaient ensemble ! – que j'avais laissé tomber. Et puis, je n'avais pas de petit copain pour m'y accompagner… Certaines choses ne changent pas, on dirait.

– Désolée les filles ! ai-je lancé en posant mes couverts sur mon assiette vide. Mais je n'ai pas du tout le temps de penser à *Homecoming*.

– Qu'est-ce que tu racontes, m'a taquiné Claire, c'est THE événement de la rentrée.

– Hmmm, ce n'est pas le *seul* événement de la rentrée. Pas pour moi en tout cas. Et puis grâce à Olivia et à son père, la concurrence est d'autant plus féroce…

– Elle est comment cette Naya ? a demandé Zoe.

– Tu veux dire à part le fait d'être ultra-douée, gracieuse et d'être une des meilleures amies d'Olivia ?

– Je l'ai croisée dans les couloirs il y a quelques jours et, effectivement, avec la description que tu avais faite d'elle, je n'ai pas eu de mal à la reconnaître ! a interrompu Maggie en faisant la moue. Comme si l'arrivée de cette nouvelle nous menaçait un peu toutes.

– Pfff, et en plus de ça, elle est déjà partie sur les chapeaux de roue ! J'ai cru comprendre qu'on lui a proposé de rédiger un super-papier pour l'édition de rentrée…

Zoe m'a lancé un petit sourire désolé.

– Mais elle ne peut pas être meilleure que toi ! m'a réconforté Claire.

– Mouais… Enfin, j'ai quand même du pain sur la planche. À plus, les filles !

Une fois arrivée au journal, je me suis dirigée directement vers le bureau d'Emily. Emily est le genre de fille que tout le monde aime bien. Simple, sans chichis, il n'est pas difficile de comprendre pourquoi les gens se confient facilement à elle. Ce qui fait d'elle la personne idéale quand j'ai besoin de connaître les derniers potins. Hmmm, enfin, sauf qu'elle est aussi copine avec Olivia, Rebecca et Alyssa, et qu'il faut que je mâche mes mots quand je parle de ces trois-là. Ce ne sont peut-être pas de grandes amies, plutôt des connaissances, mais je sais très bien qu'Emily n'apprécierait pas que je dise trop de mal d'elles. Ce n'est pas son genre à elle de dire du mal des autres… D'ailleurs, c'est sûrement pour cela qu'on lui fait confiance !

Malheureusement, ce n'était pas du tout le bon moment pour faire un brin de causette sur mes ennemies préférées. Naya était installée à son bureau, qui croulait déjà sous les dossiers mais était néanmoins parfaitement net et organisé, tout le contraire du mien en somme. La petite nouvelle était en grande conversation avec Rebecca. Normalement, seuls les membres du journal ont le droit de pénétrer dans les locaux. Tout à fait compréhensible quand on sait tout l'équipement qu'il y a entre ces quatre murs – appareils photo numériques dernier cri, imprimantes couleur, ordinateurs… – mais comme toujours, les règles ne semblent pas s'appliquer aux membres de l'*evil trio*.

J'ai préféré contourner le bureau de Naya et me suis assise au mien, quelques rangées plus loin. Il fallait que je prépare un plan pour mon sujet de rentrée : les vacances des lycéens d'Albany High. J'avais prévu de faire une espèce de micro-couloir sur le sujet, le lendemain, jeudi, puis je compilerais le tout dans mon premier article de l'année 2011-2012. J'ai préparé quelques questions, ai décidé des endroits stratégiques où j'irais me poster et vérifié qu'il y avait bien des piles neuves dans mon Dictaphone.

Et hier, donc, mon micro-couloir a connu un véritable succès. Il semblerait que tout le monde au lycée a la nostalgie des vacances, et personne n'a refusé de répondre à mes questions sur leurs moments préférés, leurs découvertes, ce qu'ils avaient retenu de cette pause ensoleillée… Si bien que je suis arrivée en retard à mon cours d'espagnol, le dernier de la journée.

Heureusement que Claire, Maggie et Zoe n'étaient pas là pour se moquer. Nul doute qu'elles s'en seraient donné à cœur joie si elles avaient pu voir que la dernière place libre était à côté de Lucas. Il m'a fait un petit sourire quand je me suis approchée et je n'ai pas pu m'empêcher de constater que Claire avait raison. Si je ne connaissais pas l'ancien

Lucas, je craquerais certainement pour ce nouveau garçon aux vêtements plus tendance, à la peau légèrement dorée… et à l'attitude bien plus assurée. D'ailleurs, il n'a pas hésité à entamer la conversation alors que le cours était à peine terminé et a commencé par me demander d'où venait mon si bon niveau en espagnol. Je lui ai parlé de Mme Carrera, ma super-professeur d'espagnol à Descartes [1], avec qui j'étais partie en voyage scolaire à Alicante. Il y a aussi une autre raison, bien sûr : le fait que je sois bilingue français et anglais. Quand on connaît déjà deux langues, en apprendre une troisième n'en est que plus facile ! On est sortis de la salle ensemble, en parlant de nos vacances respectives, et c'est là que j'ai eu l'idée de lui poser quelques questions pour mon article. Je n'arrivais pas à y croire. Ce garçon que je trouvais presque dérangeant il y a quelques mois, qui me mettait mal à l'aise à force de toujours me zieuter en coin, se montrait être plaisant et attentif. Il m'a tenu la porte et a insisté pour que je passe avant lui, puis, quand il a vu que mon bus n'arriverait pas avant douze minutes, il a proposé de me raccompagner en voiture. Comme quoi, il y a un avantage à être un des seuls *seniors* n'ayant ni permis de conduire ni voiture ! Avant même que je m'en rende compte, je lui racontais ma soirée d'anniversaire, mon stage chez BCP [2], la venue de Lou… C'était tellement naturel que je n'ai pas hésité une seconde quand il m'a parlé d'un glacier artisanal près de chez moi.

– Oh, moi aussi, j'en connais un très bon ! ai-je répondu, en me léchant les babines d'avance. Ça s'appelle…

– … L'Arte Del Gelato, m'a coupé Lucas en riant.

1. Mon ancien lycée à Paris.

2. Black Carpet Productions.

– Tu connais, toi aussi ?

– Si je connais ? Tu plaisantes ! Je dois être leur meilleur client !

– Alors ça, c'est carrément impossible. C'est moi qui y passe au moins trois fois par semaine !

Lucas s'est garé près du stand.

– Et tes goûts préférés, c'est quoi ? m'a-t-il demandé en fermant la voiture à clé.

– Hmmm, ça, c'est une question piège. Je les aime tous ! Mais si je devais vraiment choisir, je dirais pêche-melon quand je veux quelque chose de frais et caramel-Nutella quand j'ai besoin d'une bonne dose de sucre…

– Moi j'adore celle à la banane. Et pistache aussi. Et stracciatella. Il y en a tellement… Bon, et aujourd'hui, tu as envie de quoi ?

On venait d'arriver devant le glacier et rien que la vue de toutes ces couleurs pastel m'a mise en joie.

– Hmmm, eh bien, tu n'as qu'à me faire la surprise !

Deux minutes plus tard, je dévorais ma glace pomme verte-fruit de la Passion. Lucas avait choisi melon-fraise et, contrairement à moi, il prenait le temps de la savourer tout doucement.

Mais finies les pauses sucrées, ce matin, la pression était relancée. Mon entretien avec Mme Andrews avait été fixé en fin de matinée et je n'étais pas sûre de réussir à me concentrer pendant mes deux heures de cours précédant le moment fatidique. Notre superviseuse n'avait rien laissé échapper de bon ou de mauvais, quand j'étais venue lui déposer ma candidature deux jours plus tôt. Selon les règles du journal, elle devait considérer tous les candidats avant de prendre une décision finale.

Je ne veux surtout pas m'emballer – Simon a éclaté de rire quand je lui ai dit ça hier pendant le repas car bien sûr je m'emballe, c'est ma marque de fabrique – mais je crois que mon entretien s'est plutôt bien déroulé. Pourtant, j'ai eu beaucoup de mal à décrypter les réactions de ma professeur d'anglais préférée. Elle, d'ordinaire si animée, semblait bien réservée sur ses pensées à mon égard. Elle m'a juste précisé qu'elle avait déjà rencontré plusieurs candidats très sérieux, qu'elle prendrait le temps de lire nos papiers dans la prochaine édition, et nous observerait au journal pendant quelques semaines avant d'annoncer sa décision début octobre. Deux semaines à attendre, c'est terriblement long, non ?

Emily était en train d'imprimer des planches de photos quand je suis arrivée au journal après mon entrevue.

– Comment ça s'est passé ? m'a-t-elle demandé dès qu'elle m'a aperçue.

– Bien, je pense… difficile de savoir… tu crois que j'ai mes chances ?

Emily a pris un moment pour répondre.

– Si je crois que tu as toutes les compétences requises pour être adjointe ? Bien évidemment…

J'ai esquissé un sourire, mais elle n'avait pas terminé.

– … Le problème, c'est que cette année, la concurrence est rude.

– C'est ce que Mme Andrews a insinué.

La photographe a fait la moue.

– Tu en sais plus ? Tu sais qui s'est présenté ?

– Eh bien, je sais qu'il y a Thomas, le responsable régional, il est plutôt bon et a toutes ses chances, Paige, la *sophomore* [1], mais je pense qu'elle est trop jeune pour obtenir le poste, et Jeff bien sûr qui va faire tout ce qu'il peut pour conserver son poste intérim.

– C'est tout ?

– Non, comme tu dois t'en douter, Naya a aussi posé sa candidature…

– Mais elle vient à peine d'arriver !

– Oui, mais elle a déjà été rédac' chef adjointe dans son ancien lycée. Tu ne croyais tout de même pas qu'elle n'allait pas tenter sa chance ici ?

– Pfff, je croyais que ces postes étaient réservés à des anciens du journal ?

– Normalement, oui, mais elle a un CV en béton armé et…

– … et les règles ne s'appliquent pas aux gens comme elle, ou comme Olivia, ai-je poursuivi, sans prendre garde à masquer mon exaspération.

– *You got it!* Bon, je te laisse, j'ai un tas de photos à trier. Mais n'oublie pas, la bataille n'est pas perdue. Je croise les doigts pour toi…

Rhaaaaa ! Je savais que mes chances d'être choisie étaient minimes. Je le savais avant même la fin de l'année dernière. Je n'ai pas assez d'ancienneté au lycée, je suis en échange, une étrangère en plus… Mais perdre contre la nouvelle meilleure amie d'Olivia ? Ah non, ça, je ne pouvais pas le supporter. Et en parlant du loup, la voilà qui s'approchait de mon bureau, tout sourires.

– Violet, c'est ça ? Salut, je m'appelle Naya !

Elle m'a tendu la main. Je l'ai serrée à contrecœur.

– J'ai beaucoup entendu parler de toi, a-t-elle poursuivi.

---

1. *Sophomore* : deuxième des quatre années de lycée aux États-Unis.

Pfff, oui, j'imagine, si tu écoutes toutes les histoires que l'*evil trio* peut raconter sur moi !

– Moi aussi, ai-je lancé du tac au tac, un brin d'amertume dans la voix qu'elle a semblé ne pas percevoir.

– Tu as eu ton entretien avec Mme Andrews ? Quel stress en attendant qu'elle prenne sa décision ! a-t-elle repris avec un petit rire nerveux.

J'ai haussé les sourcils.

– Enfin, je voulais juste te souhaiter bonne chance. Je ne voudrais pas que la compétition nuise à l'ambiance du journal. Que le meilleur gagne, n'est-ce pas ?

J'avais bien envie de lui répondre que le meilleur n'allait pas forcément gagner. Qu'avec Olivia comme alliée, elle avait déjà dix longueurs d'avance sur moi. Que même si elle était très douée, ce n'était pas forcément ce qui allait déterminer l'issue de cette nomination. Mais quelque chose dans son sourire m'a convaincue de ne pas aller plus loin. Je n'avais jamais vu ça chez Olivia, Alyssa ou Rebecca, et je n'étais pas sûre de pouvoir mettre le doigt dessus, mais on aurait dit… de la sincérité. Je n'arrivais pas à le croire.

– Je vais me chercher un café, j'ai besoin de faire une pause. Je bûche sur un papier qui va m'occuper une bonne partie de ma pause déj'.

J'ai hoché la tête, me demandant encore si son ton aimable était une tentative de manipulation.

– Ça te dit ?

– Pardon ?

J'avais déjà échangé plus de mots avec Naya qu'avec tous les membres de l'*evil trio* réunis et je ne comprenais pas très bien ce qui était en train de se passer.

Et pourtant, dix minutes plus tard, on était dans la queue au Starbucks du coin de la rue. Naya avait décrété que le café de la machine du lycée était imbuvable, et qu'un vrai expresso méritait bien quelques minutes de trajet de plus.

Et, sans que je m'en rende compte, nous avons commencé à nous raconter nos vies. Je lui ai parlé de Paris, de la France, de mon arrivée à Santa Monica, et elle m'a parlé de New York. Son extravagance, son énergie, ses lumières éblouissantes, son luxe affiché... Même si elle ne l'a pas dit explicitement, j'ai bien compris à quel point sa ville natale lui manquait.

– Je n'arrive pas à le croire, tu n'es jamais allée à New York ?

J'ai cru qu'elle allait en renverser son café.

– Tu ne sais pas ce que tu rates !

Je n'ai pas voulu contredire ma nouvelle meilleure ennemie mais, pour avoir vu la Grosse Pomme [1] à travers des douzaines de films et de séries télévisées, j'avais tout de même un peu l'impression de savoir ce que je ratais. Et bien sûr, visiter New York était sur ma *must-do list* avant de quitter les États-Unis. Cela dit, mes expériences quelque peu mouvementées depuis mon arrivée ne m'avaient pas laissé beaucoup de temps pour le tourisme. Mais je n'étais pas prête à lui avouer les tenants et les aboutissants de ma *complicated life*.

– Oh, mais je compte bien y aller très bientôt. Avec mes copines, on a l'intention de se faire un beau voyage, peut-être pour *spring break* [2] !

D'ailleurs ce n'était pas tout à fait faux. Maggie, Zoe, Claire et moi parlons toujours de nos prochaines aventures,

---

1. Surnom donné à la ville de New York.

2. *Spring break* : vacances de printemps, dont les étudiants profitent pour voyager entre amis.

de *road trips* en Californie, d'escapades aux quatre coins du pays, de voyages en Amérique du Sud même. Que cela soit de l'ordre du fantasme n'est qu'un tout petit détail.

– Tiens-moi au courant alors ! Je te ferai une liste des trucs à ne manquer sous aucun prétexte.

Nos cafés à la main, nous venions de repasser les portes du lycée. Naya m'intriguait. Dès que j'avais appris son amitié avec Olivia, je l'avais tout de suite classée dans ma liste de filles superficielles, pourries-gâtées, à éviter à tout prix. Un demi-café plus tard, j'étais en train de me demander si je n'étais pas allée trop vite en besogne – hum, ça ne serait pas la première fois – quand elle a abordé le sujet de *Homecoming*.

– Le truc le plus problématique dans tout ça, a-t-elle lancé en riant, c'est *what to wear*, non ? Parce que là je suis vraiment coincée. Je n'ai absolument rien à me mettre, la moitié de ma garde-robe est toujours dans les cartons, je ne connais pas très bien la ville et je ne sais pas du tout où je vais trouver la robe idéale.

Je n'aurais jamais imaginé qu'une fille comme Naya puisse avoir ce genre de problème. Avec sa taille fine et son teint, il ne fait aucun doute que porter un sac-poubelle la placerait tout de même en tête des *best dressed*[1] de la soirée. Et puis, elle peut dire ce qu'elle veut mais, dans ces cas-là, l'apparence ne trompe pas : sac à main de créateur, jean de marque, petit haut en soie, blazer ultra bien coupé… Il est clair que le prix de la robe en question ne doit pas être un souci pour elle. Et pourtant… Je n'ai pas pu m'empêcher d'éclater de rire. Cela dit, trouver la tenue parfaite n'est pas le seul défi.

1. *Best dressed* : les mieux habillé(e)s.

– C'est clair ! Et le cavalier dans tout ça ? Car avoir un beau garçon à son bras, ça fait aussi partie du look, non ?

Naya a eu un petit sourire coquin.

– C'est vrai mais, sur ce plan-là, je suis un petit peu plus avancée…

Ses yeux se sont mis à pétiller de plus belle.

– Eh ! Naya ! Je croyais que tu devais travailler cet aprèm' !

Rebecca venait juste d'apparaître devant nos yeux.

– Oh, on faisait juste une pause-café… J'y retourne, là. Au fait, Becca, tu connais Violet ?

Pour toute réponse, la grande métisse s'est contentée d'un sourire si pincé que j'ai préféré m'éclipser.

– Euh, je te verrai au journal, Naya, à plus !

J'ai eu beau prendre mes jambes à mon cou, je n'ai pas marché assez vite pour échapper à la suite de la conversation.

– Qu'est-ce que tu fais à parler à cette nana ? a interrogé Rebecca d'un ton glacial. Si Olivia te voyait en train de copiner avec elle…

Un rêve, des rêves

Dimanche 25 septembre

– Je te dérange ?

– Mais non, mon oncle ! Pas du tout, mon oncle !

Simon a pouffé de rire.

– Quoi, mon oncle ? Il y a un problème, mon oncle ?

Un autre rire.

– Bon, tu me le dis si je te saoule ?

– Mais non, ma nièce ! Pas du tout, ma nièce !

– Ah, mais pour toi ce n'est pas pareil… Tu savais qui j'étais pendant tout ce temps.

– Moui, mais que tu saches pourquoi tu comptes autant pour moi, ça change quand même pas mal la donne.

J'étais bien d'accord. Le truc le plus génialissime dans le fait d'avoir découvert la vérité sur mon père, c'est que j'ai, au passage, récolté l'oncle le plus cool de la planète. Depuis le jour où je l'ai rencontré, j'ai su qu'il y avait une certaine connexion entre Simon et moi, mais le fait de pouvoir enfin mettre un nom dessus n'a fait que renforcer notre complicité. Il ne reste plus rien du Simon distant et secret des débuts, et je raffole des conversations à cœur ouvert que nous avons régulièrement, maintenant que je connais toute l'histoire. Pour le plaisir, je l'appelle donc « mon oncle » environ toutes les dix secondes. Ça me fait sourire autant que lui. Promis, le jour où il en a vraiment marre, j'arrête.

– En train de noircir des pages et des pages de ton journal ? a-t-il demandé en désignant le carnet ouvert devant moi.

– Non. Chaque jour, je réfléchis à au moins trois sujets d'articles pour le journal. Puis je choisis le meilleur d'entre eux, et je commence à établir un plan. Comme ça, à chaque réunion éditoriale j'ai déjà toute une liste d'idées un peu fouillées. Et s'il y en a une qui retient l'attention de mon rédac' chef, j'ai une longueur d'avance pour la rédiger !

Simon a hoché la tête, impressionné.

– Tu le veux vraiment ce poste, hein ?

– Tu me connais maintenant, quand j'ai une idée en tête…

– Eh bien, je souhaite beaucoup de courage à ta concurrence !

Mon oncle a souri. Mais cette fois, j'ai remarqué ses sourcils froncés et le brin d'inquiétude dans son regard.

– Tu voulais me parler ?

– Je peux revenir plus tard. Je ne veux pas te couper dans ton élan…

Mais il n'a pas bougé d'un pouce.

– Qu'est-ce qu'il y a ?

– Tu ne devais pas retrouver tes copines cet après-midi ?

– Si, vers 17 heures.

– Vous avez prévu quelque chose de sympa ?

J'ai fait la moue. Je savais que Simon n'était pas venu pour me demander ce que j'avais prévu de faire avec mes copines. Il a fini par lâcher le morceau.

– J'ai reçu un appel de… Lyn.

– Ta mère ?

Wow ! J'aurais vraiment préféré avoir mal compris sur ce coup-là. Eh oui, Simon appelle sa mère par son prénom. Il faut dire que leurs rapports ont été plutôt tièdes depuis qu'il a claqué la porte il y a quinze ans. Une carte de Noël par-ci, un petit mot vite fait par-là… Ce n'est pas vraiment la relation mère-fils idéale.

– Qu'est-ce qu'elle voulait ?

– Je ne sais pas trop. Elle est restée très vague. « Prendre des nouvelles. » Elle a dû le répéter au moins trois fois.

– Hum.

– En effet ! Ça fait très longtemps que ma mère ne m'a pas appelé juste pour prendre des nouvelles.

Simon m'a regardée droit dans les yeux. Je voyais bien que cela lui coûtait de me poser la question, mais pas assez pour la passer sous silence.

– Tu as parlé à quelqu'un ?

J'ai eu envie de m'insurger. De l'accuser de ne pas me faire confiance. De lui dire à quel point cela me blesse. Mais ça aurait été un peu exagéré de ma part, non ? J'ai donné à Simon toutes les raisons de ne pas me faire confiance, par le passé.

– Je te jure que non.

Il a hoché la tête gravement.

– Je te crois. C'est juste que…

– Vous avez parlé de quoi exactement ?

– De pas grand-chose. Je n'avais pas vraiment le temps de parler – en vérité, j'étais surtout un peu choqué – et elle m'a dit qu'elle me rappellerait plus tard…

– Tu crois que Paul lui a parlé de moi ?

– C'est très probable. Mais ça ne me dit toujours pas ce qu'elle veut…

– Ta version des choses, peut-être ?

Simon a laissé échapper un rire narquois.

– Non, ça ne doit pas être ça. Dans le clan Walmsley, ça fait bien longtemps que ma version des choses compte pour des prunes…

Quand je suis arrivée chez Claire, sa chambre ressemblait à un véritable champ de bataille. Le parquet était entièrement recouvert de vêtements, de même que son fauteuil et son lit. Il y avait aussi une tour de boîtes à chaussures qui menaçait de s'effondrer et un panier dans lequel une douzaine de colliers et de bracelets s'emmêlaient gaiement.

– Ah te voilà ! m'a lancé Claire du fin fond de son placard. On a déjà pas mal avancé.

– Claire, ne le prends pas mal, ma chérie, mais l'imprimé de ce top me fait mal aux yeux.

Maggie avait en main une blouse au motif floral carrément douteux. Claire y a jeté un regard dédaigneux.

– Tout à fait d'accord ! C'était mon haut préféré il y a, pfff, trois ans, mais là, ça ne va pas être possible.

– Donne ? a demandé Maggie.

– Donne ! a répondu Claire.

Zoe m'a fait faire un tour rapide.

– Cette pile-là, c'est les « garde », celle-là, c'est les « peut-être », on n'a pas encore décidé, il faut qu'elle les essaie, et la dernière pile, la plus haute, part directement à la Croix-Rouge.

– Violet, je t'attendais pour entamer les chaussures. Tu me donnes ton avis ?

– Je m'y mets tout de suite ! ai-je annoncé en me dirigeant vers la tour de Pise.

En ouvrant la première boîte, je suis tombée nez à nez avec une paire d'escarpins *peep-toe* argentés flambant neufs. Avec un talon haut, mais assez épais pour être praticables. Coup. De. Foudre.

– Alors, ceux-là, c'est clair ! Donne… à ta super-copine Violet qui adooooore les *shoes* qui brillent.

Maggie a éclaté de rire.

– Tu rigoles ! Si quelqu'un récupère ces beautés, c'est moi. J'ai déjà mis une option dessus si un jour Claire n'en veut plus.

– C'est ça, les filles, rêvez toujours. Si je viens de casser ma tirelire, c'est bien sûr pour vous les offrir…

J'ai lancé un petit regard offusqué à Maggie. *Damn!* [1] Notre plan n'avait pas marché. Zoe s'est emparée d'un des escarpins et l'a contemplé comme si c'était une œuvre d'art.

– Ça veut dire que tu as déjà trouvé ta robe pour *Homecoming* ?

– Non… Mais quand je les ai vus, je n'ai pas pu m'empêcher. Et puis, ils iraient avec n'importe quelle tenue, non ?

Zoe, Maggie et moi avons acquiescé en chœur.

Deux heures plus tard, la chambre était en train de reprendre un aspect un peu plus présentable alors que j'essayais tant bien que mal de ficeler le deuxième sac-poubelle contenant les vêtements indésirables.

– Merci, les filles ! Je n'aurais jamais pu faire ça sans vous !

Claire et Maggie pliaient soigneusement les hauts qui avaient gagné le droit de rester dans sa garde-robe pour une année de plus. Et même si la pile était consistante, avec le tri que nous venions de faire, il était évident que son

---

1. *Damn!* : Mince !

armoire allait vraiment sentir le vide. Zoe a dû avoir la même pensée que moi.

– Dis donc, ma belle, c'est plus qu'un nettoyage de printemps tout ça ! a-t-elle fait en désignant les deux sacs-poubelle et la montagne de chaussures qui allaient être extradés incessamment sous peu.

Claire a parcouru la pièce des yeux et a fait la moue.

– C'est vrai, mais j'ai besoin de changement, voilà tout. Nouvelle année, nouvelle garde-robe. Et nouvelle vie aussi…

Une étincelle est passée dans ses yeux.

– Nouvelle vie ? a questionné Maggie.

– Euh, oui, nouvelle vie. J'ai beaucoup réfléchi ces derniers temps, à ce que je voulais faire, à mon avenir et… tout à coup, j'ai eu une révélation.

Attirées par la confidence à venir, Maggie, Zoe et moi nous sommes rapprochées, en prenant bien soin de ne pas démolir les piles de vêtements qui nous entouraient. Claire s'est tournée vers Zoe et Maggie.

– Vous vous souvenez, en *freshman year* [1], quand j'avais pris des cours de théâtre ?

– Bien sûr, à l'époque, tu ne parlais que de ça.

– Et on était venues voir ta pièce de fin d'année…

Claire a acquiescé, puis, à mon attention :

– Ma prof était génialissime. Une vraie passionnée. Mais elle est partie à la fin de l'année pour un job à l'autre bout de LA. L'année suivante, sa remplaçante ne lui arrivait pas à la cheville. Alors, j'ai laissé tomber.

– C'est vrai, ça, a remarqué Maggie, tu as quitté la troupe du jour au lendemain.

1. *Freshman year* : première des quatre années de lycée aux États-Unis.

– Oui, et maintenant, qu'est-ce que je le regrette !

– Eh bien, pourquoi tu ne te réinscris pas cette année ? D'après ce que je sais de Noah, son professeur est plutôt pas mal… suis-je intervenue.

Claire a affiché un petit sourire malin.

– J'y ai pensé mais… non. La troupe du lycée n'est pas assez bonne pour m'aider à réaliser mon rêve.

– Ton rêve ? a demandé Zoe, curieuse.

– Oui, mon rêve. Voilà, c'est décidé, je sais ce que je veux faire dans la vie : je vais être actrice, a annoncé Claire majestueusement.

Et puis, sans nous laisser le temps de réagir :

– J'en ai parlé à mes parents, j'ai fait des recherches, et j'ai trouvé une école pas loin de chez moi. C'est assez intensif, cinq heures par semaine, et j'ai trop hâte de commencer.

– Super ! a lancé Maggie. Je te vois tout à fait actrice. *You go girl!*

Zoe avait l'air un tout petit peu moins jovial.

– Cinq heures par semaine ? Wow ! Comment vas-tu trouver le temps avec la natation ?

– Eh bien justement, je voulais t'en parler. J'ai, euh, j'ai décidé d'arrêter.

– QUOI ?

– J'espère vraiment que tu comprendras… J'adore nager, tu le sais, mais, pour moi, c'est un hobby. Un super-hobby, certes, mais pas une passion. Et je ne peux pas faire les deux, alors…

Zoe est restée bouche bée.

– Tu vois, j'avais raison de craindre ta réaction… Cela dit, j'y ai beaucoup réfléchi avant de vous en parler, et je sais que c'est ce que je veux.

Finalement, Zoe a poussé un soupir.

– Non, non, c'est juste que je suis surprise, c'est tout. Si c'est vraiment ce que tu veux… Enfin, fonce, quoi, tu as tout à fait raison !

Quant à moi, j'ai ressenti une profonde admiration pour mon amie. Elle prenait son destin en main et osait partir à la poursuite de son rêve. Et quel rêve ! Mais qui ne tente rien n'a rien, c'est ce que Simon me dit toujours. Sans rêves, la vie serait bien fade. Et l'étincelle qui brillait dans les yeux de Claire en était la meilleure des preuves.

– Eh bien, quand tu parlais de vivre ton année de *senior* à fond, tu ne plaisantais pas !

– Non, et je n'ai pas fini. J'ai lu un article dans *Cosmo* qui disait que la première étape pour réaliser ses souhaits, c'est de les identifier. Petits et grands, insignifiants ou énormes… Du coup, j'ai fait une liste.

Elle a attrapé un petit carnet sur sa table de nuit, l'a ouvert à la bonne page et me l'a tendu. J'ai lu à voix haute.

– Apprendre à me faire des boucles ultra-naturelles en moins de vingt minutes. Faire mourir Zach de jalousie à *Homecoming*. Continuer à nager au moins une fois par semaine. Recevoir un iPad pour Noël. Jouer dans un film, n'importe quel film. Apprendre à danser la salsa. Obtenir un Oscar.

– Tu mets « danser la salsa » et « obtenir un Oscar » dans la même case ? a gentiment raillé Maggie.

– Ben, oui, justement. N'importe quel rêve, projet ou désir compte. Qu'il soit facile à accomplir ou carrément impossible. Par exemple, arriver à trouver les moyens de s'offrir une paire de chaussures hors de prix compte !

Zoe a éclaté de rire.

– Bon, allez, à votre tour ! On verra si vous faites toujours autant les malignes.

C'est Maggie qui s'est jetée à l'eau la première.

– Alors, euh… Bon, devenir avocate, ça, ce n'est pas une surprise. Ou travailler dans le droit, d'une manière ou d'une autre. Mais avant ça, étudier à Harvard ou à Yale [1]. Que Josh soit hypersexy dans son costume pour le bal. Je sais que se mettre sur son trente et un, ce n'est pas trop son truc. Ah, et aussi, refaire la déco dans ma chambre. Et que ma mère me laisser emprunter son sac Prada.

– Ça, tu peux *vraiment* rêver ! ai-je rétorqué.

Les filles ont éclaté de rire.

– OK, OK, à moi, a continué Zoe. Devenir nageuse olympique. Ou prof. Ou les deux, tiens.Vivre dans une super-grande maison, avec une piscine, bien sûr. Et, vous allez trouver ça super-niais, mais… bon, euh, parfois, je pense à Jeremy et à euh… à notre mariage…

Zoe a terminé sa phrase les joues légèrement rosies.

– On ne trouve pas du tout ça « niais » ! ai-je lancé. Au contraire ! J'imagine déjà ta robe, tiens. Avec une encolure bateau et ceinturée à la taille.

– Et un petit bandeau dans les cheveux, a renchéri Maggie.

– Et pour nos robes de demoiselle d'honneur, du jaune pâle. Ou du framboise, a ajouté Claire.

– Bon, ça suffit, hein ! a répondu Zoe, amusée. Et ce n'est pas le moment de changer de sujet, a-t-elle continué en se tournant vers moi.

J'ai haussé les épaules.

---

1. Deux des universités les plus prestigieuses des États-Unis.

– Pour moi, c'est très simple. En ce moment, je n'ai qu'un seul rêve.

– Devenir rédac' chef adjointe, on sait ! m'a interrompue Maggie, feignant l'exaspération.

– Ah mais non, tu ne joues pas le jeu !

Zoe secouait son index avec indignation. Les deux autres me scrutaient, attendant que je me dévoile un peu plus.

– Bon, d'accord. Alors… Apprendre à me faire des coiffures un peu plus sophistiquées. Rentrer à Paris pour Noël et passer du temps avec ma mère. Passer mon permis de conduire. Écrire une nouvelle histoire, pourquoi pas un scénario.

J'ai continué à réfléchir. Maintenant que j'étais partie sur ma lancée, je me rendais compte que des rêves, j'en avais des dizaines. Et Claire avait tout à fait raison, les dire à voix haute, ça faisait un bien fou. Ou pas.

– Et aller à *Homecoming* avec Noah.

J'ai regretté ces mots à la seconde où ils sont sortis de ma bouche. Enfin, non, pas vraiment. Ce que j'ai regretté, surtout, c'est de devoir subir la réaction de mes trois amies. À peine avais-je terminé ma phrase que les questions ont fusé.

– Tu es toujours amoureuse de lui ?

– Non. Enfin, je ne crois pas.

– Il t'a demandé de l'accompagner au bal ?

– Non. Tu rigoles ? On s'est à peine reparlés depuis notre rancard chez Cookie.

– Mais je croyais que vous étiez resté amis ?

– Oui, bon, on est des amis qui ne se parlent pas.

– Tu vas lui demander ?

– Ah, non, plutôt mourir.

– Qu'est-ce que tu vas faire alors ?

Ce sont toujours les meilleures questions qui restent sans réponse.

La vérité c'est que je ne PEUX pas aller à *Homecoming* toute seule. Surtout pas quand mes trois copines seront si bien accompagnées. Claire a déjà eu trois demandes et, en gros, elle n'a qu'à piocher parmi sa horde d'admirateurs. Bon, OK, j'exagère. Mais disons que le célibat lui réussit si bien qu'elle ne va pas rester célibataire bien longtemps. Et puis, quand je repense au mariage de Simon et Susan… eh bien, je repense surtout à Noah, à la soirée magique que nous avons passée ensemble. C'est de sa faute, aussi ! S'il ne dansait pas aussi bien…

E-mail de **loulou@emailme.com**
à **violetfontaine@myemail.com**
le lundi 26 septembre à 14 h 23
Sujet : Noah
Hello ma belle,

Ai-je vraiment besoin de te dire que je suis d'accord avec les filles ? Noah ? Vraiment ? Moi je vois très bien avec qui tu pourrais aller à *Homecoming* et son prénom ne commence pas par un N… ;-)

Bisous,
Ta Lou

La guerre des plumes

Mardi 27 septembre

J'ai d'autant plus regretté d'avoir eu cette conversation avec mes amies quand j'ai croisé Noah dans un couloir hier matin et que mes joues se sont enflammées instantanément. Oh ! là là ! j'espère qu'il n'en a tiré aucune conclusion ! Il n'en a pas eu l'air en tout cas, car il a presque couru vers moi avec son plus charmant sourire.

– Ah Violet ! J'espérais justement tomber sur toi !

Sans plus attendre, il a ouvert son sac et en a sorti un dossier cartonné.

– Tiens, a-t-il fait en me le tendant.

– C'est quoi ?

– Mon scénario.

Noah a répondu avec une véritable fierté dans la voix.

– Je l'ai terminé. Enfin, j'ai terminé une énième version. Je savais que tu étais intéressée, et maintenant… je suis prêt !

– Tu veux que je le lise ? ai-je répondu, surprise.

– Oui ! Enfin, si tu as le temps. J'aimerais beaucoup avoir ton avis…

Tout l'été, je n'aurais demandé rien d'autre que de lire le scénario auquel Noah consacrait chaque minute de son temps libre. Il ne parlait que de ça et était totalement consumé par son projet. Et moi, sa petite amie, je me sentais complètement à l'écart. Je savais que c'était un film de science-fiction – l'histoire d'un homme qui revient dans son passé, à l'adolescence, pour comprendre les erreurs qu'il a commises dans sa vie – mais je n'avais jamais pu soutirer d'autres détails à Noah. Et maintenant, alors qu'on venait juste de rompre, il voulait que je lise son chef-d'œuvre ? C'était vraiment le monde à l'envers ! Mais j'étais bien trop curieuse pour refuser.

– Bien sûr ! Je m'y mets dès ce soir.

– Et tu me diras ce que tu en penses ? Honnêtement ?

– Je te le promets.

– Merci, Violet, ça me fait super plaisir.

Non, je ne pouvais décidément pas aller à *Homecoming* avec Noah. Il y avait encore une trop grande zone de brouillard entre nous. Nous n'avions pas encore atteint le stade de « simples amis ». C'était évident : je n'arrivais même pas à le regarder droit dans les yeux. Trop peur qu'il puisse y lire mes sentiments confus. Voilà, il était encore trop tôt pour y aller en amis. Et trop tard pour y aller en couple. Lou allait sans doute me féliciter d'avoir fleuré le mauvais plan avant de m'y plonger la tête la première.

– Et toi, au fait ? Tu as commencé ? m'a-t-il demandé alors que la sonnerie venait de retentir.

– Oui, enfin, j'ai écrit trois pages. Et les ai mises à la poubelle aussitôt. C'était nul, franchement nul.

– Je ne te crois pas ! En tout cas, j'espère que tu ne vas pas baisser les bras.

– Non… D'ailleurs, j'ai recommencé, juste après. J'ai écrit quatre pages et… je crois bien que ce n'était pas aussi mauvais.

– Tu vois ! En tout cas, si tu as besoin d'aide, n'hésite pas ! Et au fait, ton histoire, ça parle de quoi ?
– Euh, c'est vague encore, mais c'est l'histoire d'une lycéenne qui se bat pour faire revivre le journal de son lycée, délaissé depuis des années.
– Hmmm… J'ai hâte de le lire !

J'étais encore un peu chamboulée par notre échange quand je me suis installée à mon bureau au journal. Je ne savais même plus si j'avais la tête à travailler, mais il fallait absolument que je prépare un premier brouillon sur mon nouveau sujet. Voilà justement ce dont je ne veux pas cette année : retomber dans l'obsession d'un garçon. J'ai mieux à faire, non ? Maman m'a même appelée à ce sujet hier soir. Bien sûr, elle n'a pas annoncé la couleur tout de suite, mais je savais qu'elle se faisait du souci pour moi à la suite de ma rupture avec Noah. Nous n'avions pas eu le temps d'en discuter plus longuement, occupées que nous étions à gérer notre toute nouvelle situation. Et pour une fois, je n'ai pas hésité une seconde à lui raconter mes histoires de cœur. Ça m'a fait tout drôle ! Moi, avoir une conversation franche avec ma mère ? Je pensais que ça ne m'arriverait jamais. Qui l'eût cru après toutes ces années à nous disputer, à être en désaccord permanent, sans aucune ligne de communication possible ? En tout cas, je l'ai rassurée : non, je ne passe pas chaque soir au fond de mon lit à regarder des films d'amour, la main crispée sur la boîte de mouchoirs. Non, je ne suis pas dégoûtée des garçons. Ma rupture avec Noah a été saine, réfléchie, maîtrisée même. Il y avait des sentiments entre nous, c'est vrai. Mais pas assez. Tout du moins, pas assez profonds pour faire durer notre histoire. Maman a tout de même eu du mal à me croire quand je lui ai dit que mon ex et moi avions décidé de rester amis. « C'est plus difficile qu'il n'y paraît, m'a-t-elle fait remarquer, le jour où tu le croiseras avec une autre fille à son bras, crois-moi, tu auras du mal à garder le sourire. » Sur le moment, je lui ai répondu qu'elle avait sans doute raison, mais que j'étais prête à prendre le risque. Mais prendre le risque que Noah se rende à *Homecoming* avec une autre fille ? Non, non, ça ne m'avait pas traversé l'esprit. En tout cas, s'il y allait avec moi, au moins, je serais tranquille…

AAARGGGH ! Violet, ça suffit ! J'essayais péniblement de me sortir de mes pensées quand Naya est passée devant mon bureau. Mon premier réflexe a été de baisser la tête et de faire semblant d'avoir fait tomber mon stylo par terre. Pas très subtil, je sais, mais de toute façon ça n'aurait pas marché : c'est moi qu'elle venait voir.

– Violet ! Comment ça va ? m'a-t-elle lancé avec un grand sourire.

Décidément, je n'arrivais pas à cerner cette fille. Si les circonstances étaient différentes, je pourrais presque croire qu'elle cherche à devenir mon amie. Et puis, quand je la croise à la cafèt' ou dans un couloir avec l'un des membres de l'*evil trio*, je me souviens qu'il faut toujours suivre son instinct.

– J'ai lu ton papier sur le retour des vacances… Et je voulais t'en parler. Tu as deux minutes ?

J'ai hoché la tête avec prudence.

– Je l'ai trouvé top ! Tu as un style bien à toi, très agréable à lire. J'en discutais avec Nick tout à l'heure, et il est tout à fait d'accord…

Un compliment ? Un compliment de la part de la meilleure copine d'Olivia ? Pince-moi, je rêve ! Et effectivement, le rêve a été de courte durée.

– Mais, je me disais, avant qu'on parte en impression… Enfin, je crois qu'il y a moyen de l'améliorer.

– Pardon ?

– J'espère que ça ne te dérange pas que je te dise ça, mais, euh, on est là pour s'entraider, non ?

– Euh, oui, enfin…

– Bouge pas !

Avant que j'aie le temps de répondre, Naya s'est dirigée vers son bureau et en est revenue avec une feuille imprimée et annotée en rouge. Mon article. Elle l'a posée devant moi.

– Juste quelques suggestions. Ton article est déjà super, mais je pense qu'avec ces quelques modifications, ce sera sans doute l'un des meilleurs de la rentrée.

J'aurais pu l'étrangler sur place. Ou tout du moins lui faire avaler cette satanée feuille. *Keep calm, Violet, keep calm.* J'ai répondu les lèvres pincées et le regard meurtrier.

– C'est gentil de vouloir m'aider mais… c'est pas la peine. Si Nick veut que je fasse des corrections, il peut très bien me le dire lui-même.

Ma rivale ne s'est pas laissé désarmer aussi facilement.

– Ce sont juste des suggestions, entre… collègues. D'ailleurs, si tu veux lire mes papiers aussi, j'aimerais beaucoup avoir ton avis.

– Tu sais quoi ? Je n'ai vraiment pas le temps.

J'ai repoussé la feuille de papier. J'étais prête à la déchirer en deux, mais je ne voulais pas lui donner la satisfaction de m'avoir blessée.

– Je te la laisse quand même, au cas où… a-t-elle fait avant de repartir à son bureau d'un pas léger.

Je suis restée gelée sur place pendant quelques instants. Incapable de bouger, de réagir et, bien entendu, absolument incapable de me mettre au travail. Comment osait-elle ? Comment pouvait-elle faire preuve de tant d'audace ? C'est elle la petite nouvelle ici. C'est moi qui devrais lui donner des conseils. Dix minutes plus tard, je me suis rendue à l'évidence, ma séance de travail était gâchée. Je n'arriverais plus à rien en la sachant à quelques pas de moi, réfléchissant sans aucun doute à la façon dont elle allait pouvoir prendre ma place petit à petit. La garce m'avait coupé dans mon élan. Mieux valait rentrer à la maison, et rattraper mon retard après le dîner. Mais je ne me suis pas levée. Je suis restée là à contempler l'écran noir de mon ordinateur. Puis j'ai attrapé la feuille. Je n'avais qu'une envie, la jeter à la poubelle. Mais je n'ai pas pu. Il fallait que je sache. C'était peut-être par besoin de me rassurer. Ou par curiosité. Mais en tout cas, une force invisible m'a poussée à parcourir les notes écrites en rouge sang.

Et je m'attendais à tout sauf à ça. Il m'a fallu un moment pour accepter les faits : les suggestions de Naya étaient pleines de… bon sens. Encore maintenant, cela me fait du mal d'écrire cela, et pourtant… Elle avait raccourci mon introduction, la rendant ainsi plus percutante. Elle avait aussi épuré une phrase que je savais un peu lourde, et avait ajouté une petite blague que je n'ai pas pu m'empêcher de trouver drôle. J'étais encore tout à fait convaincue que sa démarche était déplacée, mais je ne pouvais plus faire marche arrière. J'ai allumé mon ordinateur, effectué chacune des corrections, à contrecœur, certes, mais sans en oublier aucune, et ai envoyé ma nouvelle version à Nick. Mais avouer que j'avais tort ? Ça, il n'en était pas question. Pourtant, je suis tout de même allée trouver Naya.

– Finalement, j'ai un peu de temps ce soir, je peux lire un de tes papiers, si tu veux.

Naya a fait semblant de ne pas remarquer ma mine renfrognée.

– OK, je t'envoie un e-mail. Il y a un passage dont je ne suis pas tout à fait sûre… Tu me diras ce que tu en penses.

– D'accord.

Avait-elle deviné ce que je venais de faire ? Si tel était le cas, elle n'en a rien laissé paraître.

– Je trouve ça génial ! s'est-elle exclamée en tapant dans ses mains. Du vrai travail d'équipe, c'est ça qui me plaît dans la vie d'un journal.

Et j'ai bien été obligée d'admettre :

– Euh, oui, c'est vrai… Enfin, jusqu'à maintenant, je n'avais pas trop l'habitude. L'année dernière, c'était un peu chacun pour soi.

– Ah, mais on va changer ça alors ! Il n'y a que comme ça que l'on peut s'améliorer. Je vais en parler à Nick.

– OK.

Je ne savais plus quoi dire. Quand Naya était arrivée avec mon article raturé de rouge, j'avais été convaincue qu'elle me cherchait des histoires. Qu'elle voulait me montrer qu'elle était meilleure que moi ou jouer d'une autorité mal placée. Mais qu'elle ait tout simplement voulu m'aider, ça non, ça ne m'avait pas traversé l'esprit.

– Ah, au fait, ma copine Olivia organise une soirée chez elle vendredi soir. Tu veux venir ?

– Ah ah ah !

Je n'ai pas pu m'empêcher de ricaner. J'avais déjà bien du mal à la supporter en classe – ses réflexions hautaines, sa façon de toujours attirer l'attention – pour ne pas passer une minute de plus avec elle. Naya m'a observée avec des yeux ronds. Je ne pouvais pas croire qu'elle n'était pas au courant.

– Euh, ça m'étonnerait que ta « copine » Olivia veuille de moi à sa fête.

– Qu'est-ce que tu racontes ? Elle m'a dit que je pouvais inviter qui je voulais au journal.

– À part moi, à mon avis.

Naya a froncé les sourcils.

– Mais non ! Je lui ai même parlé de toi, et elle m'a dit de t'inviter.

– Olivia t'a dit de m'inviter à sa soirée ?

– Oui. Sinon je ne te l'aurais pas proposé.

J'étais bouche bée.

– Alors, tu es libre vendredi ou pas ?

– Euh, oui. Oui, je suis libre.

Oh Violet ! Dans quel pétrin t'es-tu encore fourrée ?

Prof d'un jour

Jeudi 29 septembre

Je ne sais pas trop comment on en est arrivé là. C'est lui qui m'a demandé ce service, après un cours, et je n'ai pas hésité un instant. Lucas n'est pas mauvais en espagnol pourtant, mais son accent laisse grandement à désirer et il paraît que le mien n'est pas trop mauvais. Alors, hier soir, nous nous sommes vus pour une séance de conversation. Lucas avait proposé que l'on se retrouve chez moi, mais je ne pensais pas que c'était une très bonne idée. Je voyais déjà Susan me lancer des petits regards suggestifs depuis la cuisine… Et puis, ensuite, elle n'aurait pas arrêté de me harceler de questions. Rendez-vous était donc pris chez Cookie, autour d'un verre, après les cours. Uniquement pour pratiquer la langue, bien sûr. Mais, je ne sais pas pourquoi, je ne me suis jamais sentie aussi nerveuse de parler espagnol.

– Et alors, alors, alors ?

Zoe est venue me chercher en voiture ce matin. Les jours où elle n'a pas entraînement, elle passe parfois me prendre pour aller au lycée. En général, c'est tout simplement pour me dépanner et m'éviter le long trajet en bus. Mais aujourd'hui, c'était surtout pour être la première à connaître les derniers potins.

– Alors, alors, on a parlé espagnol.
– Mais vous avez parlé de quoi ?
– Du lycée. De ses copains. Des soirées à venir…
– De *Homecoming* ?
– Oui, aussi de *Homecoming*, ai-je répondu d'un ton un peu plus maussade que je ne l'aurais voulu.

Zoe s'est tue. Elle devait déjà savoir ce qui allait suivre. Parfois, j'ai l'impression que mes copines me connaissent mieux que je ne me connais moi-même.

– C'est bête, hein, mais je pensais qu'il allait me demander si je voulais qu'on y aille ensemble… ai-je poursuivi, boudeuse.
– Mais non, ce n'est pas bête du tout ! On a toutes pensé ça. D'ailleurs, moi je suis sûre que ces cours privés ne sont qu'un prétexte.
– Eh bien, c'est un sacré bon prétexte alors ! Parce qu'on n'a fait que ça.
– Il n'a pas dû oser, c'est tout.

Devant ma mine contrite, elle a cru bon de développer son hypothèse.

– Il a le temps encore, et puis il ne voulait peut-être pas que tu découvres la supercherie…
– Moi, je crois surtout qu'il a besoin d'aide en espagnol.
– Violet, on parle d'un garçon qui ne t'a pas quittée des yeux de toute l'année dernière.

J'ai haussé les épaules.

– Bon, tu le revois quand ?
– Demain après-midi, c'est notre dernier cours de la journée.
– Tu n'as qu'à lui proposer d'aller boire un verre après.
– Ce serait un peu gros, non ? Et puis, je ne peux pas. Je dois me préparer pour la soirée…

Zoe a marqué un temps d'arrêt.

– Ne me dis pas que tu vas vraiment y aller ?

J'avais beaucoup réfléchi à l'invitation de Naya. L'année dernière, j'aurais fait n'importe quoi pour être invitée à l'une des fabuleuses soirées d'Olivia. La fille la plus populaire du lycée qui veut que tu viennes à sa fête, c'est comme une validation. Un ticket d'entrée dans la bande la plus sélecte du lycée. Que dis-je, du tout-LA ! Et non, je n'ai pas oublié que nous ne sommes pas exactement les meilleures amies du monde. Mais Naya sera là, et bon, peut-être que les choses seront différentes ?

– Ta curiosité te perdra, a repris Zoe.

– Ce n'est pas ça ! Tu sais, je crois que j'ai jugé Naya un peu trop vite. Nick était bluffé par mon article corrigé. Même Mme Andrews est venue me dire qu'il était particulièrement bien écrit.

Zoe a fait une grimace.

– Tu ne crois pas qu'il est possible qu'elle ne soit pas aussi mauvaise que les trois autres ?

– OK, j'admets. Il y a une possibilité que cette Naya soit un peu moins glaciale que les membres de l'*evil trio*. Mais tu penses vraiment que devenir amie avec elle est une bonne idée ?

– Elle n'était pas obligée de m'aider sur mon article. Nous sommes quand même en compétition… En fait, je crois qu'elle était sincère, tout simplement.

Mon amie a poussé un long soupir.

– Une soirée chez Olivia Steiner… Bon, tu promets que tu me raconteras tout ?

E-mail de **loulou@emailme.com**
à **violetfontaine@myemail.com**
le dimanche 2 octobre à 10 h 55
Sujet : C'est une blague ?

Naya et Noah ? Noah et Naya ? Euh, j'ai dû mal lire là… Il faut que l'on décortique tout cela au plus vite, ma chère !

Ta Lou

Une alliance improbable

Dimanche 2 octobre

Deux heures que je suis assise à mon bureau et je ne sais toujours pas par où commencer. Je n'ai pas écrit une seule ligne sur la fameuse soirée chez Olivia et mes invités arrivent dans trois quarts d'heure. Une chose est sûre, je m'y suis rendue avec une énorme boule au ventre et la crainte d'avoir fait la pire erreur de ma vie. Et le fait est que je ne sais toujours pas pourquoi j'ai été invitée. Je m'attendais à un événement hors du commun. Les soirées chez Olivia sont réputées pour être mémorables et complètement démesurées, comme la villa qu'elle habite. Mais, si je mets de côté le fait que j'ai déjà vu quelques-unes des filles présentes dans les pages de mon magazine préféré, et que les sempiternelles pizzas avaient été remplacées par des petits-fours rafinés, c'était presque une soirée comme les autres. J'ai bien dit « presque » !

C'est Olivia qui m'a ouvert la porte. Je savais bien que c'était à sa porte que je venais de sonner, mais cela m'a tout de même fait un choc. Quand je l'ai vue, je me suis même demandé un instant si j'allais oser entrer. Cinq minutes plus tôt, j'avais envoyé un SMS à Naya pour lui annoncer que j'arrivais, dans l'espoir, justement, d'éviter un face-à-face avec la maîtresse de maison. Mais c'est bien Olivia qui m'a accueillie, avec un sourire qui m'a complètement désarmée.

– Violet, *welcome* ! Ça me fait plaisir que tu aies pu te joindre à nous !

J'ai bien cru m'étouffer sur place. Puis j'ai eu envie de lui demander si elle était tombée sur la tête, mais je me suis dit que ce ne serait pas la meilleure façon de commencer la soirée. J'ai quand même dû me racler la gorge avant de pouvoir répondre.

– Merci à toi de m'avoir invitée !

Olivia m'a fait signe de la suivre dans l'entrée. Elle m'a indiqué un vaste vestibule où poser ma veste, puis m'a entraînée vers le bar. J'avais entendu de nombreuses descriptions sur la demeure des Steiner. Tous ceux qui ont eu l'honneur d'être invités à l'une des célèbres soirées d'Olivia avaient parlé de pièces immenses, très lumineuses, au décor opulent. Je me souvenais des détails que l'on m'avait racontés : les sculptures dorées que l'on n'oserait jamais toucher, l'équipement high-tech de la cuisine au salon, les miroirs en nombre qui donnent au lieu un aspect encore plus démesuré. On m'avait aussi décrit la vue à couper le souffle sur l'océan Pacifique. Pourtant, il fallait vraiment le voir pour croire qu'une famille vivait ici. Jusque-là, je pensais que ce genre de maison existait uniquement dans les magazines.

– Qu'est-ce que je te sers à boire ?

J'ai scruté Olivia un moment. Ses cheveux bruns étaient relevés en un chignon délicat, sa petite robe rose semblait avoir été taillée sur mesure et son maquillage était léger mais parfaitement exécuté. Elle m'a souri de nouveau. Un sourire franc, accompagné d'un regard que j'avais vraiment envie de considérer comme sincère. Cette fille ne pouvait pas être l'Olivia Steiner que je connaissais, capitaine de l'*evil trio*, méprisant toutes les filles qui ne font pas partie de son monde pailleté, moi la première. Mais c'était bien elle qui était en train de me servir un verre et de m'enjoindre de faire comme chez moi. Faire comme chez moi, chez elle ? Ça aurait bien été au-dessus de mes forces. On n'efface pas un passé aussi crasse avec un sourire et un verre de jus de fruits.

– Ah Erik ! Je te présente Violet.

Le garçon en question venait de s'approcher du bar. Blond foncé, taille moyenne, les lèvres un peu trop fines, la mâchoire un peu trop fuyante… On ne peut pas dire qu'il était mon type. Pourtant, la conversation s'est engagée entre nous, et je n'ai remarqué que cinq minutes plus tard que notre hôtesse s'était évaporée.

– Tu es une amie d'Olivia ? m'a-t-il demandé par-dessus le bruit de la musique.

Hmmm, ce n'était pas le genre de question à laquelle j'aurais pu répondre honnêtement. En temps normal, je n'aurais eu aucun problème à avouer tout le mal que je pense d'Olivia. Mais cette situation n'avait rien de normal.

– On est dans le même lycée, ai-je répondu simplement.

– Et toi, tu la connais d'où ?

– On a des amis en commun… Ça fait longtemps que tu vis à Los Angeles ?

– Un peu plus d'un an. Et toi ?

– J'ai grandi ici. Tu es française, c'est ça ?

– Euh, oui.

– Et tu habites près d'ici ?

J'ai froncé les sourcils.

– Tu poses toujours autant de questions ?

– Oui. Déformation professionnelle, en quelque sorte.

Devant mon air confus, Erik a cru bon de préciser.

– C'est mon boulot, en fait. Tu connais le site www.LApublic.com ?

Oui, je connaissais. Claire lit religieusement ce blog sur la vie des célébrités de Los Angeles. Le site traite uniquement des personnalités locales – pas que des stars internationales – et mon amie m'envoie régulièrement des liens sur des personnes que je devrais sans doute connaître, mais qui ne me disent rien la plupart du temps. Bien sûr, Olivia, Rebecca et Alyssa y apparaissent régulièrement, et je comprenais désormais mieux pourquoi. Erik m'a expliqué qu'il avait créé ce site un an plus tôt, alors qu'il était en *freshman year* à l'université. Il souhaitait se différencier des autres blogs people avec un site 100 % local. Intriguée, j'ai posé à Erik quelques questions sur le fonctionnement du site et sur sa façon d'obtenir ses informations. Apparemment, il connaît à peu près toute la ville, donc ça ne doit pas être très difficile. Il s'est plié au jeu et a satisfait ma curiosité, mais il s'est ensuite empressé de ramener la conversation à moi.

– Et tu habites chez Simon Porter, c'est bien ça ?

Je n'ai pas pu cacher ma surprise. Tenait-il cela d'Olivia ? J'avais toujours imaginé qu'elle ne savait rien de moi.

– Euh, oui… tu le connais ?

– Pas personnellement, mais j'ai vu plusieurs de ses films. Tiens, tu pourrais peut-être m'arranger un rendez-vous ? J'aimerais beaucoup l'interviewer.

– Oh, je ne sais pas… Simon est assez réservé, je ne suis pas sûre que les sites de « gossip » soient son truc.

Si ma remarque a contrarié Erik, il n'en a rien laissé paraître.

– Ça ne coûte rien de lui demander…

J'avais déjà failli exposer la véritable identité de Simon à un journaliste que je ne connaissais ni d'Ève ni d'Adam. Je suis peut-être la reine des bêtises, mais je ne vais tout de même pas faire la même erreur deux fois. J'osais à peine imaginer la tête qu'il ferait si je lui suggérais de donner une interview pour www.LApublic.com.

– Je le connais et, ce n'est pas son truc, c'est tout.

– Et d'ailleurs, tu le connais d'où ?

Il y avait quelque chose dans le regard de ce garçon qui commençait à me mettre sérieusement mal à l'aise. Et pas dans le mauvais sens. Du charme ? Non, ce n'était pas le bon mot. Du mystère ? Peut-être. Son ton, un brin caustique, n'était pas non plus pour me déplaire. Sa voix grave et son aplomb me changeaient des garçons du lycée. J'ai soudain regretté ma tenue : ma blouse blanche à pois et ma jupe corolle bleu marine me donnaient l'air d'une petite fille à côté de lui.

– Pardon ?

J'ai évité son regard. Pas question de lui laisser voir l'effet qu'il me faisait.

– Tu vis chez lui, non ? J'imagine que tu ne t'es pas pointée à sa porte en arrivant de l'aéroport.

– C'est un ami de ma mère. Un ami de longue date.

La frontière floue entre la vérité déformée et le mensonge léger, je connais bien. Je pourrais dire que j'ai appris ça de maman, qui m'a menti toute ma vie au sujet de mon père – même si c'était pour mon bien – mais il est aussi fort possible que ce soit une compétence que j'ai perfectionnée toute seule comme une grande.

– Et il est sympa ?
– Simon ? Oui, très. Pourquoi ?
– Non, juste comme ça. Tu as beaucoup de chance de vivre avec lui.

C'est à ce moment-là que j'ai aperçu Naya à l'autre bout de la salle. Elle m'a fait un signe de la main, mais je ne me suis pas précipitée pour la rejoindre car Erik venait de me demander mon numéro de téléphone. Jusque-là je n'avais pas réussi à deviner s'il était en train de flirter avec moi, mais ce petit détail a fini d'éveiller mes soupçons. Il ne me demanderait pas mon numéro s'il n'avait pas l'intention de m'appeler, si ?

J'ai passé le reste de la soirée avec Naya. Je ne sais pas si, comme moi, elle connaissait très peu de monde à cette fête, ou si elle se sentait obligée de rester collée à moi puisque c'est elle qui m'avait invitée, mais nous ne nous sommes plus quittées. Nous avons fait chauffer la piste de danse, et elle a trouvé LE moyen de me convaincre qu'elle ne peut pas avoir mauvais fond : elle m'a dit qu'elle adorait mes chaussures – les compensées en daim gris que j'avais achetées en arrivant à LA – et mon style en général. Bien sûr, nous avons aussi parlé du journal, et avons même réfléchi ensemble à quelques idées d'articles. Naya a proposé que l'on coécrive un de ces sujets pour la prochaine édition et, après le succès de mon dernier article, cela me paraissait une idée tout à fait intéressante. Un peu plus tard, notre conversation a dévié sur le cinéma, et c'est tout naturellement que je l'ai conviée à la maison cet après-midi. Naya et moi avons définitivement plus de points communs que je n'aurais pu l'imaginer. Quand je lui ai parlé du scénario sur lequel je suis en train de travailler, elle s'est montrée si enthousiaste que j'ai décidé de la recruter.

J'avais accepté l'aide de Noah quelques jours plus tôt. Il avait tout de suite été partant pour me donner des conseils, et avait proposé de passer chez moi cet après-midi. Ce n'est qu'après que je m'étais vraiment demandé si c'était une bonne idée. Après tout, comme Erik l'a remarqué, je vis sous le toit d'un scénariste de renom, et Simon ne verrait aucun inconvénient à répondre à mes questions et à critiquer mon travail. Mais quand j'ai parlé à mon oncle de l'offre de Noah concernant mon projet de scénario, il m'a tout simplement conseillé de foncer. « L'écriture de scénario est souvent un travail d'équipe. Si tu as envie de te lancer là-dedans, commencer par monter une petite équipe de passionnés est une très bonne idée ! » Et donc, rassurée par les bonnes paroles de Simon, j'avais hâte de lancer notre collaboration. Entre-temps, j'avais lu le scénario de Noah, et son talent m'avait sauté aux yeux, page après page. Et maintenant que Naya allait rejoindre notre équipe, je n'avais plus à me soucier d'un quelconque quiproquo entre nous. Notre rendez-vous serait strictement professionnel. Trois passionnés qui unissent leurs forces, tout simplement.

Sur le moment, cela me paraissait si logique, si évident. Enfin, jusqu'à ce que je repère Olivia, qui, à l'autre bout de la salle, m'observait danser avec son amie, le visage fermé et le regard sévère.

L'ombre Walmsley

Lundi 3 octobre

Le voile est levé. Bon, si j'en crois Simon, avec ses parents, le voile n'est jamais totalement levé. Quelques jours après son étrange coup de téléphone, mon oncle a reçu un e-mail de sa mère. Elle a écrit à demi-mot ce qu'elle n'arrivait pas à formuler de vive voix : elle veut en savoir plus sur moi. Après avoir cherché à ignorer jusqu'à mon existence depuis dix-sept ans, la voilà soudain intéressée. Et ça, Simon n'a pas eu besoin de me le préciser : ce n'est pas une coïncidence. J'ai appelé maman sur-le-champ. Elle était dans tous ses états.

– Je n'aime pas ça ! Elle n'a pas essayé de te contacter directement, au moins ?

– Bien sûr que non ! Tu ne crois pas que je vous aurais prévenus ?

– Hmmm. Cette histoire ne m'inspire rien de bon.

– Ne t'inquiète pas. Simon lui en a dit le moins possible. Et certainement pas la façon dont j'ai appris les choses.

– Mon petit doigt me dit qu'elle doit en savoir plus qu'elle n'en a laissé paraître.

C'était à mon tour de sentir la panique monter en moi.

– Mais comment ?

– Crois-moi, Violet, Simon a raison. Rien de tout cela n'est une coïncidence.

Maman a repris, avec toujours autant de tension dans la voix.

– Ce journaliste, Scott Byrne, il ne t'a pas recontactée ?

– Non, et même s'il l'avait fait, je n'aurais rien dit de plus. J'ai donné ma parole. Je ne vais pas revenir dessus !

– Je sais, mais on ne serait pas dans cette situation si tu… enfin, bref. Concentrons-nous sur le problème présent.

– Il n'y a pas de problème. Simon a répondu à ses questions, c'est fini.

– Ma pauvre Violet, tu ne sais pas de quoi ces gens sont capables. C'est loin d'être fini.

À nos claviers

Mercredi 5 octobre

Notre nouvelle équipe s'est mise en place assez rapidement. J'ai retrouvé Naya hier après les cours pour travailler sur notre article. Nous n'en sommes qu'au premier brouillon, mais je sais déjà que cela va être une merveille. J'avais eu l'idée de faire un papier sur le bien-être et Naya avait suggéré de traiter ce sujet sous la forme d'un « guide de survie pour lycéen épuisé » sur un ton humoristique et décalé pour attirer un plus grand nombre de lecteurs. Nick avait immédiatement validé notre concept et notre article était à remettre pour vendredi. Curieusement, aucune de nous n'avait fait observer à l'autre que vendredi était aussi le jour où les titulaires seraient annoncés au journal. Même si je préférais ne pas trop y penser, j'osais espérer que Naya saurait accepter sa défaite avec grâce, si jamais j'étais choisie. Elle devait savoir qu'étant nouvelle ici ses chances restaient limitées, piston ou pas. En tout cas, c'est ce que je me répétais sans cesse, pour éviter de perdre la tête en attendant la décision de Mme Andrews.

Noah était venu nous retrouver chez Cookie une heure plus tard, et nous nous étions attelés au scénario. Nous avions fait pas mal de progrès lors de notre séance de dimanche, et mes deux partenaires avaient décrété que l'on devait battre le fer tant qu'il était chaud. Naya avait aussi insisté pour que l'on se retrouve en dehors du lycée. « On y passe déjà beaucoup trop de temps ! » avait-elle prétexté. Hmmm, quoi qu'elle en dise, je pense qu'il y avait une autre raison à cela. J'imagine déjà les têtes d'Olivia, Rebecca et Alyssa quand elles vont lire notre article cosigné dans la prochaine édition de l'*Albany Star*. Sans parler du reste… Cela dit, cette idée de nous retrouver chez Cookie me convenait aussi totalement.

J'ai attendu ce midi pour lâcher le morceau à mes amies et on ne peut pas dire qu'elles aient été très réceptives.

– Ne me fais pas dire ce que je n'ai pas dit ! Je trouve ton projet de scénario super-intéressant, a rétorqué Zoe.

Nous étions à la cafétéria, installées à notre table habituelle, et je venais de tout déballer : la soirée chez Olivia, la proposition de Noah de travailler ensemble sur mon scénario, l'idée de Naya… et mes copines me dévisageaient comme si j'avais perdu la tête.

– Déjà, collaborer avec Noah… Tu es sûre que c'est une bonne idée ?

– Pour le moment, ça se passe super-bien, ai-je répondu, sur la défensive. Et justement, le fait que Naya soit là, ça nous aide. Je ne sais pas si on arriverait à travailler aussi bien sans une troisième personne. Comme ça, il n'y a pas de sous-entendu.

– Mais ce n'est pas n'importe quelle troisième personne. On parle de Naya, la meilleure amie d'Olivia ! a dit Claire, incrédule.

J'ai poussé un long soupir. Je savais que mes amies ne voulaient que mon bien mais ce projet m'avait donné un nouveau souffle. Au lieu de me ronger les ongles à attendre de savoir si j'allais obtenir le poste tant convoité, j'avais concentré mon trop-plein d'énergie sur quelque chose qui me plaisait vraiment. Comment pouvaient-elles ne pas s'en rendre compte ? Et après tout, c'est bien Claire qui nous avait encouragées à poursuivre nos rêves, non ? À nous investir à fond dans notre année de *senior* pour qu'elle soit la plus mémorable de toutes… Eh bien voilà, j'avais suivi son conseil. Elle ne pouvait tout de même pas trouver quelque chose à redire là-dessus !

– Je ne sais pas si elles sont si amies que ça.

Zoe et Maggie ont froncé les sourcils. Bien sûr que je suis au courant des liens qui unissent Olivia et Naya. Non pas que ma nouvelle amie et moi ayons abordé le sujet. Sait-elle qu'Emily m'a déjà tout raconté ? Et Olivia ? Que lui a-t-elle dit sur moi ? En tout cas, pour le moment, rien de tout cela ne nous a mis des bâtons dans les roues.

– Même si elles étaient les meilleures amies du monde, ça ne veut pas dire que je ne peux pas travailler avec elle, si ? Je peux tout à fait rester professionnelle. Du moment que je n'ai pas à me retrouver face à l'*evil trio* trop régulièrement…

– Tu es allée à la soirée d'Olivia de ton plein gré, a remarqué Maggie.

– Oui, et comme je vous l'ai dit, j'ai à peine vu Alyssa et Rebecca. J'ai discuté avec Olivia pendant deux minutes et personne n'a sorti les griffes.

– C'est bien la première fois, alors… a gentiment raillé Zoe.

Devant mon air agacé, Claire a repris les choses en main.

– Je suis d'accord avec les filles. Ton projet de film est excellent, et Naya a raison, tu ne devrais pas t'en tenir à un simple scénario. Je te vois très bien faire ce film, pour de vrai ! Et je sais déjà qui pourrait jouer le rôle principal, d'ailleurs…

Claire m'a fait un clin d'œil appuyé. Mais c'est bien sûr ! Je n'arrive pas à croire que je n'y avais pas pensé avant. Claire serait parfaite. Et je commençais à penser que Naya et Noah avaient en effet vu juste. Hier soir, ils avaient passé un quart d'heure à me convaincre qu'il fallait que l'on voie plus grand. Que l'on monte ce projet de A à Z une fois que l'on aurait un scénario en béton. Il serait idiot d'en rester là. Selon eux, entre nos amis et nos connaissances dans le milieu, filmer notre histoire ne serait pas du tout de l'ordre de l'impossible. Je ne leur avais pas caché mes réserves : écrire une histoire, ça, je savais à peu près faire. Mais produire un film ? Cela m'avait tout l'air d'être un des projets farfelus qui me passent souvent par la tête. Projets que j'oublie bien vite, sous peine de me faire traiter de dingo par mon entourage. Mais les paroles de Claire me faisaient douter de nouveau. Et si c'était possible, après tout ?

– Tu sais bien que l'on pense à toi avant tout. On a juste peur que cette histoire ne dégénère. Noah, Naya et toi, c'est un peu… une alliance improbable, tu ne crois pas ?

– C'est exactement ce que j'ai pensé au début. Mais on s'est retrouvés tous les trois, et je ne sais pas comment l'expliquer, la magie était là. C'était comme si on avait fait ça depuis toujours. Les idées fusaient, les différents points de l'histoire s'emboîtaient parfaitement. J'avais toujours pensé que l'écriture était une activité solitaire, et je me suis rendu compte à quel point j'avais tort. Vous comprenez ?

– Bien sûr qu'on comprend. Et on te soutient quoi que tu fasses, m'a rassuré Zoe. Mais on ne veut pas que tu oublies que vous êtes avant tout en concurrence.

– Les filles, parfois, j'ai vraiment l'impression que vous me sous-estimez. Je sais ce que je fais. C'est peut-être un peu compliqué, certes, mais j'ai vraiment un bon feeling, faites-moi confiance. Et Claire, je pense que tu serais parfaite dans le rôle principal.

– Eh bien, moi ça me suffit, a répondu Claire en riant. Bon maintenant, qui a envie de se faire un ciné vendredi soir ?

– Moi ! a dit Zoe. Et Jeremy aussi.

– J'en suis, a poursuivi Maggie. Mais Josh a déjà quelque chose de prévu.

– Parfait, je vais regarder le programme, a déclaré Claire.

Et c'était aussi simple que ça. La tension s'était dissipée, les doutes, les craintes évaporés. Mon discours les avait convaincues. Chacune d'entre elles. Chacune, sauf moi.

20

Dimanche 9 octobre

– Oh ! là là ! Violet, ralentis ! Je n'arrive pas à imprimer, là. C'est ça qui te peine le plus ? Qu'il y aille avec elle ?

– Mais non, c'est tout ! Tout ensemble. Il fallait qu'elle me pique tout cette garce !

J'ai essuyé mes larmes d'un revers de la main, sans même me rendre compte que je n'avais pas pleuré depuis vingt minutes. Il ne restait que quelques traces de sel qui me tiraillaient la peau. Lou m'a observée avec un regard désolé à travers la webcam. Ce matin, toute la technologie du monde n'aurait pas pu changer le fait que ma meilleure amie se trouvait à des dizaines de milliers de kilomètres.

– Enfin, ce n'est pas vraiment comme si elle te l'avait piqué… elle ne pouvait pas savoir…

Lou s'est interrompue d'elle-même face à mon regard assassin. Je savais bien que ce n'était pas de sa faute. Elle avait même eu la délicatesse de ne pas m'asséner un « je te l'avais dit » que j'aurais pourtant bien mérité. Mais voilà, je bouillais de colère, et il fallait bien que je déverse tout cela sur quelqu'un, non ? Non.

– Mais c'est moi dont il était soi-disant amoureux…

– Peut-être qu'il s'était fait une raison ? Tu n'avais jamais semblé intéressée alors…

Non, je n'avais jamais été intéressée, mais ça, c'était avant sa transformation. L'année dernière, une fille comme Naya n'aurait sans doute jamais posé les yeux sur lui. Et moi non plus, je n'avais jamais vraiment fait attention à lui. Mais cette année, la donne avait changé, et je m'en étais rendu compte trop tard.

– Ne t'inquiète pas, ma belle, tu n'es pas la première fille à vouloir ce qu'elle ne peut pas avoir.

– Ça ne me réconforte pas vraiment.

Vendredi matin, je me suis rendue dans les locaux de l'*Albany Star* à reculons. J'avais passé la semaine à osciller entre deux sentiments totalement opposés. Une minute, j'étais convaincue d'être la meilleure candidate, la *seule* candidate possible, et l'instant d'après, je m'imaginais perdre les pédales lorsque Mme Andrews annoncerait sa sentence : je ne faisais absolument pas le poids face aux autres prétendants. Bien sûr, notre superviseuse ne dirait jamais une chose pareille, mais mon imagination et mon sens du mélodrame ont parfois tendance à s'associer pour le pire. Et pour ne rien arranger, ma discussion avec Zoe, Claire et Maggie passait aussi en boucle dans ma tête. Jusqu'à ce moment-là, j'avais refusé de considérer la possibilité que Naya soit choisie à ma place. La raison était simple : je savais au fond de moi que sa nomination ferait voler en éclats notre collaboration nouvelle, et ça, je ne pouvais pas l'envisager. J'avais beau nier les faits, me mentir à moi-même, je savais que je serais bien incapable de poursuivre cette mascarade si Naya obtenait le poste d'adjointe. Comment pourrais-je la féliciter ? Faire semblant d'être ravie pour elle ? Affronter le regard d'Olivia qui lirait la déception amère dans le mien ?

Mme Andrews a attendu que le silence se fasse dans la salle pour commencer son discours de manière solennelle. Elle nous a d'abord informés qu'elle avait été impressionnée par la passion exprimée par tous les candidats. Je n'avais aucun doute là-dessus. Qui ne serait pas passionné par l'idée d'obtenir un poste si prestigieux dans un journal aussi réputé ?

– Le choix n'a pas été simple, a-t-elle ajouté, mais je suis convaincue que notre nouvelle équipe saura mener le journal avec toute la ferveur, l'inspiration et la dévotion nécessaires. Alors, sans vous faire attendre plus longtemps, je vous annonce que Nick est le nouveau rédacteur en chef pour l'année 2011-2012. Nick a fait un excellent travail ces dernières semaines et je lui souhaite beaucoup de réussite pour la suite. Quant à son adjoint, je suis ravie d'accueillir dans notre équipe une talentueuse journaliste, qui a déjà fait ses preuves et qui, je n'en doute pas, appréhendera son rôle avec la bonne humeur et la volonté dont elle a fait montre depuis son arrivée. Naya, félicitations !

J'ai serré les dents. Quelques-uns de mes collègues ont été surpris, mais la plupart ont pris Naya dans leurs bras en la félicitant, et se sont déclarés enchantés par cette nouvelle. Elle s'était de toute évidence déjà fait de nombreux amis au journal. Je me suis demandé si elle avait essayé avec d'autres ce qui avait si bien marché avec moi. Avait-elle relu les articles d'autres journalistes derrière leur dos ? Prétendu les aider à les améliorer tout en s'essayant déjà, ni vu ni connu, au poste qu'elle convoitait tout autant que moi ? Emily m'a lancé un regard navré. Elle avait prédit ce résultat depuis le début mais je ne l'avais pas assez prise au sérieux. Puis c'est Naya qui m'a fixée, mais j'aurais été bien incapable de deviner ce qui se passait dans sa tête à ce moment-là. Avait-elle manigancé tout cela depuis le début ? Ou avait-elle été vraiment nommée sur la base de ses compétences ? Lou n'avait pas manqué de me rappeler que Naya avait aussi été rédac' chef adjointe dans son ancien journal. Inutile de dire que j'aurais préféré qu'elle se contente de cet unique exploit plutôt que de me dérober mon rêve.

J'ai quitté la salle précipitamment. Je sais que je n'aurais pas dû me montrer si mauvaise perdante, mais je ne suis pas sûre que quiconque ait remarqué mon départ. Nick et Naya étaient fêtés comme des rock stars et personne n'allait se soucier de moi. Mais leur victoire allait être de courte durée. Ils avaient désormais la lourde tâche de gérer entièrement le journal pendant le reste de l'année. Des heures de travail, des dizaines d'e-mails par jour qui exigent une réponse immédiate… J'avais au moins ça comme lot de consolation. Non, qu'est-ce que je raconte ! J'aurais donné n'importe quoi pour être à leur place.

J'ai erré dans le couloir vide pendant quelques instants. Je n'avais pas cours avant 9 heures, et je ne savais pas où aller. Les murs m'ont soudainement paru étroits et le rouge vif des casiers trop agressif. J'étouffais. J'avais réussi à retenir mes larmes jusque-là, mais je n'étais pas sûre de tenir encore bien longtemps. Et puis je suis passée devant Alyssa. Son air mauvais m'a rappelé pourquoi Naya et moi n'aurions jamais pu être de vraies amies. Elle appartenait à ce clan de filles : celles à qui la vie sourit, qui obtiennent tout ce qu'elles veulent, sans effort ou presque. Ces filles-là ne se réveillent jamais avec un bouton sur le nez. Leurs cheveux restent en place toute la journée. Leurs jupes ne se froissent pas, leurs collants ne filent pas. En tout cas, c'est ce que je m'imagine. Zoe, Maggie et Claire étaient en cours, je n'avais personne à qui parler. J'ai décidé d'aller prendre un cappuccino, plus parce que cela me donnait une bonne excuse pour quitter l'enceinte du lycée que par besoin de caféine. Et devant le Starbucks, il y avait Noah. Il a tout de suite vu que quelque chose n'allait pas, et il ne lui a pas fallu longtemps pour deviner l'origine de mes tracas.

– C'était ce matin, n'est-ce pas ? Les nominations ?

J'ai hoché la tête, la voix étranglée par les sanglots qui restaient coincés dans ma gorge.

– Alors, qui a été choisi ?

– Nick et… Naya.

Noah n'a pas réagi. Je n'attendais rien de sa part – je n'étais pas en droit d'attendre quoi que ce soit, je n'étais plus sa petite amie – mais une partie de moi désirait tout de même qu'il prenne ma défense. Au contraire, il n'a fait que m'enfoncer un peu plus.

– Ça paraît logique. Naya avait déjà de l'expérience, et elle écrit vraiment bien.

J'ai cru qu'il venait de me gifler.

– Tu as l'air d'en savoir pas mal sur elle, ai-je lancé, amère.

– Ne commence pas Violet ! C'est juste que l'autre jour, en repartant de chez toi, on a discuté un peu, c'est tout. Elle a déjà été rédac' chef adjointe… ce n'est pas si choquant.

J'ai grogné.

– Tu me crois si tu veux, mais j'espérais vraiment que ça allait être toi. Je sais à quel point ça te tenait à cœur, et tu le méritais.

– Tu le penses vraiment ?

– Vraiment. Et je suis désolé. J'imagine que tu dois être déçue.

– Hmmm, le mot est faible.

Noah a désigné une table au fond du café.

– Tu veux qu'on s'assoie un moment ? J'ai le temps, si tu as envie de parler.

J'ai marmonné un « oui » à peine audible avant d'emporter ma tasse avec moi.

– Ça ne veut pas dire que tu n'es pas douée, tu sais, a-t-il repris une fois que nous étions installés.

Je l'ai coupé sans ménagement.

– Si, c'est justement ce que ça veut dire. Que je ne suis pas assez douée. En tout cas, pas aussi douée qu'*elle*.

J'avais prononcé ce dernier mot comme si c'était un gros mot.

– Ce n'est pas vrai. J'ai lu ton travail. Je sais à quel point tu es investie dans ce que tu fais pour le journal. Tu as autant de talent que n'importe qui à l'*Albany Star*.

– Le pire dans tout cela, c'est que ce soit elle qui ait été choisie. Jeff, j'aurais pu l'accepter, mais la meilleure copine d'Olivia…

– Ah Olivia ! Décidément, celle-là, tu n'auras jamais fini de la détester !

– Et c'est réciproque, crois-moi.

Noah a fait la moue.

– Naya n'est pas Olivia. Tu ne peux pas lui reprocher ses amitiés d'enfance.

J'ai relevé la tête, surprise.

– Ça aussi, elle te l'a raconté ?

– On a parlé un peu de tout. Je suis tellement content qu'elle se soit associée avec nous.

– Tu plaisantes ?

– Non, pas du tout. Je n'étais pas sûr que ce soit une bonne idée, cette histoire… Mais tous les trois, je ne sais pas, ça…

– Ça fonctionne, ai-je poursuivi.

– C'est ça. Ça fonctionne.

– Eh bien tu peux oublier tout ça.

– Quoi ?

– Enfin, Noah, tu me connais ! Il n'est pas question de continuer. Je ne peux pas.

– Parce qu'elle a obtenu le poste à ta place ? Ce n'est pas de sa faute !

Un silence gêné s'est installé entre nous. Je pouvais sentir le regard accusateur de Noah, même si je n'osais pas le regarder droit dans les yeux.

– Violet, réfléchis bien, c'est tout ce que je te demande. Ce serait vraiment dommage de tout laisser tomber. Et puis, je commençais à me dire que toi et moi, on allait pouvoir rester amis. Pour de bon.

– Je ne peux pas, Noah. C'est mon scénario, mon histoire. Je ne veux plus qu'elle y touche.

– Dis-moi juste une chose. Est-ce que tu réagirais pareil si ce n'était pas une amie d'Olivia ?

– Je ne vois pas le rapport.

– Tu as toujours accusé Olivia de juger les gens pour de mauvaises raisons, mais en fait, tu fais pareil. Tu juges Naya sur ses connaissances, alors qu'elle ne demande qu'à être ton amie et à faire partie de notre petit groupe…

Il ne me restait plus qu'à effacer les paroles de Noah de ma mémoire. Voilà pourquoi cela n'aurait jamais pu marcher entre nous : il ne me comprenait décidément pas. Et prendre sa défense à elle ? Non mais, il ne manquait plus que ça !

De sa chambre parisienne, Lou essayait de mettre de l'ordre dans le grand chantier qu'est ma vie à Los Angeles. La pauvre n'avait pas la tâche facile.

– Ce que je n'ai pas encore compris, c'est comment Lucas t'a annoncé ça.

– C'est moi qui ai abordé le sujet de *Homecoming*. J'avais besoin de me remonter le moral. Je me disais que ma journée ne pouvait pas empirer. Quelle idiote je fais !

– Ne dis pas ça…

J'ai passé le reste de la matinée dans un état second, à ignorer les SMS de mes copines, à éviter les regards de mes collègues du journal que je croisais dans les couloirs ou en classe, à prier en silence pour que ce cauchemar soit bientôt fini. Et puis, alors que j'attendais Maggie pour déjeuner – Zoe et Claire n'avaient pas la même pause déjeuner que nous – Lucas est apparu devant moi comme une oasis dans le désert. Soudainement, j'avais *besoin* de lui. Besoin de son attention, de son admiration. À cet instant, j'aurais donné n'importe quoi pour me retrouver dans les bras douillets d'un adorable garçon. Et *Homecoming* serait l'occasion parfaite.

– Tu as déjà prévu d'y aller avec quelqu'un ? a-t-il fini par me demander, après que j'ai subtilement tourné autour du pot pendant deux minutes.

– Non, pas encore, j'attends…

– Tu attends quoi ?

Je me suis contentée d'une moue séductrice.

– Qu'il t'invite ?

Sûre de mon coup, j'ai affiché un petit sourire.

– Uh uh.

– Ne t'inquiète pas, je suis sûr que ça va arriver. Une fille comme toi…

Il n'en fallait pas plus pour me réchauffer le cœur. Après tout, je peux bien vanter les mérites du célibat, entendre un beau garçon me faire un compliment, ça me donnera toujours envie de retourner dans la cage aux lions.

– Moi, je vais avoir la chance d'y aller avec une des plus belles filles du lycée.

– Ah oui ?

J'étais presque euphorique. Au diable le journal, mes ambitions, Naya et son poste à la noix. J'allais enfin me reconcentrer sur l'essentiel : l'amour. Comment avais-je pu l'ignorer pendant si longtemps ? Lucas m'a fait un sourire malicieux avant de m'asséner le coup de grâce.

– Oui ! Elle est nouvelle ici. Tu la connais peut-être ? Elle s'appelle Naya…

Je sais que ce n'est pas possible en réalité, mais mon cœur s'est arrêté de battre pendant au moins deux minutes. J'étais morte, morte à l'intérieur. Naya ? NAYA ? Cette fille avait-elle été envoyée par des forces maléfiques pour me pourrir la vie de A à Z ? Je n'arrivais pas à reprendre mes esprits. Comment était-ce possible ? Ça n'avait aucun sens. Il ne la connaissait même pas… Cela dit, une fille comme elle, tous les garçons doivent la « connaître » dès qu'elle passe la porte du lycée. Mais Lucas avec une copine d'Olivia ? Ça ne tenait pas debout !

– Je n'étais pas sûr qu'elle accepterait au départ, a-t-il repris alors que j'étais encore en train d'accuser le coup, ses copines sont un peu… Enfin, elle m'a fait patienter pendant presque une semaine. Et puis finalement…

– Tu vois, ce n'est pas de sa faute à elle. C'est lui qui lui a demandé… a protesté Lou, après que j'ai raconté l'histoire dans tous les détails pour ce qui devait être la troisième fois.

– Ça n'excuse rien ! Lucas était à moi ! À moi ! Tout comme le poste de rédac' chef adjointe !

– Violet…

– Oui, bon, tu vois ce que je veux dire. C'est juste, un horrible cauchemar… Qu'est-ce qu'elle va me piquer ensuite ? Mon scénario ? Ou alors elle va me faire virer du journal ? Elle est capable de tout cette fille !

– Ce n'est pas toi qui m'avais dit qu'elle n'est justement pas comme Olivia ? a objecté Lou.

Elle voit toujours le bon côté des choses, l'innocence des gens, et leur accorde volontiers le bénéfice du doute. Elle a bien tort.

– Il faut croire que je m'étais trompée.

J'aurais pu m'arracher les cheveux. Lou a senti que j'étais sur le point de craquer.

– Bon, allez, on respire. S'il y a un truc que je sais sur toi Violet, c'est que tu réussis toujours à rebondir. Tu ne t'en rends pas compte, là tout de suite…

Mes larmes sont revenues, sans crier gare. C'en était trop. Mais Lou est restée calme et posée, énumérant les faits comme si elle essayait de résoudre une énigme policière.

– Bon, Lucas va au bal avec Naya, OK. Il a croisé une jolie fille dans les couloirs du lycée, il lui a proposé d'aller à *Homecoming*. Il pensait que tu n'étais pas intéressée, donc il n'a même pas tenté sa chance avec toi. C'est logique.

– Oui, c'est tout à fait logique qu'une sympathisante de l'*evil trio* essaie de me mettre des bâtons dans les roues. Ces pimbêches n'allaient pas s'arrêter en si bon chemin !

Et c'était aussi en toute logique que ma vie était désormais fichue. Zoe avait Jeremy, Maggie allait y aller avec Josh, et Claire avait finalement fait son choix, ce serait au bras d'Evan, un autre *senior*, qu'elle se rendrait à la fête. J'avais raté ma chance avec Lucas et maintenant je serais le vilain petit canard : personne pour m'emmener au bal. Heureusement que Claire n'avait pas précisé que notre année de *senior* pourrait aussi être mémorable dans le pire sens du terme.

E-mail de **erik@LApublic.com**
à **violetfontaine@myemail.com**
le dimanche 9 octobre à 22 h 43
Sujet : Une pensée
Hello belle Violet,
Je pense à toi depuis la soirée… Comment pourrais-je faire autrement ?
Je sais que tu es une fille très occupée, mais si jamais tu avais un peu de temps libre, un petit dîner, toi et moi… J'attends de tes nouvelles.
Ciao,
Erik

La roue tourne

Lundi 10 octobre

Mon téléphone a sonné vers 14 heures hier après-midi. C'était Zoe.

– Bon, je ne vais pas y aller par quatre chemins… Je passe te chercher dans vingt minutes.

Zoe avait raison de présumer que je serais cloîtrée chez moi pendant tout le week-end à la suite de ce vendredi maudit. J'avais brunché avec Simon et Susan après ma conversation avec Lou, mais j'avais ensuite décliné leur invitation à aller visiter une galerie d'art. Susan a décidé de refaire la décoration de la maison et, en temps normal, je me serais réjouie d'aller donner mon avis sur le tableau qu'elle avait repéré. Mais, hier après-midi, j'avais juste envie de m'enfoncer dans mon lit avec un bon roman, en faisant régulièrement des pauses pour m'apitoyer sur mon sort.

– Pourquoi ?

– On va faire du shopping. *Homecoming*, c'est vendredi et il te faut bien une tenue, non ?

– Non. J'avais prévu de porter une robe que Susan m'a donnée.

– Bon, mais tu as bien besoin de chaussures pour aller avec la robe ?

– Euh… de toute façon, je n'y vais pas. Pas la peine que tu te déplaces.

– Je suis déjà en route, a rétorqué mon amie, non sans une pointe d'humour dans la voix.

Vingt-cinq minutes plus tard, elle sonnait à ma porte.

– Tu n'étais pas déjà en route, l'ai-je accusée lorsqu'elle est entrée.

– J'étais en train de mettre mes chaussures. Mais je ne voulais pas que tu me dises de ne pas venir.

Elle m'a prise dans ses bras.

– Je me fais du souci pour toi ! Viens, on va faire un tour sur la jetée.

– Non, Zoe, s'il te plaît… Je n'ai pas envie de sortir.

Je me faisais l'effet d'une petite fille en plein caprice, mais ça m'était bien égal.

– Allez, un tour de grande roue, ça te fera du bien !

La jetée de Santa Monica est une des plus grandes attractions touristiques du coin. Il y a des dizaines de restaurants, de boutiques et c'est aussi une fête foraine permanente, dominée par une grande roue colorée. Je connaissais désormais la vue de là-haut par cœur, pour l'avoir fait avec maman et avec Noah. Mais c'était avec Zoe que j'y étais allée la première fois.

J'ai haussé les épaules.

– Qu'est-ce que tu peux te renfermer sur toi-même quand ça ne va pas ! Et les amies, ça sert à quoi, alors ?

Vendredi, après avoir croisé Lucas, j'avais déguerpi de la cantine sans même attendre Maggie. Quand elle m'avait appelée quelques minutes plus tard, je n'avais pas osé décrocher. Je ne voulais pas lui avouer que je la laissais en plan car je ne pouvais pas supporter l'idée de déjeuner dans la même pièce que Lucas. Et puis, de toute façon, je n'aurais pas pu avaler un seul morceau. Je m'étais réfugiée à la bibliothèque en attendant mon dernier cours de la journée et, après, j'avais foncé au cinéma de mon quartier. Pendant les deux heures qu'avait duré le film, je n'avais pensé à rien d'autre. Le temps que je rentre à la maison, mon portable affichait une demi-douzaine d'appels manqués de la part de Zoe, Maggie et Claire. Je leur avais répondu par de brefs SMS, et elles avaient continué d'insister tout le week-end.

– C'est juste que, une fois le choc passé, je n'avais plus envie de parler. Voilà.

– Je suis vraiment désolée pour toi, tu sais. J'avais prié très fort pour que tu l'aies, ce poste.

– Je sais, je sais.

Au vu de la longueur de la file d'attente pour monter dans la grande roue, Zoe allait avoir tout le temps de me cuisiner.

– Je sais que tu as Lou à qui te confier, a repris Zoe, en sirotant le jus pastèque-framboise que nous venions d'acheter à un des marchands de la jetée, mais je suis là, moi aussi.

– Je sais… mais c'était juste… *too much*. Et puis, tu crois que ça me fait plaisir d'admettre que vous aviez raison, encore une fois ?

– Ce n'est pas la question. C'était facile pour nous de te mettre en garde, mais l'amitié, c'est un peu comme l'amour… On s'éprend parfois de la mauvaise personne sans le vouloir.

– C'est gentil à toi de m'accorder le bénéfice du doute, mais là… Pfff… comment ai-je pu ne pas me douter que les choses allaient mal se terminer ?

Zoe a esquissé un faible sourire.

– Certes…

J'ai pris ma tête entre mes mains.

– Oh, Zoe ! Qu'est-ce que je vais faire, maintenant ?

– C'est très simple. Tu vas continuer à aller de l'avant. Tu vas continuer à écrire pour le journal, pour le plaisir, tranquillement dans ton coin, sans avoir à t'embêter avec toutes les responsabilités d'une adjointe. Et tu vas poursuivre ton projet de film, enfin, si tu en as envie.

– Toute seule ?

– Bien sûr, toute seule !

J'ai lancé un regard plaintif à mon amie.

– Tu n'as pas besoin d'eux ! Tu as assez de talent pour toute une armée de cinéastes. Et puis, tu n'es jamais seule. Tu nous as nous. Claire serait sans doute partante pour t'aider. Et cela vaudrait même le coup d'en parler à Carroll. Je suis sûre qu'elle aurait plein de conseils à te donner.

J'ai réfléchi aux paroles de Zoe pendant quelques instants. Je commençais à entrevoir un peu de lumière à travers les nuages. Certes, mon année de *senior* n'avait pas commencé aussi joyeusement que ce que j'avais imaginé. Mais je ne pouvais pas m'avouer vaincue aussi rapidement ! Si maman était là, elle me rappellerait sans doute que j'avais perdu une bataille, mais certainement pas la guerre. Et la guerre, avec Olivia et sa clique venimeuse, elle n'est jamais terminée. OK, je sais bien que, quelle que soit l'influence dont bénéficie Olivia, il est impossible qu'elle soit responsable de ma défaite et de la nomination de Naya. Cela dit, je suis sûre qu'elle est en train de célébrer ça joyeusement. N'oublions pas qu'Olivia ne s'entoure que de gens qu'elle considère à son niveau. Avec Alyssa et Rebecca, elle a le même niveau de garde-robe de créateurs et de perfidie. Et voilà, Naya vient tout simplement d'affirmer sa place dans l'entourage précieux de la reine des abeilles. Elle a fait ses preuves, a récolté un poste prestigieux, et au passage, elle a battu une des pires ennemies d'Olivia… moi. Bon, arrête Violet ! Te focaliser sur les méfaits de l'*evil trio* ne t'a jamais servi par le passé. Ton année de *senior* vient à peine de commencer, et tu n'as pas dit ton dernier mot.

Nous étions presque arrivées en tête de la file. Zoe a attendu que nous soyons installées dans nos sièges pour évoquer un sujet complètement différent mais tout aussi délicat.

– Il y a un autre truc qui me chiffonne, tu sais… C'est à propos de ton père.

J'ai répondu avec des yeux ébahis. C'était bien la dernière chose à laquelle je m'attendais.

– On en parlait souvent l'année dernière, et… tout à coup, tu as découvert qui il était, et puis… plus rien. Je sais que ce n'est pas facile pour toi, et c'est un peu pour ça que je ne voulais pas t'en parler devant les filles, mais…

Zoe s'est tue. Elle attendait sans doute que j'intervienne, que je me précipite pour lui expliquer pourquoi j'avais soudainement arrêté de parler de mon père, que je lui déballe tout. Malheureusement, ce n'était pas une option.

– Qu'est-ce que tu veux savoir ?

– Je ne sais pas… Enfin, je ne m'attendais pas à ce que tu fasses comme si de rien n'était… Tu te souviens ? Quand tu as appris la vérité, tu étais dans tous tes états. J'avais compris que tu ne voulais pas nous donner des détails sur le moment, mais là…

Je me souvenais très bien, en effet. Zoe, Maggie et Claire avaient dû me traîner de force à la soirée que Jeremy avait organisée à la fin de l'été. Mais là, j'aurais fait n'importe quoi pour m'extirper de cette conversation qui ne pouvait mener à rien de bon. Je ne pouvais pas dire la vérité à Zoe, c'était une évidence. Mais elle ne méritait pas non plus que je lui mente... Pfff, si on n'avait pas été à des dizaines de mètres au-dessus de l'océan Pacifique, j'aurais sans doute pu trouver une meilleure stratégie de repli. J'étais coincée, dans tous les sens du terme. Face à mon silence persistant, Zoe a continué.

– Je t'avoue que je suis un peu, enfin... ça me vexe, quoi. Tu te confiais toujours à moi, avant, et ça fait des semaines que j'attends que tu m'en dises un peu plus... Je suis contente que les choses aillent mieux avec ta mère, mais, enfin, ce que je veux dire c'est, n'oublie pas les copines !

Mon amie a ponctué sa phrase d'un petit sourire, mais je pouvais lire de la tristesse dans ses yeux. Je m'étais tellement focalisée sur la promesse que j'avais faite à maman et Simon de ne pas piper mot à ce sujet qu'il ne m'était jamais venu à l'esprit que quelqu'un pourrait souffrir de mon silence. Il ne me restait plus qu'une seule chose à faire. Limiter la casse.

– Je suis désolée, ma belle. Si j'avais su... En fait, c'est qu'il n'y a simplement rien à dire sur le sujet. Mon père ne fait pas plus partie de ma vie maintenant qu'avant. Et ça ne risque pas de changer.

– Tu ne vas même pas demander à le rencontrer ?

– Non. Il a sa vie, j'ai la mienne. Je me suis rendu compte que j'avais très bien vécu sans lui jusqu'à présent. Cette histoire m'a rapprochée de ma mère et, finalement, c'est de ça dont j'avais besoin.

Intérieurement, je croisais les doigts pour que cette vague explication, pas totalement fausse d'ailleurs, lui suffise. Contrairement à moi, Zoe n'était pas du genre à insister, à pousser les gens. Enfin, sauf aujourd'hui.

– Mais tu es la fille la plus curieuse que je connaisse. Tu ne veux pas en savoir plus sur lui ? Voir une photo, savoir s'il est marié, si tu as des demi-frères et sœurs ?

Je n'allais pas m'en sortir aussi facilement.

– Maman m'a montré une photo. Je suis au courant de l'histoire, dans les grandes lignes.

– Et tu ne vas rien me dire ?

Son ton était presque suppliant.

– Ce n'est pas très intéressant, c'est tout. Maman m'a demandé d'abandonner le sujet, et, franchement, c'est le moins que je puisse faire pour elle.

Zoe m'a lancé un regard soupçonneux. Nous venions de revenir sur terre et je ne pouvais pas trouver de meilleure excuse pour couper court à notre conversation. Je l'ai attrapée par la main.

– Allez, viens, on y va.

– Où ça ?

– Les chaussures, j'ai, mais il me faut absolument une paire de boucles d'oreilles pour aller avec *my killer dress* [1].

---

1. Littéralement : ma robe qui tue.

Un drapeau blanc

Jeudi 13 octobre

Bon, j'avoue. Pendant le week-end, j'avais reçu des messages de mes copines, un e-mail de Lou, un appel de maman qui, alertée par Simon, voulait me consoler, mais ce n'était pas tout. Jusqu'au lundi matin, j'avais aussi reçu cinq SMS de Naya. Elle me disait qu'elle était désolée, qu'elle espérait que je ne lui en voulais pas trop. Que ça ne changerait rien à notre amitié. Ah ah ah, notre « amitié », quel vilain mot ! Il n'a jamais été aussi dépourvu de sens. Elle se demandait pourquoi je ne lui répondais pas. Elle disait s'inquiéter. Je les ai tous effacés les uns après les autres.

J'ai réussi à l'éviter toute la journée de lundi, non sans me lancer dans un petit jeu de cache-cache lorsque j'ai soudain entendu les talons d'Alyssa annoncer l'arrivée de la bande infernale au détour d'un couloir. Naya pouvait bien dire tout ce qu'elle voulait. Je n'avais aucune intention de l'écouter.

Et puis, mardi, alors que je sortais de cours, j'ai reçu un appel de Noah. Enfin, un appel qui provenait du téléphone de Noah. La traîtresse s'était servie de mon ex-petit copain pour m'atteindre. Décidément, elle avait beaucoup plus de points communs avec Olivia que ce que j'avais imaginé.

J'ai dû me retenir de raccrocher dès que j'ai entendu le son de sa voix, et elle a bien dû s'en douter.

– Violet, enfin ! Donne-moi au moins dix secondes pour m'expliquer… J'ai été aussi surprise que toi par l'annonce au journal. Je te jure que je ne m'y attendais pas du tout.

Le bouton rouge de mon téléphone me démangeait.

– Et pour *Homecoming*, crois-moi, je n'avais aucune, mais alors, aucune idée que tu étais intéressée par Lucas…

Et, hop, raccroché. J'aurais pu jeter mon téléphone par terre de colère. Comment était-elle au courant pour Lucas ? Qui le lui avait dit ? Et puis elle se trompait complètement ! Ce n'était pas moi qui étais intéressée. C'était lui. Lui qui m'avait reluquée pendant la plus grande partie de l'année dernière. Tout mon entourage me l'avait fait remarquer. C'était lui qui aurait été aux anges d'aller à n'importe quelle soirée avec moi, avant qu'elle ne vienne tout fiche en l'air.

Un peu plus tard, j'ai rédigé un e-mail dans lequel je passais un véritable savon à Noah. Je lui en voulais de s'être mêlé de cette histoire, presque autant que je lui en voulais à elle. Comment pouvait-il me faire ça ? Si on était encore ensemble, je lui aurais fait une scène dont il se souviendrait longtemps. Et puis, j'ai effacé l'e-mail sans l'envoyer, me rappelant justement que nous n'étions plus ensemble. Les scènes de ménage, c'est réservé aux couples. Pas aux ex qui font semblant d'essayer de rester amis et finissent quelque part entre les deux. Et puis, soyons honnêtes, quand nous étions un couple, je n'étais jamais sortie bien glorieuse de nos fâcheries. Non, mieux valait fermer les yeux sur cela pour le moment.

Et puis, hier, le sort m'a finalement trouvé un cavalier pour *Homecoming*. Jusque-là, je m'étais interdit de trop penser au fait que j'allais m'y rendre seule, même si cette issue devenait de plus en plus inéluctable. Enfin, je devrais plutôt dire une cavalière. Maggie était arrivée au lycée toute déprimée : Joshua s'était foulé la cheville en jouant au foot la veille. Ce n'était rien de grave, mais son médecin lui avait déconseillé de se tenir debout trop longtemps et, bien sûr, de danser. Je jure que j'ai vraiment eu de la peine pour Maggie (et pour Joshua aussi, évidemment). Je savais à quel point elle avait hâte d'emmener son amoureux à cette soirée, de se montrer comme un couple officiel, sérieux, parti pour durer. Mais, bon, je devais bien avouer que ce petit contretemps arrangeait mes affaires : Maggie serait ma *date* [1] au bal de *Homecoming*. Ce n'était peut-être pas aussi romantique, mais c'était un lot de consolation tout à fait acceptable.

L'après-midi, j'ai à peine remarqué l'air boudeur de Lucas. Je savais bien que je ne pouvais pas vraiment lui en vouloir, après tout, le pauvre avait dû souffrir quand il m'avait vue avec Noah à la fin de l'année dernière. Mais je n'avais pas envie de me soucier de lui. Le destin avait clairement décidé que nous n'étions pas faits l'un pour l'autre. Bon, honnêtement, je commençais à me demander si le destin n'avait pas décidé qu'aucun garçon n'était fait pour moi, mais je n'avais pas le temps de réfléchir à ça. J'avais bien d'autres chats à fouetter. Il ne me restait que deux jours pour trouver la coiffure qui irait le mieux avec ma robe.

---

1. *Date* : rendez-vous, aussi utilisé pour désigner une personne.

Ce matin, Naya m'attendait devant la porte du lycée. J'ai tout fait pour l'ignorer et entrer sans passer devant elle, mais elle a été plus rapide que moi.

– Tu ne me laisses pas le choix. Tu n'as pas répondu à un seul de mes appels.

Elle m'avait effectivement rappelée plusieurs fois depuis que je lui avais raccroché au nez. Cette fille était décidément tenace.

– Et tu n'es pas passée au journal de la semaine.

– Tu fais l'appel, maintenant ?

Mon ton était glacial. On aurait pu croire qu'elle serait refroidie une bonne fois pour toutes, mais non.

– Pas du tout. C'est juste que… il faut qu'on parle, non ?

– Alors là, tu vois, je ne suis pas d'accord.

– Violet, s'il te plaît…

Tout à coup, Naya m'a semblé plus tendue, son regard plus fuyant. Elle m'a attirée un peu à l'écart. À quelques mètres derrière nous, Rebecca venait de garer sa voiture. Une remarque mesquine m'est venue à l'esprit, mais le visage crispé de Naya m'en a dissuadée. Je n'arrivais toujours pas à comprendre quel petit jeu elle jouait entre l'*evil trio* et moi, mais quelque chose me disait que je n'allais pas le découvrir tout de suite.

– Écoute, a-t-elle repris un peu brusquement, je ne vais pas me répandre en excuses pour avoir obtenu le poste à ta place. J'ai travaillé dur et je le méritais, tout comme toi. Ce n'est pas moi qui ai pris la décision finale, et, crois-moi ou pas, j'étais tout aussi surprise que toi. Tu penses vraiment que je mentais quand je t'ai dit que je trouvais ton travail excellent ?

Je me suis permis une petite grimace, pour la forme. Mais la vérité, c'est que je ne me lasserai jamais d'un tel compliment.

– Et tout ça n'empêche pas que j'aimerais beaucoup continuer à écrire ces articles avec toi. Tu peux dire le contraire si tu veux, mais on fait une belle équipe, toi et moi.

Il n'était pas question que j'abonde dans son sens. Mais je ne pouvais pas non plus nier une telle évidence. Naya ne s'est pas laissé impressionner.

– J'ai dit à Lucas que je ne pouvais plus aller au bal avec lui. Ne t'inquiète pas, je ne lui ai pas dit que c'était à cause de toi. Mais, voilà, il est libre. Je n'aurais jamais accepté son offre si j'avais su…

J'ai caché ma surprise juste assez longtemps pour cracher mon venin.

– Et tu crois que, maintenant que tu n'en veux plus, je vais me précipiter pour récupérer tes restes ? Pas question !

Naya est restée bouche bée. Même moi, mon agressivité m'a quelque peu ébranlée. On est restées plantées là quelques instants. Je me sentais de plus en plus confuse. Naya n'était pas une grande amie. C'était tout juste une connaissance, un début de copine. Et pourtant, elle n'avait pas cessé de m'appeler depuis vendredi. Si j'avais été à sa place, j'aurais été trop occupée à célébrer ma victoire au journal, et aussi à rêvasser à la soirée que j'allais passer avec Lucas. Alors, pourquoi se préoccupait-elle de moi ? De ce que je pensais ? Avait-elle besoin d'un tel niveau de popularité qu'elle ne supportait pas que quelqu'un puisse avoir une dent contre elle ? Ce serait bien du style d'Olivia,

Alyssa et Rebecca, ça. Mais, tout bien réfléchi, ces filles se moquent de ce que je peux penser d'elles. La seule opinion qui les intéresse, c'est celle des filles comme elles. Alors, se pouvait-il que Naya soit sincère ? Si tel était le cas, elle n'avait pas fini de me surprendre.

– Pourquoi tu as fait ça ? ai-je repris, un peu plus doucement.

– J'ai appris que tu en avais discuté avec lui, et, une chose en entraînant une autre, j'en ai déduit…

– Et lui, il a dit quoi ?

– Il n'a pas été super-ravi, pour être honnête… Mais, bon, mon mensonge est bien passé.

– Et tu vas y aller seule, maintenant ?

– Non. Ça fait deux semaines qu'Olivia n'arrête pas d'insister pour que j'y aille avec un copain à elle. Mais Lucas m'avait déjà invitée, et je l'avais trouvé assez sympa alors…

Naya ne me disait pas toute la vérité, j'en étais convaincue. Mais je n'avais pas vraiment besoin d'en savoir plus.

– Et tu ne pouvais pas savoir, ai-je concédé.

– Non, c'est sûr que je ne l'ai pas fait exprès pour te faire de la peine.

Il y avait une pointe de sarcasme dans la remarque de Naya, mais j'ai choisi de croire que c'était en tout bien tout honneur. Après tout, pour une fille que je connaissais à peine, Naya venait quand même de faire de sacrés efforts pour ressusciter notre entente. Je lui devais au moins le bénéfice du doute. Quant au reste, le juge Fontaine n'a pas encore tranché.

E-mail de **paul.walmsley@walmsleyltd.com**
à **violetfontaine@myemail.com**
le samedi 16 octobre à 17 h 23
Sujet : De passage
Chère Violet,

J'espère que ce message te trouvera en pleine forme. Il me semble que tu es désormais en *senior year*, et j'imagine que tu dois être très occupée par tes études.

Je te contacte aujourd'hui car je serai de passage à Los Angeles la semaine prochaine et je souhaiterais te rencontrer. J'imagine que tu dois avoir des réserves à mon égard, mais j'aimerais profiter de cette opportunité pour prendre un nouveau départ avec toi.

J'attends ta réponse avec impatience.

Bien à toi,
Paul Walmsley

Disco fever

Dimanche 17 octobre

J'ai sorti les trois coupures de magazines de mon sac et les ai étalées sur mes genoux. Heather, la coiffeuse aux cheveux ultracourts et aux multiples tatouages qui m'avait été attitrée pour l'occasion, leur a jeté un coup d'œil par-dessus mon épaule. Dans le reflet du miroir, je pouvais voir Susan absorbée par la lecture de ses e-mails sur son téléphone. C'est elle qui avait insisté pour m'emmener dans ce salon minimaliste – blanc du sol au plafond – qu'elle fréquente depuis qu'elle a emménagé dans notre quartier.

À J–1 de LA grosse fête de la rentrée, je n'avais toujours pas réussi à me décider sur ma coiffure. J'avais la robe : bordeau, cache-cœur, sans manches, taillée dans une soie velours. Romantique mais pas trop *girly*. Douce et chic plutôt que robe de soirée trop voyante. Je l'avais reluquée dans la penderie de Susan plus d'une fois, et avais été surprise de constater que l'étiquette y était encore attachée. Susan avait eu l'air un peu honteuse de m'avouer qu'il lui arrivait de craquer pendant les soldes et de ne jamais porter ses trouvailles par la suite. « Ce n'est pas vraiment mon style, en fait », avait-elle admis. Eh bien, moi, c'était tout à fait mon style, et j'avais embarqué la précieuse sur-le-champ. Pour les accessoires, j'avais prévu de faire simple :

des escarpins *peep-toe nude* en daim, une pochette mordorée, et j'avais trouvé, avec l'aide de Zoe, de superbes boucles d'oreilles fantaisie avec de grosses pierres vert d'eau et rose pâle. Mais pour la coiffure, je calais complètement. Susan était passée dans ma chambre mercredi soir et elle m'avait trouvée assise par terre, ensevelie sous les magazines que je venais de piller pour trouver des idées. Elle m'avait pris un rendez-vous dans la foulée.

Cinquante minutes plus tard, en voyant le résultat bluffant du travail d'Heather – des boucles parfaitement formées, mais qui avaient l'air tout à fait naturelles, et des cheveux brillants et lumineux, à la place de ma crinière habituellement assez terne – j'étais absolument conquise. En sortant du salon, Susan m'a déposée chez Maggie, où j'avais prévu de m'habiller. C'est vrai qu'il est infiniment plus fun de se préparer entre copines, mais le fait que Maggie soit une vraie pro du maquillage n'était pas étranger à mon enthousiasme.

Zoe et Jeremy sont arrivés une heure plus tard. Zoe avait emprunté la robe bleu marine que j'avais portée pour le mariage de Simon et Susan, mais elle l'avait accessoirisée différemment : avec une ceinture jaune fluo et des chaussures assorties. Elle avait glissé un joli serre-tête dans ses cheveux et l'ensemble était adorable. Dans son beau costume, Jeremy était presque méconnaissable. Pourtant, je le croisais presque tous les jours au lycée, et je l'avais déjà vu sur son trente et un lors de la *prom* de l'année dernière, mais avec ses cheveux récemment coupés et gominés, ses chaussures brillantes et sa chemise immaculée, on aurait dit un autre homme. Ah, qu'est-ce que ces deux-là peuvent m'agacer parfois ! On dirait une publicité pour le bonheur. Avec leur sourire béat, l'étincelle dans leurs yeux quand ils se regardent, et la façon qu'ils ont de terminer les phrases l'un de l'autre, ils rendent la vie dure à la célibataire que je suis. Lou et moi avions toujours été d'accord sur le fait que l'on ne peut pas rencontrer l'homme de sa vie à notre âge, mais, en observant ces deux tourtereaux, je n'en étais plus tout aussi sûre. Hmmm, si Zoe a trouvé la recette miracle, elle ferait bien de la partager avec ses copines. Quant à Maggie, elle devait être déçue que Joshua ne soit pas de la partie, mais elle n'en a rien laissé paraître. Elle avait choisi pour l'occasion une longue robe noire, sa couleur préférée, près du corps et sans chichis, accessoirisée uniquement d'un gros bracelet doré. Le comble du chic, comme à son habitude.

– Tu veux que je prenne une photo de toi pour que tu l'envoies à Josh ?

– C'est gentil, ma belle, a-t-elle répondu en appliquant son rouge à lèvres d'une main experte, mais j'ai déjà demandé à Jeremy si on pouvait s'arrêter chez lui en coup de vent, sur le chemin.

– Tu as raison, est intervenue Zoe, ce serait vraiment du gâchis s'il ne te voyait pas comme ça !

– Moi, si j'étais lui, je serais surtout jaloux.

Maggie a lancé un petit sourire à Jeremy.

– Ah, mais non, ce n'est pas du tout son genre ! Et heureusement. La jalousie, c'est un des pires défauts, je trouve. Mon petit copain a plutôt intérêt à me faire confiance !

Et voilà notre petite troupe en route pour le lycée, via la maison de Josh, et… celle de Noah. Ah oui, j'avais rangé dans un petit coin enfoui de mon cerveau le fait que Noah était aussi non accompagné. Je crois que je n'avais pas envie de considérer cela comme une éventuelle option, et encore moins comme un signe. Non, nous étions tous les deux seuls ce soir-là, mais cela ne voulait rien dire. C'était bien mieux comme ça, bien plus simple. Toutefois, à mesure que nous approchions de chez lui, mon estomac commençait à se nouer. C'était la faute de Jeremy, tout ça ! Noah et lui étaient restés amis après notre rupture et c'est lui qui avait proposé à mon ex de se joindre à nous. Mais je n'ai pas maudit Jeremy très longtemps. Quand Noah est arrivé, j'aurais eu bien du mal à regarder ailleurs. Il était encore plus séduisant que pour le mariage de Simon et Susan. Notre rupture ne pourrait rien changer à cela. L'attirance était toujours là, même si elle était le plus souvent dissimulée sous des faux airs d'amitié. Et le coup d'œil qu'il m'a lancé dans le rétroviseur, après avoir pris place au côté du conducteur, m'a confirmé que ce que je ressentais était réciproque.

Sur place, nous avons retrouvé Claire et son cavalier pour la soirée, Evan. Impossible de les rater : Evan doit faire 1 m 90 – il fait partie de l'équipe de football du lycée – a une coupe afro super-travaillée, de belles dents blanches et sa peau d'ébène contraste avec la peau de blonde de mon amie, dont le bronzage estival a bel et bien disparu.

Dès que nous sommes entrés dans le gymnase du lycée, où se déroulait le bal, je ne me suis plus souciée de rien. Maggie et moi avons pris la piste de danse d'assaut et ne l'avons pas quittée pendant des heures. Emportée par la musique, rien ne pouvait m'arrêter. Ni Olivia avec son play-boy pour la soirée, ni Rebecca et Mark [1], qui étaient de

1. Vous vous souvenez de Mark, le briseur de cœurs du tome 2 ?

toute évidence toujours ensemble, ni la robe d'Alyssa – trop courte, trop bling-bling, trop de mauvais goût – ni le fait que Noah dansait non loin de moi avec une rousse un peu trop mignonne. J'ai aussi très peu fait attention à Naya et à son cavalier, un Hispanique à la chevelure épaisse et au regard de braise. Il avait l'air de s'amuser beaucoup plus qu'elle, qui lançait des petits regards distraits à droite à gauche alors qu'il tentait de l'hypnotiser sur le *dance floor*. Elle m'a fait un petit coucou, que je lui ai rendu, et nous en sommes restées là.

Et puis, tout à coup, Lucas a surgi de nulle part. Il avait abandonné la veste de son costume bleu marine, avait défait sa cravate, et son allure légèrement débraillée ne le rendait que plus sexy. Il m'a prise par la main, fermement, sans dire un mot. Maggie s'est immédiatement éclipsée, prétendant une grande soif. Le DJ venait de passer aux slows et je frémissais d'avance de me rapprocher de lui. D'où j'étais, je pouvais déjà sentir son parfum viril. Mais Lucas n'avait pas du tout l'intention de danser. Il m'a conduite en dehors de la piste.

– Viens, je… je veux te parler.

Sans attendre de réponse, il m'a entraînée hors de la salle, loin du bruit, loin des regards et loin de l'esprit de la fête, dans un couloir désert du lycée. Et puis, sans me laisser le temps de réagir, il s'est penché vers moi, m'a prise dans ses bras et m'a embrassée.

– Ça faisait tellement longtemps que j'avais envie de faire ça.

Je lui ai à peine laissé le temps de terminer sa phrase. Ce baiser avait été si tendre que je ne pouvais absolument pas en rester là.

E-mail de **erik@LApublic.com**
à **violetfontaine@myemail.com**
le mardi 18 octobre à 17 h 35
Sujet : Un café ?

Oh, belle Violet,

Ne crois pas que je vais t'oublier si facilement… Un petit café, alors ? Disons, jeudi après les cours ? Ça serait sympa…

Ciao,

Erik

Une rencontre improbable

Mercredi 19 octobre

Bien sûr que j'avais dit oui. C'était la seule et unique réponse possible. Non pas que je n'avais pas longuement réfléchi avant de répondre à mon père. Ce n'était pas une décision à prendre à la légère, ni à prendre seule d'ailleurs. La première étape avait été de déranger maman alors qu'il n'était que 5 heures du matin à Paris. Elle avait maugréé en décrochant, mais son sommeil s'était bien vite dissipé lorsque je lui avais annoncé la raison de mon appel.

– Et lui qui t'avait dit que tu n'avais pas besoin de lui… a-t-elle ironisé.

– C'est vrai, je n'ai pas besoin de lui. Il avait raison sur ce point-là. Entre Simon et toi, j'ai toute la famille qu'il me faut.

– Et il a changé d'avis, comme ça ?

La question de maman est restée suspendue en l'air. Elle savait bien que ce n'était pas moi qui allais pouvoir lui apporter une réponse.

– Ce qui importe, a-t-elle repris, c'est ce que toi tu as envie de faire. Tu veux vraiment le rencontrer, après tout ça ? Après tout ce que tu sais sur lui ?

– Oui.

J'ai dit cela sans réfléchir, sans même savoir ce que ma réponse allait être avant qu'elle ne sorte de ma bouche. La vérité, c'est que l'idée de rencontrer Paul Walmsley me pétrifiait. Mais je savais aussi que, si je ne le faisais pas, je m'en voudrais pendant longtemps d'avoir manqué cette occasion. Ce n'était pas nouveau : ma curiosité prenait toujours les décisions pour moi.

– Alors, il faut que tu le fasses.

Il n'y avait aucune conviction dans la voix de maman. De la résignation, sans doute. De la joie, pas du tout.

– Mais je ne veux pas que ça te fasse de la peine.

– Je ne sais pas si ton père arrêtera un jour de me faire de la peine… mais ça, ce n'est pas de ta faute.

– Tu crois que c'est une bonne idée ?

Il m'arrivait rarement de me demander si quelque chose était une bonne idée avant de me lancer dans une aventure. En général, je laissais mon instinct s'occuper de tout ça, même s'il ne s'était pas toujours montré très aiguisé.

– Ça, c'est à voir… Tout ce que je sais, c'est qu'il ne faut pas que tu te fasses trop d'illusions. Je ne sais pas pourquoi il t'a contactée sans crier gare, mais j'ai bien peur que ce ne soit pas la rencontre féerique dont tu as toujours rêvé.

Avant de raccrocher, maman m'a fait promettre de ne pas placer trop d'espoir dans ce rendez-vous et, bien sûr, de tout lui raconter par la suite. Je sais qu'elle ne l'avait pas fait exprès, mais notre conversation m'avait sérieusement cassé le moral. Oui, je savais quel type d'homme était mon père. Je savais ce qu'il avait fait à ma mère, la façon dont il l'avait laissée tomber, la façon dont il avait toujours ignoré mon existence sans ciller. Difficile aussi pour moi de passer outre la froideur avec laquelle il m'avait annoncé qu'il n'avait pas l'intention de faire partie de ma vie. M'inclure dans sa famille légalement avait déjà été beaucoup lui demander. Mais, voilà, à la réception de cet e-mail, j'avais fait un véritable bond de ma chaise. J'avais été choquée, intriguée, contrariée et désorientée à la fois. Mais, la vérité, c'est que j'étais aussi surexcitée, bien malgré moi. Un rêve vieux de dix-sept ans, ça laisse des traces.

La réaction de Simon a été tout aussi tiède que celle de maman. Son regard s'est durci au fur et à mesure qu'il lisait le message de son frère. Je voyais bien qu'il se laissait le temps d'avaler la pilule avant de réagir, mais il n'a pas pu se retenir bien longtemps.

– D'abord ma mère, maintenant lui… c'est à se demander ce qu'ils manigancent !

– Peut-être qu'il a vraiment un rendez-vous à LA cette semaine ?

– Je ne dis pas le contraire… Enfin, disons que j'imagine qu'il a une bonne raison de faire le trajet.

– Tu veux venir avec moi ?

Simon a secoué la tête.

– C'est toi qu'il demande à voir, non ? Et puis, quels que soient mes sentiments à son égard, je sais ce que ça signifie pour toi. Je n'ai pas le droit de gâcher ton plaisir.

– Tu ne gâcherais certainement pas mon plaisir ! Au contraire, tu serais là pour me protéger…

J'ai dit cela sur le ton de la rigolade, mais je n'en pensais pas moins.

– S'il y a une chose dont je suis certain, c'est que tu sais très bien te défendre toute seule.

– Peut-être, mais vu ce que je sais de lui… enfin, ça ne donne pas envie, quoi.

– Tu sais que tu n'es pas obligée d'y aller ? Tu ne lui dois rien…

– Je sais bien. Mais je crois que je me le dois à moi-même.

Simon a hoché la tête pensivement. Le sujet était clos.

Quant à Erik, j'avais répondu à son premier message avec la même désinvolture dont il avait enveloppé le sien. Je ne peux pas dire que je n'avais pas été flattée par sa proposition mais je me sentais un peu fébrile à l'idée de me retrouver en tête à tête avec lui. Un garçon plus âgé, qui a déjà bien réussi, qui fréquente le tout-LA… Hmmm, je ne savais pas si j'étais à la hauteur. De toute façon, il se passait bien trop de choses autour de moi pour que je puisse me laisser tenter. Puis quand il m'a relancée, mes doutes se sont évanouis peu à peu, mais j'ai dû lui répondre que je n'étais pas disponible jeudi soir, précisant que j'avais de la famille en ville. Je ne savais pas trop quoi penser de nos échanges, mais je n'avais pas envie qu'il croie que je le repoussais complètement. Il ne me recontacterait sans doute pas une troisième fois. D'ailleurs, maintenant que j'y pense, je ne sais pas non plus où il a trouvé mon adresse e-mail. À la soirée, il me semblait bien lui avoir uniquement laissé mon numéro de téléphone. Cinq minutes après avoir envoyé mon message, une réponse s'affichait.

E-mail de **erik@LApublic.com**
à **violetfontaine@myemail.com**
le mardi 18 octobre à 20 h 03
Sujet : Dommage…
Ce sera pour une autre fois… Bientôt, j'espère ;-)
Erik
PS : De la famille ? Mais je croyais que ta mère venait juste de te rendre visite ?

E-mail de **violetfontaine@myemail.com**
à **erik@LApublic.com**
le mardi 18 octobre à 20 h 04
Sujet : Re : Dommage…
Tu n'oublies rien, toi ! Non, ma mère est à Paris…

E-mail de **erik@LApublic.com**
à **violetfontaine@myemail.com**
le mardi 18 octobre à 20 h 06
Sujet : Re : Dommage…
Bon, tu ne veux rien me dire alors ? Vous êtes pleine de secrets, Mlle Fontaine…

Ce dernier message m'a fait sourire. Était-ce une technique de drague ? Une façon d'engager la conversation ? Était-il tout simplement curieux ? J'aurais bien été incapable de le dire, mais, quel que soit le but, j'avais mordu à l'hameçon.

E-mail de **violetfontaine@myemail.com**
à **erik@LApublic.com**
le mardi 18 octobre à 20 h 07
Sujet : Re : Dommage…
Ah, mais tu peux parler… Tu en sais bien plus sur moi que moi sur toi !

Bref, c'est juste un dîner avec quelqu'un que je n'ai pas vu depuis très longtemps et qui est de passage dans le coin… Voilà !

E-mail de **erik@LApublic.com**
à **violetfontaine@myemail.com**
le mardi 18 octobre à 20 h 08
Sujet : Re : Dommage…
Hmmm, ça doit être quelqu'un de très spécial pour que tu déclines mon invitation… La semaine prochaine alors ?

E-mail de **violetfontaine@myemail.com**
à **erik@LApublic.com**
le mardi 18 octobre à 20 h 10
Sujet : Re : Dommage…
Tu n'as pas idée ;-) Et OK pour la semaine prochaine…

C'est idiot, tout de même. Quelques lignes écrites par un garçon que je connais à peine ont réussi à me détendre pour le reste de la soirée…

Quatre-étoiles

Vendredi 21 octobre

Simon et Susan étant de sortie hier soir, c'est un taxi qui m'a déposée à l'adresse indiquée par Paul Walmsley. Depuis que j'avais accepté son invitation à dîner, j'étais envahie par une foule de questions. De quoi allions-nous parler ? Y aurait-il des blancs dans la conversation ? Allait-il me reconnaître ? Savait-il même à quoi je ressemblais ? Je m'étais aussi copieusement interrogée sur la bonne tenue à porter pour une telle occasion. Malheureusement, aucun magazine de mode n'a écrit un article intitulé « Le bon look pour rencontrer le père millionnaire qui t'a abandonnée à la naissance ». Je le sais, j'ai vérifié. J'avais donc passé toute ma garde-robe en revue : ma robe noire ? Trop sérieuse. Ma chemise à carreaux ? Pas assez chic. Ma robe plissée bleu marine et rouge ? Peut-être un peu trop mode. J'avais fini par me décider pour mon jean slim gris, un petit haut blanc en dentelle et une veste noire. Ni trop, ni trop peu. Enfin, c'est ce que je croyais.

Pour entrer dans le restaurant, il fallait d'abord passer par un couloir tamisé où les nombreux prix culinaires remportés par le chef étaient sobrement encadrés. Je n'ai appris que plus tard que ce restaurant chinois était réputé dans tout le pays, tout comme son chef. Au bout du couloir, une hôtesse en robe noir et or, très ajustée – qui aurait tout à fait pu trouver sa place sur le tapis rouge des Oscars – m'a demandée mon nom et informée que monsieur Walmsley était déjà arrivé. Puis elle m'a conduite dans la grande salle du restaurant et j'ai tout de suite regretté mon choix vestimentaire. Les tables étaient recouvertes de nappes blanches et de verres en cristal, la salle était éclairée par de somptueux chandeliers qui descendaient très bas, et même la musique, du jazz, était incroyablement sophistiquée. J'ai jeté un coup d'œil à mes chaussures – des ballerines rouges un peu usées aux talons que j'avais enfilées à la va-vite alors que le taxi m'attendait – et j'ai eu envie de prendre mes jambes à mon cou.

J'avais déjà vu de nombreuses photos de la famille Walmsley. Je les avais examinées à la loupe, l'une après l'autre. J'avais remarqué que Joanna, la femme de Paul, avait pris quelques kilos au fil des années. Je savais qu'Edward, son fils aîné, était nettement plus grand que son frère cadet, Peter, le sportif de la famille. J'avais scruté leurs photos de mariage, les photos des bals de charité auxquels ils s'étaient rendus, j'avais même trouvé des photos de classe des garçons et une photo de Peter lors d'un tournoi de tennis qu'il venait de remporter. Mais, même sans mes recherches intensives, j'aurais pu reconnaître Paul Walmsley sans aucun problème. Il était le portrait craché de Simon. Le contour des yeux un peu plus marqué par l'âge, les cheveux tirant plus vers le blond cendré que le blond vénitien et les sourcils plus épais, certes, mais il n'y avait aucun doute, c'était bien le frère de Simon. La plus grande différence, en fait, résidait dans sa tenue. Mon oncle ne porterait jamais un costume aussi élégant un jour de semaine. D'ailleurs, tout dans la tenue de Paul respirait le luxe, ses boutons de manchette gravés à ses initiales tout comme sa montre imposante qui avait l'air de faire bien plus que donner l'heure.

– Je te remercie d'avoir accepté mon invitation, a dit Paul alors que je prenais place en face de lui.

Je me suis demandé s'il parlait toujours aussi formellement, même à ses enfants.

– J'ai pris la liberté de commander la sélection du chef. J'espère que tu as faim.

J'ai hoché la tête. J'étais assise en face de mon père. Je me fichais bien de ce que j'allais trouver dans mon assiette.

– Je peux comprendre pourquoi Daniel [1] est venu vivre ici. À Londres, il pleut tout le temps, surtout à cette période de l'année !

Cette soirée menaçait d'être décevante si nos seuls sujets de conversation étaient la pluie et le beau temps. Mais, non, Paul a commencé son long questionnaire avant même que le premier plat soit servi. Il m'a posé des questions sur le lycée, le journal, des questions sur Paris, sur Los Angeles, sur ce que j'avais l'intention de faire comme études, et dans la vie plus tard. Le seul sujet qu'il ait soigneusement évité d'aborder, c'était celui de ma mère. J'ai vite eu l'impression de me trouver à un entretien d'embauche. Certes, je n'ai jamais passé d'entretien d'embauche mais c'est exactement comme ça que je les imagine : quelle que soit la question, on ne sait jamais si on a donné la bonne réponse.

Paul était attentif, souriant parfois, et il se montrait tout à fait intéressé, mais notre conversation restait quand même très éloignée d'une conversation père-fille telle que je

1. Le vrai prénom de Simon.

l'envisageais. Allait-il s'excuser de ne m'avoir jamais reconnue ? D'avoir abandonné ma mère ? D'en avoir épousé une autre et de lui avoir brisé le cœur ? Voilà les sujets qui m'intéressaient, moi. Pourquoi faisait-il semblant de vouloir savoir à quelles universités j'allais postuler ? Si ma vie le passionnait tant que ça, il aurait pu s'y investir il y a des années. Mais j'ai joué le jeu. J'ai été polie, aimable, j'ai satisfait sa curiosité. Et alors que le repas touchait à sa fin, je me suis rendu compte que lui n'allait pas satisfaire la mienne. Pourquoi avait-il tenu à me rencontrer, maintenant, après toutes ces années ?

– Alors, c'est tout ? ai-je finalement demandé au moment du dessert.

Paul ne s'est pas laissé déstabiliser un seul instant.

– Pour aujourd'hui, oui. Mais j'aurai le plaisir de te revoir samedi.

– Ah bon ?

– Oui, j'ai parlé à Simon et il m'a invité à venir passer la journée avec vous. Ça fait longtemps que l'on ne s'est pas vus et je sais que ça lui fera plaisir autant qu'à moi.

Au moins, je sais enfin d'où je tiens mon talent pour les mensonges.

En famille

Samedi 22 octobre

Ce matin, un coup d'œil furtif vers Simon m'a confirmé ce que je ruminais depuis déjà deux jours : mieux valait ne pas poser de questions. L'ambiance à la maison était lourde et pesante. Simon et Susan n'échangeaient que quelques mots par-ci par-là, et moi, je me contentais d'avaler mon bol de céréales en silence et sans appétit. Je me suis rendu compte que j'en savais en fait très peu sur la relation de Simon avec son frère, mon père, à part qu'elle était loin d'être fraternelle et sans histoire. Si mes calculs étaient bons, les deux frères ne s'étaient pas vus depuis environ quinze ans. Et, à voir la façon dont Simon faisait les cent pas entre la cuisine et le salon, il était évident que les retrouvailles allaient être mouvementées. L'espace d'un instant, j'ai eu une envie soudaine de prétexter une montagne de devoirs à faire pour pouvoir rester à la maison. Mais c'était impossible, bien sûr. Le problème avec la famille, c'est qu'on ne peut pas toujours y échapper.

De temps en temps, Simon, Susan et moi partons en balade pour la journée, dans les environs de Los Angeles. On fait quelques heures de route sur la *freeway* 1, l'autoroute qui longe la côte, on admire le paysage, puis on s'arrête déjeuner dans un petit restaurant avant de visiter le coin. Aujourd'hui, nous avions décidé de retourner à Santa Barbara, une petite ville côtière si charmante que de nombreuses célébrités en ont fait leur lieu de résidence secondaire. La dernière fois que nous y étions allés, nous avions découvert une taverne mexicaine qui ne payait pas de mine avec ses tables en aluminium et son toit précaire, mais ses tacos étaient les meilleurs que j'aie goûtés. Et ce n'est pas peu dire : les Californiens ne plaisantent pas avec la nourriture mexicaine. Nous avions l'intention d'y retourner aujourd'hui, mais ça, c'était avant que Paul Walmsley ne décide de se joindre à nous. Je n'étais pas sûre qu'il soit aussi à l'aise dans un boui-boui sans prétention que dans un restaurant quatre étoiles.

Le voyage s'est fait dans une atmosphère tout à fait cordiale. Une limousine avec chauffeur a déposé Paul devant chez nous et nous sommes partis immédiatement après un bonjour sans fioritures des deux frères. Susan, d'ordinaire si détendue et si facile à vivre, ne semblait pas savoir quelle attitude adopter avec ce beau-frère qu'elle n'avait jamais rencontré. Sa voix est montée dans les aigus et elle s'est mise à parler d'une seule traite, demandant à Paul s'il avait fait bon voyage, s'il appréciait Los Angeles, si c'était sa première fois ici et s'il avait trouvé notre rue facilement. Mais Paul l'a mise un peu plus à l'aise en la félicitant sur son récent mariage et en la complimentant sur le charmant quartier que nous habitons. Finalement, c'est avec moi que le contact a été le plus facile. Je ne savais toujours pas ce que je pensais de Paul Walmsley, mais le plus dur de la rencontre du siècle était passé lors de notre dîner de jeudi.

Aujourd'hui, la personne dont je me souciais le plus, c'était Simon.

Dans la voiture, donc, Susan a cédé sa place à mon père et s'est assise à côté de moi à l'arrière. Les deux frères ont donné l'impression de rattraper le temps perdu en discutant de sport, de l'actualité dans le monde et de vieilles connaissances de fac. En bref, tant qu'ils restaient en terrain neutre, ils étaient tout à fait capables de maintenir une conversation fluide de frères qui ont peu en commun mais qui apprécient tout de même la compagnie de l'autre. Sur la banquette arrière, ma tante et moi leur jetions des petits coups d'œil furtifs en attendant que la tempête éclate.

Bien sûr, je n'avais aucune façon de savoir dans quel sens le vent allait ensuite tourner. Maman me l'avait répété plus d'une fois, les Walmsley ont toujours des arrière-pensées, et même si ça en avait tout l'air pour le moment, je commençais de plus en plus à croire qu'il ne s'agissait pas là d'une simple balade en famille. Quand nous sommes arrivés à destination, il a suffi d'un regard de Simon pour que Susan comprenne le message et me propose d'aller faire un tour dans le centre-ville, laissant ainsi tout le loisir aux deux frères de parler librement.

Une heure et demie plus tard, nous avons retrouvé les deux hommes dans un restaurant dont le décor sombre ne devait pas avoir changé depuis plusieurs décennies. De toute évidence, ce n'était pas le choix de mon oncle.

Au contraire de Simon, qui avait l'air d'avoir des mitraillettes à la place des yeux, Paul était tout sourires quand nous sommes entrées. J'ai toujours eu du mal à faire confiance aux gens qui sourient à s'en décrocher la mâchoire : c'est un peu *too much* pour être honnête.

D'ailleurs, mon père n'a même pas attendu l'entrée pour relancer les hostilités, son sourire toujours plaqué sur le visage.

– Peut-être que l'on devrait demander l'avis de Violet. Après tout, ça la concerne.

– Ça la concerne depuis toujours mais ça ne t'avait pas trop préoccupé jusqu'à récemment.

– Si ça ne tenait qu'à moi, elle n'aurait pas appris les choses de cette façon.

– Si ça ne tenait qu'à toi, elle n'aurait rien appris du tout.

– C'est une situation compliquée pour une fille de son âge.

– Elle est bien plus mature que tu ne l'imagines.

– J'ai fait des erreurs, c'est vrai, mais…

– Tout le monde fait des erreurs. Ce que tu as fait, toi, c'est bousiller la vie des autres pour mieux protéger la tienne.

– Je ne vois pas de quoi tu parles. Violet m'a tout l'air d'une jeune fille bien dans sa tête et investie dans son avenir.

– Tu ne vois pas de quoi je parle ? Tu veux que je développe ?

– À quoi bon se focaliser sur le passé ? Ce qui est fait est fait. Je ne peux pas revenir dix-sept ans en arrière.

– Sauf que dans ce cas, le passé est toujours présent.

– Si tu ne veux pas m'aider, c'est ton choix, mais la décision ne t'appartient pas entièrement.

– Aider Isabelle, aider Violet, oui. Mais t'aider, toi ?

Leur échange a continué comme ça, sans interruption, sans qu'aucun des deux ne hausse la voix ni ne prête attention à qui que ce soit. Je sentais dans le regard de Susan qu'il ne fallait surtout pas piper mot. Malheureusement pour elle, c'était bien au-dessus de mes forces.

– Simon, ne te sens pas obligé de faire quoi que ce soit d'autre pour maman ou moi. Tu en as déjà beaucoup fait.

– Ce n'est pas ça…

Paul l'a interrompu.

– J'ai cru bon de demander le soutien de mon frère, mais ce n'était de toute évidence pas une bonne idée.

Puis il s'est tourné vers moi.

– Depuis que tu, enfin, depuis quelques semaines, beaucoup de rumeurs courent à mon sujet. À propos d'Isabelle et de toi. Ce n'est qu'une question de temps avant que les journaux se décident à publier cette histoire. Cela va nuire grandement à l'image de notre famille…

Simon a émis un grognement. Mon père l'a ignoré.

– … et de notre entreprise. Et c'est mon devoir de limiter la casse. De sauver ce qui peut l'être.

– De demander aux autres de te couvrir, est intervenu Simon.

– De vouloir nous montrer unis face aux paparazzis.

– Unis ? Ça ne pourrait pas être plus loin de la réalité !

– Ce n'est pas dans l'intérêt de Violet que le nom de son père soit sali.

– Depuis quand tu t'intéresses à l'intérêt de Violet ?

Et c'était reparti pour un tour. Je ne comprenais pas grand-chose à ce qui était en train de se passer, mais ce qui était sûr, c'est que j'en avais marre d'essayer de deviner. Je me suis de nouveau interposée dans leur conversation.

– Et, concrètement, alors, qu'est-ce que tu veux ?

Le contexte ne se prêtait pas aux bonnes manières, ni aux questions polies.

– Je veux, enfin, j'espère que, lorsque la presse vous contactera, Simon, Isabelle et toi – et cela va arriver, ça ne fait aucun doute – j'aimerais savoir ce que vous comptez dire. J'aimerais… vous aider à trouver une réponse appropriée. Laver notre linge sale en public ne ferait du bien à personne.

– Et c'est pour ça que tu es venu nous voir, alors ? Que tu as voulu me rencontrer ?

Je savais bien que je n'aurais jamais dû me faire d'illusions, mais une toute petite partie de moi avait espéré que Paul aurait tout simplement été poussé par la curiosité de rencontrer sa fille après dix-sept ans. Après tout, j'allais bien hériter de sa fortune et je faisais partie de sa vie, qu'il le veuille ou non.

– Non, j'avais réellement des rendez-vous professionnels en ville cette semaine.

J'ai hoché la tête pensivement. Comment cet homme pouvait-il être mon père ?

– Mais je sais que les journalistes vont s'emparer de cette affaire dans les moindres détails. En Angleterre, rien n'est trop juteux, les paparazzis n'ont pas de limites. Et ils vont vouloir tout savoir des circonstances de ta naissance, de notre relation, du montant de ton héritage, et si l'un d'entre vous parle…

– Cela va nuire à ton image.

Simon m'a lancé un regard surpris. Je venais de lui ôter les mots de la bouche. Susan, quant à elle, se contentait d'admirer la vue de l'océan sans ciller. J'aurais bien voulu avoir la force de faire comme elle, de me détacher de tout cela. Mais il n'est pas facile de s'éclipser lorsque l'on est au centre de la discussion.

– Cela va nuire à l'image de nous tous. Rien de bon ne peut en ressortir pour personne. Tout le monde ici saura qui tu es, qui vous êtes tous les deux. Ta petite vie tranquille, c'est fini.

Simon l'a foudroyé du regard.

– Ce n'est pas moi qui ai alerté la presse, s'est défendu Paul, imperturbable.

– Ne recommence pas à mettre ça sur le dos de Violet.

– Les faits sont là. Maintenant, ce que j'ai besoin de savoir, c'est de quel côté vous êtes.

– Je crois que je n'ai plus faim.

Mon oncle a posé ses couverts sur son assiette et a fait signe au serveur d'apporter l'addition. Plus personne n'osait dire un mot. Quand nous sommes sortis du restaurant, Paul a déclaré sur un ton neutre, comme s'il ne s'était rien passé :

– Je crois que je ferais mieux d'appeler mon chauffeur pour qu'il vienne me chercher.

– En effet, oui, a répondu Simon.

– Au revoir, Violet. Tu es le portrait craché de ta mère, a-t-il remarqué, un brin de nostalgie dans la voix. Susan, j'ai été ravi de te rencontrer, Daniel…

– Paul…

– Bon, euh, au revoir.

Simon a hoché la tête, et mon père s'en est allé, tout simplement. J'aurais aimé être plus brave, faire comme si cela ne m'atteignait pas, mais seule la colère lue dans les yeux de Simon m'aidait à retenir mes larmes. Je n'avais pas envie de lui infliger une souffrance de plus.

– On rentre ? Je ne suis plus d'humeur.

– Bien sûr, comme tu le sens, a répondu Susan.

Simon a attendu d'avoir refermé la porte de la voiture pour exploser :

– Non mais pour qui il se prend ! Je savais qu'il avait une idée derrière la tête, qu'il ne venait pas juste « rendre visite ». Sa réputation, il n'y a que ça qui l'intéresse. Il n'a vraiment pas changé ! Pas changé du tout. L'aider ! Il veut qu'on l'aide, lui ? Il ne manque pas d'audace. Et avoir le culot de nous dire que c'est dans notre intérêt à tous !

Susan l'a laissé marmonner dans sa barbe pendant un long moment avant d'intervenir, d'une voix si douce et paisible qu'il aurait été impossible de la contredire.

– Loin de moi l'idée de le défendre, mais, je crois bien qu'il a raison sur ce dernier point. Que tu te fiches des conséquences pour lui, je comprends. Mais pour Violet et toi, elles pourraient être encore pires. Lui a choisi une vie devant les flashs des paparazzis, il ne récolterait que ce qu'il a semé. Mais pour vous qui préférez rester dans l'anonymat, moins cette histoire s'ébruite, mieux c'est, non ?

E-mail de **carroll.egan@bcp.com**
à **violetfontaine@myemail.com**
le lundi 25 octobre à 13 h 22
Sujet : Super !
Hello Violet,

Contente d'avoir de tes nouvelles et de savoir que tu te lances dans l'aventure ! Le sujet de ton scénario m'a l'air tout à fait intéressant. J'ai hâte de le lire !

Bien à toi,
Carroll

Un nouveau départ

Jeudi 27 octobre

Et voilà tout simplement comment je me suis replongée dans l'écriture. J'avais besoin de m'occuper l'esprit, de refouler au plus profond de moi toutes les émotions provoquées par les récents événements. J'ai rencontré mon père : mon plus vieux rêve s'est réalisé, et j'ai aussitôt eu envie d'arrêter de rêver. J'avais besoin aussi d'aller de l'avant et de ne plus regarder derrière moi. Alors, à chaque moment de libre, je me suis installée à mon bureau, à la bibliothèque, ou au journal et j'ai écrit, écrit, écrit. J'ai écrit mes trois prochains articles pour l'*Albany Star*. J'ai couché sur le papier un court poème qui me trottait dans la tête depuis quelque temps. J'ai noirci dix pages de ce journal, décrivant chaque anecdote, chaque petit moment, même banal, des derniers jours. J'ai même écrit deux autres chapitres d'une nouvelle que j'avais commencée pendant l'été. Mais en ce qui concerne le scénario, rien. J'ai bien essayé, pourtant. J'ai ouvert le document du dernier brouillon, une fois, deux fois, trois fois. J'ai fixé l'écran, les mains sur le clavier, prête à pianoter dès que l'inspiration viendrait. Elle n'est pas venue. Au fond de moi, tout au fond de moi, je savais ce qu'il fallait pour relancer la machine. Mais mes sentiments étaient bien trop embrumés pour que je l'admette. Alors, c'est presque du soulagement que j'ai ressenti quand j'ai reçu ce message :

SMS de « **Noah portable** »
à « **Violet portable** »
Envoyé le mardi 25 octobre à 10 h 54
Violet, il faut qu'on parle, c'est important. Tu me retrouves chez Cookie pour déj' à 13 heures ?

Noah attendait déjà quand je suis arrivée, cinq minutes en avance, et j'étais à peine assise à notre table qu'il commençait son discours de toute évidence répété à l'avance. Amical mais ferme, il n'avait pas l'intention de perdre cette bataille et moi, je n'avais pas envie de l'interrompre pour lui dire qu'il l'avait déjà gagnée.

– Avec Naya, on a continué à se retrouver chaque mardi soir, comme convenu. Oui, je me doutais bien que ça te surprendrait. On n'avait pas l'intention de te le cacher, mais on ne savait pas comment tu réagirais. Alors, on a préféré laisser passer *Homecoming* pour revenir vers toi. Voilà, je ne vais pas tourner autour du pot : on veut recommencer à travailler ensemble, avec toi, sur le scénario. Tu peux dire ce que tu veux, mais on était partis sur un super-projet tous les trois, et on trouve que ce serait trop dommage de laisser tomber. Bien sûr, si tu refuses, on continuera à travailler sur une autre idée, mais on continuera tous les deux, c'est décidé.

– Noah…

– Je ne vais pas te laisser tout fiche en l'air, Violet. Je sais que tu es quelqu'un de passionné, et je suis convaincu que tu crois en ce projet, mais tu laisses souvent tes émotions prendre le dessus, et ça complique tout.

– Bon, tu as fini ?

J'ai choisi de ne pas laisser paraître ma surprise. Noah et Naya avaient continué à travailler ensemble ? Derrière mon dos ? Mais c'était MOI le pilier de l'équipe ! MOI qui les avais fait se rencontrer ! MOI qui… bon allez Violet, descends de ton piédestal. OK, tu as eu l'idée de départ, mais elle n'aurait abouti à rien sans tes deux coéquipiers, tu le sais bien. Et puis, ce n'était pas le moment de tergiverser là-dessus.

– C'est oui.

Noah s'est presque étouffé avec son sandwich. Il n'avait jamais gagné aussi facilement avec moi. Et évidemment il ne pouvait pas savoir que nous étions dans le même camp.

– C'est oui ? Mais euh…

– Mais, euh, c'est oui, c'est tout !

Je lui ai répondu avec un petit sourire, amusée par sa stupéfaction.

Quelques heures plus tard, nous nous retrouvions au même endroit, accompagnés cette fois-ci de Naya. J'ai eu un petit pincement au cœur en la voyant attablée avec son ordinateur portable et ses notes, prête à se mettre au travail. Naya la rédactrice en chef adjointe de l'*Albany Star*. Naya, dont la cote de popularité au journal, et au lycée, grandissait chaque jour. Naya, la douce, Naya aux yeux espiègles, au sourire mutin. Et Naya avait envie de travailler avec nous. Savoir que nous avions dans notre équipe quelqu'un de talentueux et d'investi devrait me suffire, non ? Noah avait raison. Ce n'était pas le moment de laisser mes sentiments prendre le dessus.

Nous avons travaillé d'arrache-pied pendant trois heures. Les idées fusaient dans tous les sens, l'ambiance était électrique. Tendue, mais amicale. Professionnelle, mais sans se prendre trop au sérieux. À la fin de séance, nous avions un nouveau plan en béton pour notre scénario, et chacun des devoirs à faire avant notre prochain rendez-vous hebdomadaire.

En rentrant à la maison, j'affichais un sourire si éclatant qu'il a éveillé les soupçons de Susan qui voulait absolument savoir le nom du garçon responsable de mon état euphorique. Elle n'a pas caché sa déception en apprenant qu'il ne s'agissait « que » de mon travail. Mais j'avais tout de même besoin d'un autre avis, de me voir confirmer que, non, je n'avais pas (de nouveau) perdu la tête en acceptant de retravailler avec Naya.

– Si tu dis qu'il y avait des étincelles… a parodié Lou avec de grands gestes, comme ceux que je venais de faire, à travers la webcam.

Je lui ai lancé un regard mauvais.

– Oh, je plaisante ! De toute façon, ça se sent que tu adores travailler avec ces deux-là. Je le vois dans ton regard, dans la façon dont tu t'enflammes quand tu parles de ce projet. C'est évident.

– Alors, je fonce ?

– Bien sûr que tu fonces ! De toute façon, il n'y a pas d'autre moyen de savoir si c'était une bonne idée à la base…

La même histoire

Lundi 31 octobre

Parfois, dans des occasions comme celle-ci, j'ai l'impression de ne pas avoir évolué depuis l'année dernière. Je n'ai pas besoin de parcourir les pages de mon journal pour savoir où j'en étais il y a un an, jour pour jour. Je le sais parce que, à quelques petits détails près, j'en suis au même point. L'impression d'avoir été mise de côté, de ne pas être assez bien, de ne pas être à la hauteur de ces filles qui ont tout, et à qui tout vient si facilement. Pourtant, la situation n'est pas tout à fait la même. Cette année, j'étais invitée à une super-soirée chez Jeremy et mon costume de sorcière-zombie avec cicatrices plus vraies que nature a fait un carton. Il y avait même un garçon pour m'accompagner à cette fête où toutes mes copines étaient présentes. Maggie s'était déguisée en Lady Gaga, Zoe en *country girl* avec bottes et chapeau de cow-boy et Claire avait copié les Harajuku Girls, ces filles japonaises qui s'habillent en rose bonbon des pieds à la tête, ou alors en arcs-en-ciel géants, et vénèrent les accessoires kawaii, Hello Kitty en tête. Jeremy était assorti à sa belle et avait piqué la chemise à carreaux de son grand frère. Joshua était très crédible en vampire et Evan, le nouveau flirt de Claire, s'était essayé au look rappeur aux dents en or. J'aurais dû être ravie, non ? La soirée était excellente, l'ambiance joyeuse, et mon Halloween bien plus mémorable que celui de l'année dernière. Mais quelque chose n'allait pas et je savais très bien quoi : au même moment se déroulait, non loin de là, la fameuse soirée annuelle d'Olivia. La reine des abeilles était réputée pour la somptueuse soirée qu'elle organise chaque Halloween. Tout le lycée en parlait. Ceux qui étaient invités ne cachaient pas leur plaisir : l'espace d'une soirée, ils allaient pouvoir se frotter aux nombreuses mini-starlettes qui constituent l'entourage d'Olivia. D'après les rumeurs qui couraient – et elles étaient nombreuses – la *miss* Steiner ne regardait vraiment pas à la dépense. La maison était décorée du sol au plafond, et les invités se voyaient servir un menu spécial « horreur » à base, entre autres, de *vampire juice* (aux myrtilles), de *bloody burgers* (dégoulinants de ketchup) et de cookies en forme d'araignées. Dans les couloirs du lycée, et sur des blogs tels que www.LApublic.com, on allait en entendre parler dans les moindres détails : qui était venu avec qui, qui avait arboré le meilleur costume (Olivia, c'était toujours Olivia), quel avait été le moment le plus fort de la soirée (l'année dernière, Olivia avait apparemment embauché un cracheur de feu pour divertir ses invités). Et chaque fois qu'un nouveau détail circulerait, je me rappellerais uniquement le fait que, moi, je n'avais pas été invitée. C'est idiot, je le sais, mais, même si Olivia avait continué à m'ignorer à la suite de sa petite fête d'il y a quelques semaines, j'avais espéré que je serais digne d'une invitation à cet événement majeur de la rentrée.

Mais non. Mon seul lot de consolation, c'était que je n'avais pas à lui envier son petit copain. Cette année, j'avais le mien. Enfin, si je puis dire.

Depuis notre baiser langoureux, les choses avaient été loin d'être simples avec Lucas. Les premiers jours après le bal, j'avais même eu la nette impression qu'il m'ignorait, ce qui me frustrait. Comment savoir ce qu'il voulait, ce qu'il pensait ? Avait-il vraiment des sentiments pour moi ? Avait-il fait cela sur un coup de tête ? Finalement, c'est Maggie qui avait fait la lumière sur ce qui motivait sans doute son comportement.

– C'est un timide, Lucas, tu le sais bien. Ce n'est pas parce qu'il a pris de l'assurance pendant l'été et qu'il a une nouvelle coupe de cheveux que sa personnalité a changé du tout au tout.

– Moui… Je peux te dire que quand il s'est jeté sur moi pour m'embrasser, il ne faisait pas le timide du tout.

– Mais justement ! C'était un grand pas pour lui. Une folie ! Il a dû se demander ce qui lui était arrivé. Crois-moi, sa timidité, ce n'est pas comme une vilaine mèche. Il ne peut pas s'en débarrasser d'un coup de ciseaux.

– Et alors, maintenant, je fais quoi ? Tu crois qu'il attend que je vienne vers lui ?

– Peut-être. Ou peut-être qu'il a tout simplement besoin de reprendre ses esprits.

– Ou alors, il regrette ce qu'il a fait.

– Crois-moi, Violet, ce n'est pas facile d'être timide. Je sais de quoi je parle. Tu te souviens à quel point ça me rendait malheureuse l'année dernière ? Je n'arrivais jamais à rien avec les garçons, c'était comme s'ils ne voulaient même pas m'approcher… Parfois, il suffit juste d'un peu de patience.

Et Maggie avait eu raison. Lucas et moi avions renoué la conversation au fil des jours suivants, petit à petit, sans pression de ma part. Et quand je lui avais proposé, nonchalamment, de venir à la fête d'Halloween de Jeremy, il n'avait pas hésité une seconde. Pendant la soirée, nous avions appris à mieux nous connaître, et je sentais que quelque chose était en train de se passer. Lucas s'ouvrait à moi, à la possibilité d'une histoire entre nous. Peut-être plus lentement, peut-être pas aussi facilement qu'avec Noah, mais, j'en étais certaine, les dés étaient jetés.

NVN Productions

Vendredi 11 novembre

NVN Productions, c'est le nom que nous avons choisi pour notre société de production. Ah, mais, c'est que nous ne faisons pas les choses à moitié ! Pendant que je termine un énième brouillon du scénario, Noah et Naya planchent chacun de leur côté sur tout ce qui est nécessaire pour mener notre projet à bien. Naya a même déjà commencé à réfléchir à la façon dont nous allons organiser nos séances de casting. Quand elle en a parlé, j'ai soudain eu l'impression que les choses allaient beaucoup trop vite, mais elle m'a convaincue en me disant que l'on se sentirait encore plus motivés quand on aurait des visages à placer sur chacun de nos personnages. Et le fait de monter une équipe, de savoir que nous ne serions pas seuls dans notre entreprise, nous donnerait l'énergie nécessaire pour aller jusqu'au bout.

Mes copines avaient aussi proposé de mettre la main à la pâte. À ma demande, Maggie était en train de faire des recherches sur les façons de financer la production d'un court-métrage à petit budget, et Claire m'avait demandé une copie du scénario pour s'entraîner pour le rôle principal. Je le lui avais déjà promis à demi-mot et elle tenait à prendre de l'avance pour être prête le jour J. Ces dernières semaines, elle s'était donnée à 100 % dans ses cours de théâtre et Zoe, Maggie et moi avions été bluffées par sa détermination, et par les progrès qu'elle avait faits. Il ne faisait pas l'ombre d'un doute que ce film ne pourrait se faire sans elle. Zoe, elle, avait proposé son aide pour les décors. Lucas m'avait dit d'inscrire son nom sur la liste des figurants. Rien que de penser à tous ces millions de détails me donnait le vertige. Mais la machine était en route et il n'était pas question de faire marche arrière.

E-mail de **noahsheperd@mailme.com**
à **violetfontaine@myemail.com,**
nayasingham@myemail.com
le jeudi 3 novembre à 10 h 13
Sujet : Scénario
Violet,
C'est super ! Mais je pense qu'il faut ajouter une scène où notre héroïne confronte le principal du lycée en début de page 5, et peut-être raccourcir l'avant-dernière scène, qui court quand même sur quatre pages…
Bon courage pour les révisions !
Noah

E-mail de **maggiebarrow@myemail.com**
à **violetfontaine@myemail.com**
le jeudi 3 novembre à 15 h 57
Sujet : Budget
Hello ma belle,
Voici ci-dessous les liens vers deux associations qui financent des films d'étudiants. Le processus de sélection est assez strict mais ça vaut le coup de tenter !
Maggie XOXO

E-mail de **nayasingham@myemail.com**
à **noahsheperd@mailme.com, violetfontaine@myemail.com**
le vendredi 4 novembre à 9 h 24
Sujet : Lieux

Hello,

Ouf, mes parents sont d'accord pour que l'on tourne les scènes du journal dans notre garage. En revanche, cela devra être uniquement le week-end et il faudra qu'on remette tout en place chaque fois !

Noah, peux-tu m'envoyer la liste de tous les lieux dont nous avons besoin ? J'en ai touché deux mots à Mme Andrews mais, apparemment, utiliser des locaux du lycée est hors de question…

Naya

E-mail de **noahsheperd@mailme.com**
à **nayasingham@myemail.com, violetfontaine@myemail.com**
le samedi 5 novembre à 12 h 32
Sujet : Re : Lieux

Violet, tu crois qu'on pourrait poser la question au café près de chez toi ? Ce serait le lieu idéal pour la scène numéro 3.

J'ai aussi récupéré quelques bonnes adresses pour louer du matériel de tournage. Je rêverais de pouvoir acheter une caméra, mais bon…

À plus,

Noah

E-mail de **violetfontaine@myemail.com**
à **nayasingham@myemail.com,**
noahsheperd@mailme.com
le lundi 7 novembre à 7 h 55
Sujet : Version 5
Salut,
Je vous mets en PJ la version 5 du scénario. J'ai bien pris en compte tous vos commentaires de la dernière fois… N'oubliez pas de le lire avant notre rdv de demain soir !
À toute,
Violet

E-mail de **noahsheperd@mailme.com**
à **nayasingham@myemail.com,**
violetfontaine@myemail.com
le lundi 7 novembre à 19 h 26
Sujet : Casting
On est tous OK pour la date du 22 novembre pour le casting des personnages principaux ? Il faut encore trouver un lieu pour la séance… Je vais demander à la secrétaire du principal si on peut utiliser l'amphithéâtre après les cours. Tant qu'on ne filme pas…
Noah

E-mail de **violetfontaine@myemail.com**
à **maggiebarrow@myemail.com,**
zoemiller@mailme.com
le mardi 8 novembre à 15 h 15
Sujet : Équipe de tournage
Hello les filles !
Je ne sais pas comment je pourrais y arriver sans vous !

Alors Zoe, je t'ai noté comme décoratrice, et Maggie comme maquilleuse.

Zoe, tu peux demander à Jeremy si on peut utiliser son vieil appareil photo comme accessoire pour le tournage ?

Merci !

Violet

Malgré les révisions incessantes, les heures passées à écrire et réécrire, les dizaines d'e-mails qui fusaient dans tous les sens à longueur de journée, rien n'aurait pu m'ôter l'idée qui tournait en boucle dans ma tête : moi, Violet Fontaine, j'allais écrire, produire et réaliser un film. C'était cette idée qui me donnait envie de me lever une heure plus tôt le matin, qui me faisait rester à la maison un samedi après-midi, qui me forçait à me concentrer sur l'instant présent plutôt que sur toutes les étapes à franchir avant de crier le *cut* final. C'était une sensation intense, puissante, exactement ce dont j'avais besoin après mes déceptions récentes. Certes, je n'étais pas toute seule, et, même si je l'avais voulu, je savais au plus profond de moi qu'un tel projet ne pouvait être qu'un projet d'équipe. Le V de NVN Productions n'aurait pas pu exister sans les deux NN. Mais c'était un petit détail sur lequel je n'avais pas du tout envie de m'arrêter.

Parler et écouter

Mardi 15 novembre

« Tu ne fais rien de mal » me suis-je répété alors que j'étais assise à ma table préférée au King of Burgers, le *diner*[1] à la déco rétro qui, selon mes amis et moi, sert les meilleurs burgers du coin. « Ce n'est pas comme si tu étais en train de trahir ton petit copain. Retrouver un autre garçon autour d'un milk-shake au caramel n'est pas un crime. » Pourtant, je n'avais avoué à personne la vraie raison pour laquelle je n'étais pas disponible hier soir. Ni à Zoe qui avait proposé de me ramener, ni à Lucas qui voulait savoir quand aurait lieu notre prochain ciné. Après de nombreux e-mails échangés, Erik et moi étions finalement convenus de nous retrouver hier après les cours, mais sans nous donner de raison particulière. Était-ce un rendez-vous amoureux pour lui ? J'aurais été bien incapable de le dire. Le ton de ses messages oscillait encore et toujours entre mystérieux et séducteur.

Non, je ne faisais rien de mal. Ma relation avec Lucas en était encore au stade embryonnaire, si bien que je n'osais toujours pas l'appeler *my boyfriend*. Si lui retrouvait une

1. *Diner* : restaurant typique américain, équivalent de la brasserie en France.

copine après les cours, est-ce que je lui en voudrais ? Hmmm peut-être, peut-être pas. En tout cas, je croisais les doigts pour qu'il ne décide pas de passer dans le coin cet après-midi. The King of Burgers, c'était un peu le repaire de ma bande, idéalement situé entre nos quartiers respectifs. J'y avais aussi passé de nombreux moments avec Noah, à une autre époque. Et quoi que je fasse, j'avais tout de même un peu l'impression de tromper mon monde en invitant Erik à m'y rejoindre.

La première chose qui m'a frappée quand il est arrivé, c'est son âge. Je savais qu'il était plus âgé que moi de quelques années, mais cela paraissait bien plus évident à la lumière du jour que pendant la soirée d'Olivia. Son look était plus étudié que celui de la plupart des garçons de mon entourage : chemise repassée, jean brut parfaitement ajusté, chaussures de marque… Même son attitude était plus mature, ses gestes plus mesurés. J'ai immédiatement regretté mon choix de lieu de rendez-vous. Je ne savais pas ce qu'Erik voulait de moi, mais je n'avais pas du tout envie de passer pour une petite lycéenne de province.

– Violet, enfin ! Tu es la fille la plus *busy* de toute la côte Ouest !

J'ai rougi malgré moi. Malgré mon planning plutôt chargé, Erik avait persisté, patiemment mais résolument, et l'idée d'être désirée à ce point n'avait pas été pour me déplaire.

Je me suis rappelé les sujets de conversation que je m'étais promise de ne pas aborder. D'abord, tout ce qui avait de près ou de loin rapport avec le lycée. Erik étant à la fac, mes histoires lui paraîtraient sans doute bien banales. Ensuite, mon film. Je ne savais pas trop pourquoi, mais je m'étais gardée d'en discuter avec quiconque n'était pas directement lié au projet. Peut-être parce que je craignais de m'emballer trop vite, ou de me voir découragée par ceux qui penseraient que je visais un peu trop haut. Mais aussi, parce que, après n'avoir pensé qu'à cela pendant plusieurs semaines, un peu de repos ne me ferait pas de mal.

Erik était un peu plus bavard que la dernière fois. Il m'a décrit son planning de ministre, entre la fac et son site Internet, m'a montré une photo de la nouvelle voiture que ses parents venaient de lui acheter, m'a parlé de ses projets d'avenir pour *LA Public* et m'a même demandé si je serais intéressée d'écrire pour lui.

– Hmmm, tu sais, les potins de stars, je ne m'y connais pas trop…

– Quand on a autant de talent, on peut écrire sur n'importe quoi.

J'ai laissé échapper un rire niais.

– Je ne plaisante pas. J'ai lu quelques extraits, et ce serait un honneur de te compter parmi notre équipe.

– Tu as lu mes papiers ? Pour l'*Albany Star* ?

– Quelques-uns, oui. Ils sont très bons. Mais, je ne veux pas te forcer la main…

J'avais toujours trouvé euphorisant le fait que mes papiers soient lus par des centaines de lycéens, mais il ne m'était jamais venu à l'esprit que des personnes extérieures pouvaient aussi s'y intéresser.

– Je ne sais pas… je suis assez occupée…

Dans d'autres circonstances, j'aurais sauté sur l'occasion d'écrire pour un site aussi réputé, mais travailler sous la houlette de quelqu'un comme Erik ne ferait qu'accroître la pression que je ressentais déjà ces derniers temps. Cela dit, lui dire non ne serait pas plus aisé.

– Toujours de la famille en ville ?

– Tu es vraiment curieux.

– Je m'intéresse à toi, c'est tout…

Ce garçon savait décidément me prendre par les sentiments. Je n'avais pas l'intention de tomber dans ses filets, mais mon ego ne pouvait pas en dire autant.

– Dis-moi, alors, qu'est-ce que tu sais d'autre de moi ?

Erik n'a même pas eu besoin de réfléchir avant de répondre.

– Je sais que tu es une élève brillante d'Albany High. Que tu te sens à LA comme un poisson dans l'eau et que tu vendrais ton royaume pour un cupcake de chez Rose Bakery. Je sais que tu vis chez l'un des plus grands scénaristes d'Hollywood. Je sais que tu as un énorme talent pour l'écriture. Je sais aussi que tu souffres d'être aussi loin de ta mère, mais ça, c'est parce que tu me l'as dit toi-même. Et d'ailleurs, tu ne m'as pas dit ce que fait dans la vie… Isabelle, c'est ça ?

– C'est bien ça. Elle est interprète, puisque tu veux tout savoir.

– C'est marrant.

– Qu'est-ce qui est marrant ?

– J'aurais pensé que ta mère était une artiste aussi, comme toi. En général, le don artistique, c'est de famille.

J'ai haussé les épaules en guise de réponse. Erik devait avoir l'habitude de harceler les gens de questions, et c'était sans doute ce qui faisait le succès de son site.

– C'était peut-être ton père, alors, l'artiste de la famille ?

– Je te l'ai déjà dit, la seule famille que j'aie, c'est ma mère. Je n'ai jamais connu mon père.

J'ai ponctué ma phrase d'un petit sourire, comme si ce sujet était léger et anodin.

– Je t'admire, tu sais, Violet.

– Tu me connais à peine…

– Peut-être, mais je te connais assez pour savoir que tu es une fille forte et qui a confiance en elle. Une fille qui a su s'adapter sans aucun problème à l'autre bout du monde. Et tout ça malgré le passé que tu as eu !

– Cela n'a rien d'impressionnant… ai-je répondu alors que mes joues s'empourpraient.

– Ne sois pas modeste.

Erik a baissé les yeux avant de reprendre.

– Et je sais ce que c'est… Moi aussi, j'ai grandi sans père.

Quand il a relevé la tête, il avait les yeux humides et la lèvre inférieure un brin tremblante.

– Je suis désolée…

– Comme toi, je ne sais rien de lui, je n'ai jamais rien su.

– Je suis désolée, ai-je repris, sans savoir que dire d'autre.

L'émotion se lisait de plus en plus sur son visage. Si cela avait été Noah, ou Lucas, j'aurais posé ma main sur la sienne, peut-être même l'aurais-je pris dans mes bras, pour tenter de le réconforter. Mais Erik m'intimidait et je ne pouvais pas faire un geste de plus.

– Il m'a abandonné à la naissance, et ma mère n'a jamais voulu répondre à aucune de mes questions.

– Je suis désolée…

Erik s'est mis à sangloter. J'ai toujours été terrorisée à l'idée de voir un garçon pleurer. Alors, un garçon comme lui, aussi assuré, aussi charmeur… J'aurais dit n'importe quoi pour que cela s'arrête.

– Tu es si forte, Violet, si forte !

– Je ne suis pas si forte que ça…

– Alors tu caches bien ton jeu. Moi, je ne sais plus quoi faire. Je pense partir à sa recherche, mais j'ai peur…

– Oh, il ne faut pas avoir peur !

– Mais c'était il y a tellement longtemps ! Peut-être que ce serait rouvrir de vieilles blessures pour rien ?

Erik m'a consultée d'un regard plein d'espoir.

– Tu sais, je pense que ce genre de blessure ne se referme jamais…

J'ai pensé à toute la colère, à l'incompréhension et au doute qui m'avaient accompagnée depuis que j'avais été en âge de comprendre que ma famille n'était pas vraiment comme les autres. Et même maintenant que la roue avait complètement tourné, je n'étais pas sûre d'être un jour capable de panser mes plaies.

– Alors, dis-moi, qu'est-ce que je fais ?

– Je ne peux pas te dire ce que tu devrais faire…

– S'il te plaît, Violet ! On est pareils toi et moi ! Il n'y a que toi qui peux comprendre ce que j'ai vécu, ce que je vis. On est pareils toi et moi !

J'ai pris une grande inspiration. Ce rendez-vous n'avait plus rien de glamour ni de mystérieux. Mais pourtant, je n'aurais pas voulu laisser Erik planté là. Il avait raison, je comprenais sa douleur. Et moi non plus, je n'avais jamais eu personne avec qui la partager.

– Je ne sais pas si mes conseils valent grand-chose, mais… enfin…

Erik a serré ma main très fort.

– Tu m'aurais demandé ça il y a quelques mois, je t'aurais sans doute dit de foncer, d'essayer de le retrouver à tout prix.

– Et qu'est-ce qui a changé ?

– Rien, rien du tout. Enfin, si. C'est juste que, je ne sais plus si c'est la meilleure chose à faire.

– Mais je perds la tête moi, à ne pas savoir qui il est, ni où il est !

– Imagine que tu le rencontres et qu'il se révèle être le pire homme que tu aies jamais rencontré ! Imagine que tu comprennes enfin pourquoi ta mère a souffert toutes ces années et que tous les espoirs que tu avais placés en lui s'évaporent du jour au lendemain ! Imagine la déception que tu pourrais ressentir s'il n'était pas le héros dont tu as rêvé toute ton enfance ! Imagine qu'il vive tranquillement avec sa vraie famille et qu'il se moque bien de toi ! Imagine que partir à sa recherche chamboule ta vie de manière irréversible et que tu le regrettes à tout jamais !

Erik m'observait désormais avec des yeux curieux. Même les voisins de la table d'à côté s'étaient mis à tendre l'oreille. Je n'aurais peut-être pas dû m'emporter, mais Erik semblait si vulnérable que cela me brisait le cœur et me faisait fondre à la fois.

– Tu crois vraiment que mon père pourrait être l'homme aussi ignoble que tu décris ?

– Je ne sais pas, peut-être, enfin… je suis sûre d'une chose, s'il t'a abandonné de cette façon, ça ne peut pas être quelqu'un de bien.

– C'est ce que tu penses de ton propre père ?

J'ai fait une grimace.

– Ça fait bien longtemps que j'ai arrêté de me faire des illusions à son sujet…

Erik a mesuré mes paroles pendant quelques instants, avant de se redresser.

– Merci. Merci, Violet.

– Avec plaisir. Et quand tu as besoin de parler, n'hésite pas, je suis là.

En l'espace d'un instant, toute trace d'émotion a disparu de son visage, et sa voix a repris son aspect suave.

– Et Simon, tu lui as demandé, pour l'interview ?

– Je t'ai déjà répondu à ce sujet... Ça ne va pas être possible.

– OK, tant pis.

– Je suis désolée.

– Non, non, ce n'est pas grave. Tu m'as déjà énormément aidé.

E-mail de **paul.walmsley@walmsleyltd.com**
à **violetfontaine@myemail.com**
le mercredi 16 novembre à 8 h 18
Sujet : Des excuses

Chère Violet,

Je tiens tout d'abord à m'excuser pour ce qui s'est passé lors de notre dernière rencontre. Ce n'était pas mon intention de semer la zizanie. Depuis mon retour en Angleterre, je suis de plus en plus assailli par les journalistes. Ce n'est qu'une question de jours, de semaines peut-être. Je ferai mon possible pour que tu sois épargnée mais, malheureusement, je ne peux rien te promettre.

Bien à toi,
Paul Walmsley

Prochain arrêt : Paris (ou presque)

Mercredi 16 novembre

Simon est resté d'humeur maussade depuis que son frère a quitté la ville. J'ai essayé d'aborder le sujet une ou deux fois, subtilement, pour éviter de le brusquer, mais rien n'y a fait. Je sais par Susan que ses parents ont essayé de l'appeler de nombreuses fois, mais il semble avoir oublié jusqu'à l'existence de son téléphone. Ou de sa famille peut-être. De l'autre côté de l'Atlantique, c'est tout le contraire. Maman m'appelle trois fois par semaine, et oscille constamment entre la colère contre l'esprit calculateur de mon père, le mépris à l'égard d'un homme qui ferait n'importe quoi pour sauvegarder sa réputation et le dépit face à une situation qui lui échappe depuis toujours.

J'ai donc décidé de rentrer à Paris pour les vacances de Noël. Bien sûr, je veux rentrer pour passer les fêtes avec ma mère, avec mes grands-parents, voir Lou et faire le plein de pains au chocolat. Je serais capable de faire douze heures d'avion juste pour le plaisir de déguster une baguette fraîche et croustillante. Mais le fait est que j'ai mille raisons de vouloir rentrer à la maison. Et des bonnes raisons, des raisons qui me font chaud au cœur et me donnent envie de cocher les jours sur le calendrier. C'est pourquoi j'enrage contre Paul Walmsley. Par sa faute, mes vacances de Noël vont se teinter de scandale et de tristesse. Je me fais particulièrement du souci pour maman. C'est elle qui va être en première ligne. Les moindres détails de sa vie et de sa relation avec mon père vont être disséqués. Sa photo sera peut-être publiée, son identité affichée. Tant que je suis mineure, les journalistes n'ont pas le droit de dévoiler mon vrai nom ou mon adresse sans accord explicite. Et, à distance, je me sens un peu protégée de toutes les retombées inévitables de cette affaire. Malheureusement, maman ne va pas avoir autant de chance, c'est évident. Après avoir subi l'indifférence et la manipulation des Walmsley pendant toutes ces années, il va maintenant falloir qu'elle vive la même chose en plein jour. Je sais que je ne peux pas saisir toute l'étendue du problème, mais je sens la tension grimper dans la voix de maman. Des années de lutte ont eu raison de sa patience et de son équilibre.

Et ça, c'était avant qu'elle reçoive un appel de Joanna Walmsley. Elle arrivait à peine à contenir toute sa fureur quand elle m'a raconté leur échange. Joanna savait. Elle était au courant de mon existence et de l'histoire entre mes parents, au moins dans les grandes lignes. Après le lui avoir caché pendant toutes ces années, Paul avait fini par être obligé d'admettre la vérité à sa femme. Mais elle avait eu besoin d'en avoir le cœur net, de l'entendre de la bouche de la principale intéressée. Elle avait sans doute espéré se réveiller de ce mauvais cauchemar et découvrir que tout cela était faux. Voilà ce qui l'a donc poussée à chercher le numéro de téléphone d'Isabelle Fontaine.

– Je ne me suis pas laissé démonter ! s'est insurgée maman.

– Tu as bien fait.

– Mais je n'avais aussi qu'une hâte : raccrocher au plus vite.

– Et tu lui as dit quoi, alors ?

– J'ai répondu à ses questions, sans trop m'attarder, je t'avoue. Elle voulait savoir si j'existais vraiment, si tu existais vraiment. J'aurais presque eu de la peine pour elle si je n'avais pas été aussi outrée qu'elle ose m'appeler.

– Tu n'as pas à te faire de souci pour elle ! Elle a eu tout ce à quoi tu n'as pas eu droit.

– Je sais, je sais, mais son monde vient de s'écrouler comme un château de cartes… Je sais ce que c'est.

J'en voulais tellement à mon père ! Il avait réussi à gâcher des tas de choses dans ma vie, et ce n'était pas terminé. Son pouvoir de destruction était sans limites. Quand je pense que j'avais presque cru sa tirade lors de notre journée à Santa Barbara ! Mais non, un homme comme lui ne cherchait pas à protéger les siens. Il voulait juste se protéger, lui. Et maintenant, il m'avait dérobé une partie de la joie et de l'excitation que j'avais à l'idée de retrouver maman pour les fêtes de fin d'année. C'est donc avec un sentiment maussade que j'ai consulté les prix et les horaires des vols Los Angeles-Paris. Ce voyage aurait dû être de vraies vacances. Ne les avais-je pas méritées ?

J'étais en train de surfer sur les sites des agences de voyages, quand Naya m'a appelée pour discuter du scénario. Elle tombait à pic, j'avais grand besoin d'une distraction et le son de sa voix m'a tout de suite aidée à décompresser. Notre amitié avait continué à s'épanouir ces dernières semaines. Noah, elle et moi étions devenus inséparables. On écrivait ensemble, on se retrouvait après les cours, et on restait en contact par SMS tout au long de la journée. Enfin, nous étions inséparables, jusqu'à une certaine limite. Naya trouvait toujours un bon prétexte pour ne pas déjeuner avec nous, ou pour que l'on se retrouve le plus possible en dehors du lycée. Mon petit doigt me disait que cela avait tout à voir avec Olivia. Pourtant, Naya se refusait à parler de son autre « bande ». Même quand j'avais essayé d'en savoir plus sur la fameuse fête d'Halloween, ma coéquipière n'avait rien laissé filtrer. Cela me trottait toujours dans la tête quand je croisais l'une des trois pimbêches, par exemple Alyssa, ma voisine de casier. Celle-ci me toisait toujours autant du regard, mais savait-elle qu'elle partageait avec moi une de ses meilleures copines ? Me mépriserait-elle autant si elle savait toute la connivence entre Naya et moi ?

Bref. Je ne devrais pas me préoccuper de ce que l'*evil trio* peut bien penser de moi. Un jour ou l'autre, elles se rendront compte que, si Naya s'est entichée de moi, c'est que je ne peux pas être si mauvaise que ça.

– Tu as une petite voix, toi ! Qu'est-ce qui ne va pas ?

– Rien, rien du tout. En fait, j'étais en train de regarder les vols pour Paris.

– Super ! Oh ! là là ! tu n'as pas idée comme j'aimerais venir avec toi ! Tu m'emmènes dans ta valise, s'il te plaît ?

– Hé, hé, si tu veux !

– Tu y vas pour les fêtes de fin d'année ? Ma mère me zigouillerait si je ne passais pas Noël en famille !

– Oui, je voulais partir dès le dernier jour des cours, mais les prix sont si élevés…

– Tu prends un vol direct ?

– Euh non, probablement pas. Je suis encore en train de faire des recherches, mais les vols indirects ont l'air moins chers. Pourquoi ?

– Parce que je viens d'avoir l'idée du siècle ! *Oh my god* Violet ! Promets-moi que tu vas dire oui !

Je savais que Naya était d'une nature enjouée et je l'avais déjà vue s'éclater comme une folle en soirée, mais là, elle me crevait presque le tympan.

– Euh, oui à quoi ?

– Il FAUT absolument que tu t'arrêtes à New York pour quelques jours avant d'aller à Paris. J'y serai avec ma famille et tu pourras venir chez nous. Oh, ce serait trop génial ! Je te montrerai tous mes coins préférés, depuis le temps que je t'en parle !

Alors, ça, je ne m'y attendais pas du tout. Bien sûr que j'avais hâte d'être à Paris, de voir maman et Lou, mais une occasion pareille… Wow ! J'avais toujours rêvé de visiter New York et c'était effectivement sur mon chemin, puisque mon vol ferait escale sur la côte Est. Hmmm, serait-ce possible ? Mon cœur commençait à s'emballer rien que d'y penser. Mais il y avait quand même un léger problème. Oui, bon, je sais que j'avais dit que je n'y pensais plus, que je devais me faire une raison : Naya était mon amie en même temps que l'amie d'Olivia. Mais tout de même ! Comment allait-elle réagir ? J'imaginais déjà Olivia venir m'étrangler dans mon sommeil pour lui avoir piqué sa meilleure copine.

– Ce serait fantastique, vraiment, mais je me demande si on ne s'emporte pas un peu vite. Tu ne crois pas que ça gênerait euh, enfin, que ça gênerait… tes parents ?

– Pas du tout !

Eh non, je n'avais pas pu me résoudre à aborder le sujet délicat d'Olivia Steiner. Je ne la laisserais pas s'interposer entre la ville mythique et moi. New York, c'était mon rêve, depuis toujours. *Here I come, baby !*

D'obstacles en impasses

Vendredi 18 novembre

Heureusement que ce n'est pas du tout mon genre de m'emballer trop vite, ni d'avoir les yeux plus gros que le ventre, parce que sinon je dirais que c'est justement ce qui est en train de se passer. Je ne l'avouerai jamais à personne, même pas à Lou, mais je m'imaginais déjà accepter l'Oscar de la meilleure scénariste. Oui, rien que ça ! Bravo Violet, tu ne changeras décidément jamais ! Avant qu'il y ait un Oscar, il faut déjà qu'il y ait un film, et pour l'instant, on en est loin, très loin !

Maggie a généreusement proposé son aide à Noah pour détailler le budget nécessaire à la production de notre film. Bien sûr, je me doutais que la somme serait conséquente, surtout pour nos porte-monnaie de lycéens. Et il n'était pas question de quémander auprès de nos parents. Même s'ils comprenaient et soutenaient notre projet, c'était tout simplement trop leur demander. J'ai cherché conseil auprès de Simon, qui m'a donné quelques bonnes idées pour réduire nos frais, mais le fait est que, sans fonds conséquents, notre projet ne pouvait pas aller bien loin. Les associations dont Maggie m'avaient parlé nous ont fermé la porte au nez pour diverses raisons et pour le moment, nous sommes à court d'idées. Naya n'arrête pas de nous rappeler que nous finirons par trouver une solution, et je veux vraiment la croire, mais j'ai peut-être tendance à me décourager un peu plus vite qu'elle.

Pour notre séance de casting, nous avons vu large et avons fait de la pub un peu partout : sur les panneaux d'affichage dans les couloirs du lycée, sur Facebook, par e-mail à tous nos copains, par bouche-à-oreille… et nous attendons pas mal de monde. Je sais que je devrais me réjouir, ça veut dire que les gens sont intéressés par notre projet, mais, faire une sélection parmi des dizaines de personnes va représenter un travail colossal. Moi, je me serais bien contentée de choisir parmi nos amis uniquement, mais Naya a insisté pour ratisser large, afin d'avoir accès aux meilleurs talents et s'assurer ainsi de la qualité de notre film. Et puis, nous n'avons toujours pas de lieu pour tenir cette fameuse séance de casting. Noah a sonné à toutes les portes, et il a encore une ou deux pistes mais j'ai bien peur que tout cela ne se termine en débâcle. Imaginez un peu, si tous ces acteurs en herbe se déplacent et que l'on doit les renvoyer chez eux, faute de pouvoir les faire auditionner correctement… Non, Violet, arrête. Arrête ! Vous allez trouver une solution, vous n'avez pas le choix de toute façon. Respire, respire. Tout va finir par rentrer dans l'ordre.

En tout cas, Claire ne parle plus que de ça. Je sais déjà qu'elle est à la hauteur et aussi préparée qu'elle peut l'être, mais je crois qu'elle a hâte de voir la réaction de Noah et Naya. Elle sait bien qu'étant son amie, je ne peux pas être objective à 100 %. Pour elle, ce film est une aubaine : c'est la meilleure façon de savoir si elle a choisi la bonne voie, et si cela marche, cela pourrait être un véritable tremplin. Mais pour moi, ce n'est qu'une pression supplémentaire.

En plus de tout le reste, je n'ai pas envie de décevoir mes amies qui se sont tant impliquées dans mon projet. Elles me soutiennent à fond, et tolèrent même le fait que c'est devenu mon seul et unique sujet de conversation.

De ce côté-là, elles se montrent un peu plus compréhensives que Lucas, avec qui j'ai eu mon premier petit accroc hier. Aaaarghhhh, je déteste ça ! Les premières semaines d'une relation amoureuse, c'est tellement bon ! On se regarde dans le blanc des yeux, on se fait beaux l'un pour l'autre chaque jour, on a le cœur qui bat en se voyant, des tas de choses à se dire… Et puis vient le moment où l'on redescend un peu sur terre. Le quotidien reprend le dessus, on commence à devoir faire des compromis, et un premier petit conflit pointe le bout de son nez. Cela dit, mes copines m'ont rassurée à ce sujet. Elles sont toutes passées par là d'une façon ou d'une autre, Zoe avec Jeremy, Maggie avec Joshua… Avec Noah, la période de rêve avait été brusquement raccourcie par le fait que nous allions nous retrouver en stage au même endroit, chez Black Carpet Productions, et que, quelques jours plus tôt, je n'avais toujours pas trouvé le courage de le lui dire. Bon, OK, là c'était complètement de ma faute. Mais avec Lucas… Eh bien, le problème avec Lucas, c'est que les journées ne durent que vingt-quatre heures. Ce n'est pas de ma faute, ça ! Et avec environ trois crises à régler à la minute, avec la production du film qui avance de plus en plus (et pas toujours dans la bonne direction), avec mon poste au journal et mon programme chargé de *senior*, il ne reste pas énormément de place pour mon petit copain.

Les choses se sont corsées avant-hier. Je venais de recevoir ma première vraie mauvaise note depuis que je suis à

Albany High – un C– en histoire – et j'étais démoralisée. Maman m'avait répété plus d'une fois qu'elle me soutiendrait dans mes projets extrascolaires tant que mes notes n'en souffriraient pas. J'avais un contrôle de physique ce matin, et j'ai soudain ressenti le besoin de mettre les bouchées doubles dans mes révisions. Si mes notes se mettent à baisser, mes options dans le choix de ma future université vont diminuer à vue d'œil. Le truc, c'est qu'hier soir j'avais rendez-vous avec Lucas. Rien de bien glamour, juste un petit verre chez Cookie pour me rattraper un peu de mon indisponibilité chronique des deux dernières semaines. Je ne m'attendais pas du tout à ce qu'il le prenne aussi mal quand je lui ai dit qu'il fallait que je rentre à la maison pour étudier à la place. Sur le moment, il est resté silencieux, le regard sévère. Pourtant, j'étais persuadée qu'il comprendrait, Lucas est un bon élève qui accorde beaucoup d'importance à ses notes. Comment aurait-il réagi si c'était lui qui avait obtenu un C– ?

– Je stresse pour demain, tu vois ? Une note comme ça, c'est déjà assez déprimant. Je ne peux pas risquer le coup avec mon contrôle de physique.

– Hmmm, a répondu Lucas en me regardant à peine dans les yeux. C'est juste que, on ne s'est presque pas vus de la semaine.

– Je sais, je sais. Mais j'ai tellement de travail en ce moment ! Ça n'a rien à voir avec toi.

Je savais bien qu'il n'était pas du genre à faire une scène. Pas du genre à s'emporter et à me couvrir de reproches. Lucas est un garçon plutôt introverti, c'est le moins que l'on puisse dire. Le fait qu'il me fasse la remarque aurait dû suffire à me mettre la puce à l'oreille.

– Tu en es bien sûre ?

– Qu’est-ce que tu veux dire par là ?

– Juste que, enfin, je sais que ça ne fait pas longtemps que l’on est ensemble, mais j’ai vraiment l’impression d’être le dernier de tes soucis en ce moment.

– C’est faux ! Je suis bien avec toi. Tu le sais ?

Ce n’était pas faux du tout. À bien y réfléchir, je ne savais même pas si j’avais pris cette relation au sérieux, depuis le départ. Je n’avais pas imaginé retomber amoureuse aussi rapidement après ma rupture avec Noah. Je ne savais même pas si j’étais prête. Et, au moment où j’avais cru qu’il pourrait se passer quelque chose entre Lucas et moi, j’avais appris qu’il avait choisi Naya pour aller au bal de rentrée. Je ne lui en avais jamais parlé et il ne savait toujours pas que j’étais la raison pour laquelle Naya avait fini par le repousser. Pourquoi l’amour devait-il être toujours aussi compliqué ? Avec Noah, il m’avait fallu plusieurs mois pour comprendre qu’un garçon génial se trouvait juste devant mes yeux. Je ne voulais pas refaire la même erreur. Et Lucas est vraiment un garçon chouette. Quand on apprend à le connaître, on se rend compte qu’il a un sens de l’humour assez mordant et une culture époustouflante. C’est aussi un grand sensible, même s’il se débrouille très bien pour le cacher. Je ne sais pas du tout où notre histoire va mener, mais, ce qui est sûr, c’est que je veux lui laisser le temps d’aller quelque part.

Lucas a hoché la tête gravement avant de continuer.

– Je ne suis pas quelqu’un de jaloux, ce n’est pas mon style, mais il faut tout de même reconnaître que, enfin… tu passes le plus clair de ton temps libre avec ton ex. Je ne peux pas ne pas y penser. Et j’ai besoin que tu sois honnête envers moi. Est-ce qu’il y a quelque chose entre vous ?

L'ironie du sort a voulu que je croise Noah dans les couloirs quelques minutes plus tard. Peut-être que ce n'était pas une bonne idée de lui en parler. Mais en même temps, il était l'un des premiers concernés.

– Et tu lui as dit quoi, alors ?

– Eh bien, qu'il ne se passe absolument rien entre nous ! Je n'ai pas besoin de te l'apprendre, ai-je gentiment raillé.

Je pensais que Noah allait s'esclaffer quand je lui ai rapporté ma conversation avec Lucas, qu'il allait trouver ça ridicule et me rappeler qu'entre nous c'était désormais strictement professionnel. C'est ce que j'avais expliqué à Lucas. Certes, je passais beaucoup de temps avec Noah, mais Naya était présente la plupart du temps, et mes rapports avec mon ex tournaient uniquement autour de notre projet. D'ailleurs, quand Simon et Susan m'avaient demandé de ses nouvelles et proposé de l'inviter à dîner, j'avais refusé leur offre sur-le-champ et en avais profité pour leur parler de Lucas, ce que je m'étais gardée de faire jusque-là, jugeant notre histoire trop « fraîche ».

– Il n'a aucun souci à se faire, ai-je continué.

– Non, je sais que tu ne ferais jamais ça. Mais, tout de même, je le comprends.

– Ah bon ?

– Ben oui. Si les rôles étaient inversés, je crois que j'aurais les mêmes craintes que lui. Je n'aimerais pas te voir seulement quand tu n'es pas occupée par tes autres projets, surtout si tes projets t'amènent à passer beaucoup de temps avec ton ex.

– Alors, là, tu me surprends ! Tu ne t'es jamais montré jaloux quand on était ensemble.

– Ce n'est pas une question de jalousie. Je dis juste que ça ne doit pas être facile pour lui. Ça ne l'est pas non plus pour moi.

Je commençais sérieusement à regretter d'avoir abordé ce sujet. Si Lucas apprenait que j'étais en train de partager des détails de notre histoire avec Noah… eh bien, je ne suis pas sûre que ça arrangerait mes affaires. J'aurais dû faire comme si je n'avais pas entendu son dernier commentaire et mettre fin à cette conversation qui ne rimait à rien. Au lieu de ça, j'ai mis les deux pieds dans le plat.

– Comment ça, ce n'est pas facile pour toi ?

– Enfin, Violet, je ne vais pas te faire un dessin. On vient à peine de rompre, et tu… enfin, ça a été rapide, quoi. Je ne m'y attendais pas, c'est tout. Tu crois que c'est facile pour moi de te voir avec un autre garçon ?

La question que je me pose, moi, c'est pourquoi, mais alors, pourquoi, quand j'essaie de résoudre un problème, il ne fait qu'empirer ?

E-mail de **carroll.cgan@bcp.com**
à **violetfontaine@myemail.com**
le mardi 22 novembre à 8 h 01
Sujet : Bon travail !

Hey Violet,

Merci de m'avoir envoyé ton scénario. Honnêtement, je le trouve génial. Tu as beaucoup de talent. Je t'ai mis des corrections en pièce jointe, qui, je le pense, amélioreront les quelques passages qui ne sont pas encore tout à fait au point.

Et, pendant que j'y pense, est-ce que je t'ai déjà parlé des *Young Screenwriter Awards* [1] ? Je crois que tu devrais leur soumettre ton scénario. C'est un des seuls concours réservés aux mineurs, et il est plutôt reconnu dans la profession. Tu devrais tenter ta chance. Mais fais vite ! Je viens de vérifier, la date butoir pour 2011, c'est aujourd'hui !

Tiens-moi au courant.

Bien à toi,

Carroll

1. *Young Screenwriter Awards* : Prix du jeune scénariste.

Le casting de l'enfer

Mardi 22 novembre

Pendant un court moment, j'ai cru que les choses étaient enfin sur la bonne voie. Que l'on venait de surmonter un obstacle – ce ne serait pas le seul, certes – et qu'on avait fait un grand pas en avant. Ça aurait été une véritable réussite, si on n'en avait pas fait dix en arrière juste après.

À vingt-quatre heures à peine de notre séance casting, nous n'avions toujours pas de lieu. La situation commençait à s'envenimer. De mon côté, j'étais à deux doigts de jeter l'éponge. Ce projet avait été trop gros pour nous depuis le début. Écrire un scénario était déjà une tâche importante. Écrire un bon scénario, ça, c'était énorme. Mais réussir à le transformer en un film digne de ce nom, c'était carrément mission impossible. Je l'avais bien vu lors de mon stage chez BCP cet été. Produire et réaliser un film demande beaucoup de talent, de moyens, d'expérience. Nous n'avons rien de tout cela. Mais j'avais rongé mon frein et gardé mes craintes pour moi. Je n'avais pas le choix de toute façon : Noah et Naya étaient persuadés que chaque problème aurait sa solution et que ce n'est qu'en gardant espoir que nous arriverions au bout.

Ils sont allés supplier Mme Andrews, qui est à son tour allée plaider notre cause auprès du principal du lycée. Tout ce que nous demandions, c'était de pouvoir utiliser l'amphithéâtre du lycée pendant une heure et demie pour accueillir tous nos participants. Mais c'était déjà trop. Pour des raisons de sécurité et de règlement intérieur, il lui était tout simplement impossible de nous laisser cette responsabilité.

C'est là que Naya a soi-disant eu une idée de génie : il y a dans notre QG, Cookie, une salle réservée aux événements privés. Normalement, la salle en question se loue pour des fêtes d'anniversaire ou des repas entre amis. Bien sûr, nous n'avions pas les moyens de dépenser plusieurs centaines de dollars dans la location, mais, comme par magie, Naya a réussi à convaincre le gérant de Cookie de nous laisser utiliser la salle gratuitement. « Puisque notre séance est en plein après-midi, la salle ne sera de toute façon pas louée. Et puis, il sait que nous sommes de bons clients… » Son explication tenait la route, et je l'ai crue sans problème. Pourquoi me serais-je méfiée d'elle ? Elle était mon amie. J'allais passer trois jours dans sa famille à New York. Nous avions le même but : mener à bien notre projet. Je n'avais aucune raison de ne pas lui faire confiance.

Une fois le lieu trouvé, tout s'était mis en place comme nous l'avions prévu. Une cinquantaine de personnes avait répondu à notre appel pour les rôles principaux de notre film : une fille de 17 ans, l'héroïne, et les deux garçons du même âge qui s'associent à elle pour mener à bien son projet de relancer le journal de son lycée. Nous avions déjà décidé que les personnages secondaires (la meilleure amie de l'héroïne et le principal du lycée) seraient « castés » plus tard. Pour le moment, ce qui comptait, c'était de dégoter le trio d'acteurs qui allaient faire des étincelles à l'écran.

Ce n'est que quelques minutes avant le début de la séance que j'ai vraiment commencé à apprécier la situation. Nous étions sur le point de sélectionner les acteurs qui allaient incarner les personnages qui nous tenaient tant à cœur. Tout à coup, notre projet prenait une autre dimension. Il devenait plus réel, plus concret, et tellement plus passionnant. Je commençais enfin à croire que tout cela était possible et que ce film valait les sacrifices que j'avais dû faire récemment : délaisser mes copines, récolter une mauvaise note et me brouiller quelques jours avec mon petit copain.

Claire avait insisté pour passer chez moi la veille. Elle avait demandé de l'aide à sa professeur de théâtre pour travailler le texte et voulait absolument que je la voie de nouveau avant le jour J. Elle tenait à rendre justice à l'héroïne, qui, elle le savait bien, était grandement inspirée d'une autre journaliste en herbe : moi. Je sais que je ne suis pas une experte en la matière, mais je l'ai trouvée excellente. Le ton était là, l'émotion aussi. Et le fait qu'une si bonne amie joue le rôle principal me touchait particulièrement. Cela rendrait notre film plus personnel, plus fort.

Mais c'était sans compter l'intervention d'Olivia. Quand elle est entrée dans la salle avec Rebecca, j'ai cru être victime d'une hallucination. J'ai attrapé Noah par le bras et ai murmuré à son oreille pour ne pas attirer l'attention de Naya, qui s'était immédiatement levée pour aller saluer ses amies.

– Non mais, qu'est-ce qu'elles font ici, ces deux-là ?

– J'imagine qu'elles sont là pour auditionner, a-t-il répondu, avec l'air de penser que je venais d'égarer mon cerveau.

– Tu plaisantes ?

– Enfin, Violet, tu sais bien qu'on a envoyé l'invitation à tous les gens que l'on connaît…

Il a dû remarquer toute l'horreur dans mes yeux puisqu'il s'est empressé d'ajouter :

– S'il te plaît, ne fais pas de scène. Je sais qu'on est tous un peu sur les nerfs en ce moment, et ce n'est pas le moment de craquer. Souviens-toi, on s'était mis d'accord. Il faut que l'on reste tous pros jusqu'au bout.

– Mais…

– Violet ! Tu veux vraiment que je te rappelle ce qu'on s'est promis ?

– Ce qu'on s'est promis, c'est de tout faire pour que notre film soit le plus professionnel possible. De ne pas faire de compromis sur la qualité. On n'a jamais parlé de…

Le silence s'est fait dans la salle et quelques personnes regardaient dans notre direction. Je me suis tue malgré moi. Noah savait de toute façon où je voulais en venir.

Nous avons commencé par les garçons. Noah nous avait fait part dès le début de son souhait d'incarner l'un des personnages. Après tout, lui aussi prenait des cours de théâtre depuis plus de deux ans, et Naya et moi avions trouvé que c'était une très bonne idée. Mais il avait tout de même insisté pour auditionner comme les autres et pour que l'on choisisse les meilleurs acteurs, quoi qu'il arrive. À la fin de la séance, j'avais noté le nom de quatre garçons qui m'avaient particulièrement bluffée et Noah était évidemment l'un d'entre eux.

Puis ce fut le tour des filles et j'ai senti mon estomac se nouer. À son arrivée, Claire avait affiché une expression d'angoisse en voyant Olivia et Rebecca. J'espérais juste que cela n'allait pas la déconcentrer. C'était elle notre héroïne, c'était une évidence, depuis le début. Enfin, pour moi en tout cas. Oui, je savais qu'Olivia avait déjà tourné dans des films. Rebecca aussi d'ailleurs. Je savais aussi que les deux pimbêches baignaient dans le milieu depuis des années. Mais j'avais toujours refusé d'admettre qu'elles puissent avoir un quelconque talent. Olivia étant la fille de Richard Steiner, le piston faisait partie de sa vie. Elle savait très bien que son nom pouvait lui ouvrir de nombreuses portes. Il n'était pas question qu'elle se serve de MON film pour briller.

À la fin, nous avons remercié tous les participants et annoncé que nous prendrions une décision la semaine suivante. Quand ils sont tous partis, Noah, Naya et moi nous sommes retrouvés dans la salle principale pour discuter de nos préférences. Pour les garçons, c'était plutôt facile. Nous avions tous retenu les mêmes noms, mais dans un ordre différent. J'avais particulièrement aimé Toby et sa voix envoûtante qui le démarquait du lot, mais Naya se demandait s'il avait vraiment saisi tous les aspects du personnage. Noah avait noté Damian comme premier choix, mais je n'étais pas sûre que lui et Noah feraient bonne équipe à l'écran. Adam avait ému Naya plus que moi mais je devais bien admettre qu'il serait un très bon choix. Au bout de dix minutes de discussion, nous avions établi notre classement.

1. Noah
2. Adam
3. Damian
4. Toby

Et puis, nous sommes arrivés au choix des filles. Je devais déjà sentir que la bataille serait rude, alors j'ai décidé d'afficher la couleur.

– Je crois qu'il n'y a pas de discussion possible. C'est Claire.

– Claire est en effet très douée, a commencé Naya prudemment, mais elle n'est pas la seule.

Elle a jeté un coup d'œil à Noah. Elle savait très bien qu'elle allait avoir besoin d'aide.

– Moi, j'ai trouvé Marion assez convaincante, est-il intervenu.

– Moui, ai-je concédé, peut-être pour le rôle de la meilleure amie. Mais pas pour le rôle principal.

– Et Hanna ? a-t-il repris, après avoir consulté ses notes.

– Ah non ! Il y a quelque chose qui me dérange chez elle. Elle n'a pas du tout le bon look pour le rôle.

– Tu es un peu dure.

– Tu ne vas pas me dire que tu l'as trouvée meilleure que Claire ?

– Non, peut-être pas, mais on se doit de passer toutes les filles en revue, non ?

J'ai haussé les épaules. Naya était devenue silencieuse. Il lui fallait toutes ses forces pour se préparer à m'asséner un tel coup.

– Moi, j'ai trouvé Olivia vraiment fantastique.

– Pfff, me suis-je contentée de répondre.

Noah m'a lancé un regard mauvais.

– Sérieusement. Elle était dans le ton, elle avait le bon rythme. Quand elle parlait, j'y croyais totalement, a poursuivi Naya.

– Forcément, toi, tu y crois ! ai-je craché.

– Violet ! s'est exclamé Noah.

– Tu ne vas tout de même pas me dire que tu es d'accord avec elle ?

J'ai dit ça sur le ton de la rigolade. Ça ne pouvait être qu'une blague. Olivia, jouer le rôle principal dans MON film. Noah savait bien que c'était impossible.

– Eh bien, en fait, je l'ai trouvée pas mal du tout.

Il m'aurait poignardée en plein cœur que ça ne m'aurait pas fait plus mal. Voyant le feu me monter aux joues, Naya est intervenue.

– Essayons de rester objectifs. Olivia est clairement au top de la liste.

– Et, en toute objectivité, Claire était meilleure qu'elle.

– Naya a raison, Olivia devrait faire partie de notre top 3.

– *What ?*

Comment Noah osait-il prononcer une telle idiotie ? Il connaissait très bien les détails de mon passé houleux avec Olivia. Bon, peut-être pas tous les détails, il ne savait rien de ma relation avec Nathan, son ex, mais comment pouvait-il ne serait-ce qu'évoquer l'idée qu'Olivia fasse partie de ce projet ? C'était le moment de mettre les points sur les i, une bonne fois pour toutes. Et tant pis si cela mettait mon amitié avec Naya en danger. Certaines choses ne sont tout simplement pas négociables.

– Je vais être très honnête avec vous : il n'est pas question qu'Olivia obtienne ce rôle. Je me fiche de savoir qu'elle est ton amie, Naya. Elle et moi, ce n'est pas possible, c'est tout.

– Quitte à être honnête… Tu as bien vu qu'Olivia a énormément de talent. Claire était bien, très bien, mais Olivia avait ce je-ne-sais-quoi en plus. Et on s'était mis d'accord : on fonde notre choix sur le talent, pas sur nos préférences persos. Désolé, Violet, mais on ne peut pas choisir Claire juste parce que c'est ta copine.

– Mais je lui avais promis !

– Ça, c'est ton problème.

Si cela était venu de Naya, je l'aurais certainement très mal pris. Mais de la part de Noah, c'était comme un coup qui me laissait complètement abasourdie. Malheureusement pour moi, je n'étais pas au bout de mes peines.

– Bon, on ne va tout de même pas se fâcher là-dessus. Mais tant qu'on en est à jouer cartes sur table… Voilà, le choix d'Olivia est évident. Parce que je pense qu'elle a vraiment le charisme que l'on recherche. Mais aussi parce que cette séance n'aurait pas pu se faire sans elle. Ce n'est pas moi qui ai réussi à convaincre le patron de nous laisser utiliser la salle gratuitement. C'est Olivia qui est venue à notre rescousse. Sans elle, on aurait bien été dans l'embarras. Noah pensait qu'il valait mieux ne pas t'en parler pour le moment, mais elle pourrait aussi être la solution à nos problèmes financiers. Avec ses contacts, ce serait réglé beaucoup plus facilement. Olivia n'a qu'à claquer des doigts pour qu'on lui prête du matériel, qu'on lui accorde l'utilisation des lieux dont on a besoin… Et, je ne le savais pas auparavant, mais sa tante est costumière. Enfin, tout ça pour dire qu'avec son soutien, on pourrait faire le film que l'on veut. Alors, Noah a raison, nos préférences personnelles, c'est secondaire, voilà tout.

Jusqu'au dernier moment, j'ai espéré que Noah intervienne. Qu'il explique à Naya que c'était du pur délire. Olivia n'allait pas nous aider, elle allait s'approprier notre rêve et nous faire tourner en bourriques. Mais Noah n'a rien dit. Pire, j'ai pu lire sur son visage qu'il était d'accord avec notre coéquipière et qu'ils en avaient discuté auparavant, derrière mon dos.

Alors moi non plus, je n'ai rien dit. Je n'avais plus rien à dire. Je suis restée là à observer, impuissante, mon grand projet de *senior year* s'effriter entre mes doigts pour disparaître loin, très loin de moi.

Le dernier mot

Mercredi 23 novembre

J'étais encore dans un état second quand je suis rentrée à la maison après le casting. Je n'arrivais pas à définir ce qui me perturbait le plus. Était-ce le fait que Noah et Naya avaient manigancé cela derrière mon dos ? Qu'il se range de son côté plutôt que du mien ? L'idée qu'Olivia puisse voler à Claire ce qui lui revenait de droit ?

Je n'avais qu'une seule certitude : ce film ne se ferait pas avec Olivia. Je ne l'accepterais jamais. La décision nous appartenait à tous les trois et Noah et Naya avaient besoin de mon accord. Et je n'avais pas envie d'en arriver là mais, s'il le fallait, je leur rappellerais que ce concept était le mien au départ. C'est moi qui avais eu l'idée de ce scénario. Moi qui avais rédigé la première version. Moi qui avais écrit et réécrit les versions les plus récentes. Oh, bien sûr, ils me répondraient que l'idée de départ avait beaucoup évolué. Que leur contribution avait été primordiale, que je ne serais jamais parvenue à un travail d'une telle qualité sans eux. Peu importe. L'héroïne de cette histoire, ce n'est pas un personnage inventé comme un autre. C'est moi. Pas moi, littéralement. Mais, disons qu'elle est principalement calquée sur moi, sur ma personnalité, sur ma vision des choses. Ils le savent très bien. Et je n'allais pas laisser à Olivia le luxe de m'incarner à l'écran. Mais comment réussir à les faire changer d'avis ? À deux contre un, les chances n'étaient pas de mon côté.

Je leur en voulais à tous les deux, et j'en voulais bien entendu à Olivia qui devait se réjouir de m'avoir mise dans une telle situation. Mais je m'en voulais surtout à moi-même. J'avais choisi de mon plein gré de collaborer avec mon ex et la meilleure amie de ma pire ennemie. Tout cela était de ma faute. J'aurais dû me douter que cela allait mal finir. À cause de mon erreur de jugement, je venais d'être dépossédée d'un projet qui m'avait tant passionnée. J'avais l'impression de ne plus avoir aucun contrôle, d'avoir été dépassée par les événements. Quel gâchis !

J'en étais là de mes réflexions quand j'ai relu l'e-mail que Carroll m'avait envoyé le matin même. Cela me remontait le moral de savoir qu'une personne, au moins, croyait en moi. Elle était de mon côté, elle. Parce que voilà : je n'ai jamais dit à Carroll que Noah et Naya travaillaient avec moi sur le scénario. Je ne lui ai pas non plus menti, c'est juste que, quand je le lui en avais parlé, puis quand je le lui avais envoyé, je n'avais ajouté aucun détail. Je ne me doutais pas qu'elle l'apprécierait autant, ni qu'il en ressortirait quoi que ce soit. Carroll avait proposé de lire mon travail mais, connaissant son emploi du temps ultrachargé, je savais que c'était déjà beaucoup. Je m'étais dit qu'elle le lirait peut-être dans quelques semaines. Bien sûr, j'espérais qu'elle me donne son avis de pro, mais je ne me faisais aucune illusion.

J'ai fait une recherche sur les *Young Screenwriter Awards*. Un prix était accordé aux trois premiers scénarios, les auteurs bénéficiaient d'une bourse pour réaliser leur court-métrage, sous la houlette d'un producteur confirmé. Ce n'était pas une somme faramineuse, mais ce serait assez pour réaliser notre film. Au-delà de cette récompense phénoménale, il semblait bien que Carroll avait raison : cette compétition était prise au sérieux dans le milieu, puisque de nombreux scénaristes de renom avaient débuté leur carrière après avoir remporté un *Young Screenwriter Award*. J'avais fait ma recherche par curiosité, mais je commençais à être sérieusement intéressée. Oui, mais voilà, il était désormais 19 h 45 et le concours fermait à minuit. Le cœur battant, j'ai cliqué sur les critères d'entrée. Pour participer, il fallait :

- Avoir entre 14 et 18 ans.
- Avoir écrit un scénario de moins de vingt pages.
- Être résident des États-Unis.
- Ne pas avoir remporté de prix avec le même scénario.
- Ne pas avoir remporté de *Young Screenwriter Award* par le passé.

Pour le reste, c'était très simple. Il suffisait de remplir un formulaire avec ses coordonnées, le synopsis et le titre du film, de détailler les besoins de production dans les grandes lignes et d'expliquer ce qui nous avait poussé à écrire cette histoire, et bien sûr d'attacher le scénario en pièce jointe.

Sans trop y réfléchir, j'ai ouvert le document du scénario et ai effectué les corrections – très pertinentes – suggérées par Carroll. Puis je suis revenue à la page du formulaire et j'ai rempli chaque case, une par une, jusqu'à ce que je tombe sur un os. J'ai attrapé mon téléphone et ai composé le numéro de Carroll. Puis je l'ai regretté aussitôt. Il était tard et elle avait probablement mieux à faire que répondre à mes questions idiotes. Mais trop tard, elle avait décroché à la deuxième sonnerie.

– Violet, quel plaisir ! Tu as reçu mon e-mail ?

– Oui, c'est justement pour ça que je t'appelle. Je ne te dérange pas ?

– Pas du tout. Dis-moi.

– Eh bien, je crois que je vais suivre ton conseil. Je suis en train de remplir le formulaire pour les *YSA* [1]. Tu es sûre que c'est une bonne idée ?

– Bien évidemment ! Et puis tenter ta chance ne coûte rien.

– C'est ce que je me dis mais…

– Mais il faut que tu te dépêches, l'heure tourne !

– Je sais, mais j'ai une question. Dans la partie « nom et coordonnées de l'auteur », il est inscrit « Un seul auteur par scénario, les équipes ne sont pas admises ».

– Oui, et alors ?

– Eh bien, je me souviens que lors de mon stage tu m'avais dit qu'il était très courant pour des scénaristes d'écrire en équipe, alors, euh, eh bien, je ne comprends pas pourquoi ils ont une telle règle.

– Je t'avoue que je ne sais pas non plus. C'est peut-être pour simplifier le procédé ? Mais peu importe ! Tu l'as bien écrit seule, ce scénario ?

– Oui. Oui, je l'ai écrit seule.

– Alors il ne te reste plus qu'à appuyer sur « envoyer », ma belle !

Et c'est exactement ce que j'ai fait à la minute où j'ai raccroché.

---

1. *YSA : Young Screenwriter Awards.*

Sur terre

Mardi 29 novembre

Et puis je suis redescendue sur terre. C'était fini. Finis les projets irréalisables. Finies les alliances improbables. Finis le stress, le travail 24 heures sur 24, les espoirs dans le vide. Terminé de toujours devoir négocier avec Noah et Naya, de leur expliquer pourquoi il fallait nous battre pour notre projet. Terminé d'imaginer que je pouvais remporter un prix quelconque, de croire que j'avais assez de talent pour battre des dizaines d'autres scénaristes en herbe. Terminé de penser qu'on pourrait un jour rassembler assez d'argent pour réaliser ce film comme nous le voulions. Et surtout, surtout, surtout, fini d'avoir affaire à cette satanée Olivia, de près ou de loin.

Curieusement, je ne ressentais rien. Les dernières semaines avaient été si exténuantes que, lorsque tout s'est arrêté, je n'ai ressenti aucun regret, aucune émotion. Bon débarras. Je n'avais pas besoin de ce fichu projet pour venir gâcher mon année de *senior*.

Maintenant que j'étais enfin libre, il ne me restait plus qu'à reprendre une vie de lycéenne normale : passer des heures au téléphone, faire mes devoirs à la dernière minute, échanger des ragots avec mes copines et dormir jusqu'à midi le week-end. Et pour une fois, j'écrivais « normale » dans le sens positif du terme. Moi qui avais toujours des idées farfelues, des ambitions hors normes et des rêves trop gros pour moi, une vie normale était la meilleure chose qui pouvait m'arriver.

Pour fêter ma liberté retrouvée, j'ai décidé de passer chez Zoe dimanche après-midi. Les quelques jours de congé dont nous venions de profiter n'auraient pas pu mieux tomber. Thanksgiving [1] ayant eu lieu jeudi dernier, j'avais passé la journée dans la famille de Susan autour d'un repas copieux à base de dinde et de tarte au potiron, et les deux jours suivants s'étaient étirés en une longue sieste. Mais, avant de reprendre le chemin du lycée hier matin, j'avais grand besoin de parler de tout et surtout de rien, de rire bêtement, et de faire tout cela avec ma meilleure amie californienne.

– Ah, mais tu tombes à pic, toi ! Je commençais juste une fournée de muffins banane-caramel.

– Oh, mes préférés ! me suis-je exclamée en passant la porte.

Je devais effectivement disposer d'un sixième sens assez pointu. Dans le bus, je m'étais demandé un moment si j'aurais dû prévenir Zoe de mon arrivée. J'étais tellement occupée ces derniers temps que nous ne nous étions pas beaucoup vues en dehors du lycée, et il était fort possible qu'elle passe l'après-midi avec Jeremy. Finalement, ce n'était pas mon instinct qui m'avait poussée à me rendre chez elle. C'était mon estomac.

---

1. *Thanksgiving* : fête traditionnelle américaine qui a lieu le troisième jeudi de novembre.

Sitôt arrivée, Zoe m'a collé un tablier en vichy bleu et blanc dans les mains, assorti au sien.

– Tiens, m'a-t-elle lancé en posant un paquet de sucre devant moi. Tu crois que tu peux t'occuper du caramel ?

Zoe et sa mère sont d'excellentes cuisinières et pratiquent leur savoir-faire toute la semaine durant. Mon amie m'avait un jour montré le grand cahier de recettes, rédigées à la main, que sa mère conservait précieusement. Ce n'était pas des recettes découpées dans les magazines ou recopiées sur un site Internet, non, celles-ci étaient passées de mère en fille, de tante en cousine, testées et retestées par les membres de la famille Miller. Mais Zoe n'avait pas à s'inquiéter. J'avais déjà goûté ses muffins banane-caramel – et ceux aux trois chocolats, et ceux à la myrtille, et même ceux à la carotte – et je saisissais pleinement l'importance de ma tâche. Le caramel serait parfait ou ne serait pas, j'en faisais mon affaire. Quelques minutes plus tard, en observant le sucre fondre dans la casserole, j'avais l'impression que mes ennuis et mon stress fondaient avec lui. Avant même que ces petites douceurs soient mises au four, je me sentais déjà mieux.

J'ai tout raconté à mon amie devant une tasse de thé. Le casting-carnage, la trahison de Naya – et pire, celle de Noah –, ma décision d'arrêter sur-le-champ et définitivement ce projet qui n'avait ni queue ni tête et l'e-mail que j'avais envoyé le matin même à mes deux coéquipiers pour le leur annoncer formellement. Bien sûr, j'ai tu le fait que j'avais soumis le scénario à la compétition recommandée par Carroll, mais cela ne voulait plus rien dire, de toute façon. Ce film était désormais enterré, et ce dans toutes ses formes.

– Je suis vraiment contente de l'apprendre, a annoncé mon amie, une fois ma tirade terminée.

– Ah oui ?

– Oui, tu as pris la bonne décision.

– Tu ne peux pas savoir à quel point ça me rassure que tu me dises ça.

– Eh bien, on est deux, alors. Tu sais, je peux te le dire maintenant, ça nous inquiétait pas mal les filles et moi, toute cette histoire.

Ma curiosité était piquée. Mes amies s'étaient montrées tellement compréhensives, m'avaient tellement aidée à monter mon projet… Je n'avais pas remarqué leur inquiétude. Ce qui prouvait bien que cette histoire m'avait complètement fait dérailler.

– Qu'est-ce que tu veux dire par là ?

– Eh bien, euh… On avait peur que ça ne tourne un peu à la catastrophe tout ça. Déjà, avec Noah, je t'avoue que ça me triturait un peu l'esprit. J'ai toujours eu l'impression qu'il y avait quelque chose de pas fini entre vous. En temps normal, je dirais que monter un tel projet avec son ex n'est pas une super-bonne idée, mais là, enfin, je sais pas, plus les jours avançaient, plus je m'attendais au pire.

– Là-dessus, tu as tort. Tout est bien fini avec Noah. Je ne sais même plus si j'ai envie de lui parler après tout ça. Tu te rends compte qu'il s'est rangé de leur côté à elles ? Du côté de Naya, c'est une chose, mais d'Olivia ! Je ne sais pas si je pourrai lui pardonner un jour.

– Je sais, je sais.

Bien sûr que Zoe savait. Je venais de lui rapporter notre échange d'après-casting dans les moindres détails.

– Mais ce n'est pas tout. Cette Naya… Je sais qu'elle avait l'air d'avoir les meilleures intentions envers toi. Et je ne dirais pas qu'elle n'a pas des qualités évidentes. Sans beaucoup la connaître, je peux comprendre pourquoi tu es tombée dans… enfin, pourquoi tu as eu envie d'être son amie.

J'ai reconnu un peu de tristesse dans la voix de mon amie à ces derniers mots. Il ne m'était jamais venu à l'idée que Zoe pourrait être blessée par ma relation avec Naya. Zoe avait été ma première amie à LA. Elle m'avait prise sous son aile dès les premiers jours de notre rentrée en *junior year* [1], l'année dernière. Qui sait ? Sans elle, j'aurais sans doute passé de nombreuses semaines à manger un sandwich sur un banc hors du lycée plutôt que d'affronter l'humiliation de déjeuner seule à la cafèt'. C'est elle qui m'avait appris les rouages du lycée alors que je n'étais qu'une petite Française un peu paumée, elle qui m'avait présentée à ses amies et qui m'avait incluse dans sa vie sans retenue. Je la connaissais assez pour savoir que la jalousie ne faisait pas partie de ses défauts, mais, à sa place, je crois que la pilule aurait peut-être eu du mal à passer. Car Zoe devait bien l'avoir remarqué : même si elle et moi nous étions liées d'amitié très rapidement, même si nous n'hésitions jamais à partager nos états d'âme et que nous étions toujours honnêtes l'une envers l'autre, nous ne partagerions jamais les points communs que j'avais avec Naya. Zoe était sportive, un brin garçon manqué, aimait la nature, les enfants, était d'une patience et d'une bonne humeur à toute épreuve. Moi, mon sport préféré était de parcourir les boutiques, je pouvais dépenser tout mon argent de poche dans du maquillage – que je n'utiliserais presque jamais –, et je choisirais à tous les coups de rester penchée sur mon

1. *Junior year* : troisième année des quatre années de lycée aux États-Unis.

ordinateur plutôt que d'aller respirer l'air frais. Zoe et moi ne nous serions jamais lancées dans un tel projet ensemble, et surtout pas avec autant de passion. Notre amitié était saine, pure, sincère, profonde. Ma relation avec Naya avait été décousue, passionnée, intense et éreintante. Le jour et la nuit. Et maintenant, il m'apparaissait clairement quel type d'amitié était fait pour durer.

– Mais bon, tu sais toute la confiance que j'accorde à Olivia Steiner. Moi, j'aurais été incapable d'échanger plus de deux lignes avec une de ses meilleures amies.

– Mais quand tu la... ai-je commencé.

« Quand tu la connais un peu, tu te rends compte qu'elle n'est pas du tout comme cette peste » allais-je m'exclamer. Mais à quoi bon ? Zoe avait raison. J'avais passé ma première année à Albany High à détester tout ce qui touchait de près ou de loin à Olivia. D'ailleurs, c'était une des choses qui nous avait rapprochées avec Zoe, qui lui en voulait tout autant que moi. Olivia avait été responsable de sa rupture avec son ex, Matthew à qui elle lui avait dit que Zoe le trompait alors que c'était faux. Matthew avait quitté Zoe sans jamais écouter ses explications. Quant à moi, mes raisons étaient simples : Olivia m'avait prise en grippe dès mon arrivée dans *son* lycée. J'étais nouvelle, fraîchement débarquée de l'autre bout du monde, et je rêvais de me faire plein d'amies. Mais, à peine arrivée, j'avais dû subir les remarques mesquines et les regards méprisants d'Olivia et de sa bande. Certes, il n'y avait pas que moi : Olivia méprise toutes les filles qui, selon elle, ne lui arrivent pas à la cheville, mais j'avais eu le malheur de faire partie de l'*Albany Star* et de me rapprocher un peu trop dangereusement de Nathan, notre rédacteur en chef et son petit copain. Et ça, Olivia avait bien l'intention de me le faire payer.

Si seulement j'avais la même présence d'esprit que Zoe ! Elle ne serait jamais tombée sous le charme de Naya, elle.

Non, je n'allais pas terminer ma phrase. Je n'avais aucune excuse à lui trouver, et certainement pas l'intention de la défendre devant mon amie. Zoe s'est empressée d'ajouter :

– Ne crois pas que l'on doutait de toi. Claire, Maggie et moi, on est toutes d'accord pour dire qu'on t'admire beaucoup. Tu suis tes rêves, même les plus fous et…

– … et parfois, je me casse la figure.

– Oui, mais l'important c'est d'essayer et d'y croire. C'est ça qu'il y a de magnifique avec toi, Violet. Tu y as cru jusqu'au bout, et je n'avais aucun doute que…

C'était à moi de l'interrompre. Je n'avais pas envie d'entendre la fin de sa pensée. Il était trop tard pour ça.

– Tu sais quoi ? Parlons d'autre chose. C'est du passé, maintenant. À cause de cette histoire, j'ai perdu de vue le plus important : toi, moi, Claire et Maggie, on a encore quelques mois à passer ensemble. Ces moments-là, avant de partir à la fac, probablement aux quatre coins du pays – ou du monde d'ailleurs – on s'en souviendra toute notre vie. Je m'en voudrais vraiment trop de gâcher tout ça.

Bip. Bip. Bip. La minuterie du four était de toute évidence d'accord avec moi. Il était temps de changer de sujet, de passer à autre chose mais pas avant d'aller récupérer nos trésors dans la cuisine désormais délicieusement embaumée. Je m'étais toujours demandé pourquoi la première bouchée était la meilleure. En dégustant mon muffin, je suis parvenue à la réponse suivante : parce que l'on pouvait en profiter pleinement, sachant qu'il y en aurait de nombreuses autres.

– Tu as raison, repris Zoe en se léchant le bout des doigts. Alors, raconte-moi, comment ça se passe avec Lucas ?

J'ai poussé un soupir de plaisir. Nous étions dimanche après-midi, il faisait un soleil radieux, je savourais une tasse de thé parfumée avec l'un des meilleurs muffins de la ville. Mais le top, c'était de partager cette conversation avec mon amie. Cela faisait longtemps que Zoe et moi n'avions pas débattu de nos émois amoureux. Trop longtemps. Parfois, à trop vouloir poursuivre ses rêves, on en oublie les petits bonheurs quotidiens.

– Je m'en veux un peu. Je l'ai tellement délaissé ces derniers temps, enfin depuis que l'on est ensemble, en fait. J'ai bien peur qu'il n'en ait marre de moi.

– Je sais, il en a parlé à Jeremy.

– Hein ?

– Ben, oui, je ne savais pas si je devais te le dire, mais… enfin, qu'est-ce que je raconte, bien sûr que j'allais te le dire ! Jeremy et Lucas ont discuté l'autre jour, je crois qu'ils ont cours de sport ensemble, et Jeremy a dû lui demander des nouvelles.

– Et ?

– Eh bien, il m'a dit que, quand il lui avait parlé de toi, Lucas avait un peu fait grise mine. Il ne savait pas trop où ça allait tout ça, si ça marchait entre vous, quoi.

– Et, c'est tout ?

– Ben, oui, c'est tout. Tu connais les garçons, ils ne sont pas du genre à épancher leurs sentiments.

– Moui… c'est vrai.

J'imaginais mal Lucas venir pleurer sur l'épaule de Jeremy, qu'il connaissait assez peu, en fait, et lui raconter que j'étais loin d'être la petite copine de l'année.

– Alors, il a raison ? Ça passe entre vous ? Ou… ça casse ?

– Un peu les deux. Ça marche, quand on est ensemble. Il est tendre, il est intéressant, la conversation est fluide, c'est un garçon assez chouette quand on apprend à le connaître.

– Mais…

– Mais on n'est pas ensemble souvent, voilà tout. Et c'est de ma faute, tout est de ma faute. Je suis sur le point de laisser un super-garçon s'échapper.

– Et tu n'en as pas envie ? De le laisser s'échapper ?

Zoe était en mode « pincettes ». Elle savait que je pouvais m'emporter facilement face aux questions qui fâchent, alors, quand elle voyait que je risquais de me froisser, elle utilisait sa voix la plus douce et posait ses questions entrecoupées, comme pour avoir le temps de prendre la température de mon humeur.

– Non, bien sûr que non ! Enfin, ce garçon est amoureux de moi depuis l'année dernière. Il a une montagne de qualités, toutes plus appréciables les unes que les autres, et il veut être avec moi. Et puis, c'est facile avec lui. Il n'y a pas d'entourloupe, pas un mot plus haut que l'autre. Quelle fille saine d'esprit aurait envie de laisser filer un garçon pareil ?

Noël avant l'heure

Dimanche 4 décembre

Je ne parviens pas à me souvenir de la dernière fois où je suis arrivée à une fête trois heures en avance. Et ce n'était pas comme si je n'avais rien d'autre à faire : j'aurais tout à fait pu prolonger mon après-midi chez Lucas. Un orage menaçant le ciel de Santa Monica, mon amoureux m'avait proposé un marathon de ses films préférés. Il avait fait du pop-corn maison et avait sélectionné une liste de titres qu'il avait à disposition sur son ordinateur.

Nous ne nous étions presque pas quittés depuis une semaine. Dimanche après-midi, après mon passage chez Zoe, je l'avais retrouvé pour une partie de bowling avec ses amis, lors de laquelle j'avais eu la chance des débutants et écrasé tout le monde. Mardi, après les cours, nous avions passé deux heures à discuter devant nos milk-shakes au King of Burgers. Jeudi, il m'avait retrouvée après le dîner, sur la jetée de Santa Monica, et nous nous étions baladés dans la fête foraine. Et je passais donc le samedi après-midi chez lui, avant de le retrouver plus tard à la soirée de Claire.

Je ne l'avais donc pas quitté prématurément, et pour m'engager sous la pluie, qui plus est, par simple plaisir. Mais voilà, Claire et moi ne nous étions pas retrouvées en tête à tête depuis le casting de l'enfer, et il fallait absolument que je clarifie les choses entre nous pour pouvoir profiter pleinement de sa soirée.

Je lui avais envoyé un SMS la veille, vendredi soir, pour lui demander si je pouvais arriver à 17 heures pour l'aider à tout préparer. Elle devait savoir que c'était une fausse excuse : nous en avions déjà discuté à quatre et Claire nous avait simplement proposé d'apporter chacune une boisson ou un plat. Ses parents l'aideraient à déplacer les meubles et à installer le plus gros de la décoration. Elle m'a répondu par un naïf « bien sûr, viens quand tu veux », qui m'a immédiatement noué l'estomac. Claire savait de quoi je voulais lui parler. Je m'étais montrée si vague avec elle depuis le casting ! À certains moments, j'avais à peine osé la regarder dans les yeux ! Il était temps que cela cesse.

Seule Zoe connaissait toute l'histoire : la suspension définitive de la production de notre film ainsi que la véritable raison. Elle m'avait suppliée de le dire aux deux autres – et surtout à Claire – le plus vite possible. J'avais promis de le faire lorsque le bon moment viendrait. Et bien sûr, le bon moment n'était pas encore venu. Pour cela, il me fallait rassembler tout mon courage et me préparer à décevoir profondément l'une de mes plus grandes amies. Au fond, je savais bien que le bon moment ne viendrait jamais. Mais Zoe continuait à insister. Elle détestait mentir, détestait les secrets. Si je n'en avais pas fait mon fonds de commerce, je serais tout à fait d'accord avec elle.

– Elle est bien centrée ?

Dès que j'avais passé la porte, Claire m'avait entraînée dans le salon et s'était déclarée ravie que je lui propose mes services. Elle m'avait attendue pour poser la nappe sur la grande table en bois qui dominait le salon, et parlait avec agitation.

– Mes parents ont dépensé une petite fortune dans cette table. Tu sais qu'elle a été faite sur mesure ? S'il lui arrive quelque chose, je ne te raconte pas ce que je vais me prendre !

Cela faisait un moment que Claire n'avait pas organisé de fête chez elle. À l'époque où elle sortait avec Zach, son ex, c'était lui le grand organisateur de fêtes. Ses parents étaient souvent absents le week-end et il avait l'autorisation d'inviter ses nombreux copains – dont nous faisions partie – à venir faire la fête chez lui. Bien sûr, après qu'il avait lâchement trompé Claire sous son nez pendant tout l'été, le nom de Zach était absolument imprononçable au sein de notre petit groupe. Au lycée, il faisait comme si nous n'existions pas, nous, les amies de Claire. Je voulais croire que ce n'était pas par arrogance, mais plutôt par honte. Il devait avoir eu le temps de réfléchir à l'ampleur de sa bêtise : trahir une fille belle, pétillante et populaire comme Claire, il fallait être un peu fêlé. Et même si je ne ressentais pas une once de bienveillance à son égard – surtout après avoir passé des heures à consoler mon amie – je devais bien avouer que ne plus être invitée à ses super soirées était quand même un peu dommage. Mais la contrepartie en valait la peine : un peu plus de trois mois après leur rupture, Claire avait laissé ce passage à vide derrière elle. Elle se donnait à fond dans ses cours de théâtre – et sa professeur ne cessait de la complimenter – ses notes étaient remontées, et les garçons se retournaient plus que jamais sur son passage. Il y a deux semaines, elle avait fait recouper ses cheveux en un carré mi-long et je ne l'avais jamais vue aussi souriante.

C'est bien pour ça que mes mains devenaient de plus en plus moites au fur et à mesure que le temps s'écoulait avant le début des festivités. Elle avait remonté la pente pas à pas et je n'avais pas l'intention d'être celle qui allait lui asséner le coup qui la ferait retomber.

– Claire, il faut que je te dise un truc, annonçai-je alors que j'étais en train d'empiler des verres en plastique sur la table désormais recouverte.

– Mon film, enfin, notre film, c'est fini, on arrête tout.

Claire a relevé la tête du paquet de chips qu'elle était en train de vider dans un bol et m'a observée avec des yeux écarquillés.

– Fini, définitif ?

– Oui.

Pendant la semaine, j'avais dit à mes amies – et à quiconque me demandait des nouvelles de mon projet – que nous avions décidé de faire une pause, faute de trouver les fonds et le temps nécessaires à la bonne marche de notre entreprise.

– Maggie avait raison, alors, a-t-elle fini par répondre calmement.

– Raison sur quoi ?

– Elle se doutait que quelque chose clochait. Du jour au lendemain, tu as arrêté d'en parler, tu tiquais même dès qu'on prononçait le nom de Noah ou de Naya. Elle m'a dit qu'il devait s'être passé quelque chose de grave, et je ne voulais pas y croire.

– Il ne s'est rien passé de grave.

Claire a froncé les sourcils.

– Tu abandonnes le projet qui t'occupait jour et nuit, et il ne s'est rien passé de grave ?

J'ai soupiré. Mes copines me connaissaient trop bien. Claire a remarqué mon embarras et a pris les devants.

– C'est à cause du casting, c'est ça ?

Ne souhaitant pas m'embourber dans un autre mensonge, j'ai préféré garder le silence. Claire s'est approchée et m'a retiré les assiettes en carton des mains.

– Violet, parle-moi !

– C'est compliqué, et... je ne veux pas...

– Enfin, Violet, depuis le temps, tu devrais savoir que tu peux tout me dire !

– Bon, très bien.

J'ai entraîné mon amie sur le canapé. Mieux valait qu'elle soit assise quand je lui briserais le cœur. Et je lui ai tout raconté. L'arrivée d'Olivia et Rebecca lors du casting qui m'avait surprise autant qu'elle. L'opinion de Noah et Naya qui la trouvait plus adaptée au rôle du personnage principal. J'ai insisté lourdement sur le fait que je n'étais pas du tout d'accord avec eux, que j'avais défendu mon choix bec et ongles. Claire m'écoutait, impassible.

– Ils n'ont pas aimé ma performance, alors.

– Personne n'a dit ça ! me suis-je insurgée. Ils ont juste trouvé Olivia meilleure. Non, ils ne l'ont pas trouvée meilleure, ils ont trouvé ce choix-là plus judicieux. Ce qu'ils ont surtout trouvé meilleurs, ce sont les contacts et les moyens dont elle dispose.

– Et toi, tu l'as trouvée comment ?

Sa question m'a prise de court. Peu importait comment je l'avais trouvée. J'aurais choisi Claire cent fois.

– Sois honnête, *please*. Je veux savoir, vraiment.

J'avais envie de hurler « Nulle ! Horrible ! Aucune verve ! », mais Claire m'avait demandé d'être honnête. Je lui devais bien ça, non ? Et en même temps, comment pouvais-je être honnête lorsqu'il s'agissait d'Olivia ?

– Je ne sais pas... ai-je simplement répondu.

– Imagine deux secondes que ce n'était pas Olivia Steiner. Pas la fille que nous adorons toutes détester. Imagine que c'était une inconnue. Imagine même que je ne participais pas au casting, que je n'étais pas en compétition.

J'ai baissé les yeux.

– Alors ?

– Mais pourquoi veux-tu le savoir ?

– Parce que c'est important que tu sois objective. Et parce que je veux comprendre aussi.

J'ai réfléchi un instant.

– Eh bien, elle était... pas mal. Enfin, elle a beaucoup d'entraînement, et bon, ça se voit qu'elle a de l'expérience.

– Meilleure que moi ?

Pourquoi Claire insistait-elle ? Cette conversation allait tourner au désastre, et rien de tout cela ne changeait le problème de départ.

– Mais enfin...

– Dis-moi, Violet, j'ai besoin de l'entendre. Notre prof nous a dit de nous préparer à cela. Il y a toujours beaucoup de concurrence dans les castings, beaucoup d'appelés et très peu d'élus. Si je veux un jour réussir dans ce domaine, il va falloir que je m'habitue au rejet, elle nous le dit sans cesse. Alors dis-moi. Si ce n'était pas Olivia et si je n'étais pas ton amie, laquelle de nous deux aurais-tu préférée ?

– Non, non, non, tu ne peux pas me demander une chose pareille ! Il est hors de question que je réponde à une question aussi... absurde !

Une ombre est passée dans le regard de mon amie.

– Sauf que tu viens de me répondre. Je te connais, Violet. Si tu m'avais vraiment trouvée meilleure qu'elle, tu n'aurais pas hésité un instant à me le dire.

J'étais clouée sur place. Ses yeux se sont mis à briller, et je savais que, si elle commençait à pleurer, je ne pourrais pas non plus me retenir. Aaaarrrgggghhh, voilà ce à quoi menait l'honnêteté ! J'avais sans doute gâché la fête de mon amie qui ne serait plus du tout d'humeur, sans parler du coup de canif que je venais de donner à notre amitié. Mais à ma grande surprise, Claire a retrouvé son sang-froid presque instantanément.

– Je ne t'en veux pas, tu sais. Je te crois quand tu me dis que tu me choisirais cent fois plutôt qu'elle. Je sais que tu m'as défendue auprès de Noah et Naya et que ce n'est pas de ta faute s'ils n'étaient pas d'accord avec toi. Je ne te tiens pas du tout pour responsable.

– Si tu savais à quel point je m'en veux de te décevoir ! Pour moi, ça ne fait pas l'ombre d'un doute, c'est toi la star du film ! Enfin, ça aurait été toi.

Claire a esquissé un sourire.

– Je sais, je sais, a-t-elle répété dans un murmure.

J'étais sur le point de me relever quand elle m'a attrapée par le bras.

– Mais je veux que tu me regardes dans les yeux et que tu me promettes un truc.

– OK…

Pfff, je trouvais que nous avions déjà eu assez d'émotions pour une soirée.

– Ce n'est pas à cause de moi que tu as tout annulé, hein ?

– Non, pas du tout.

– Car je ne me le pardonnerais pas, tu sais ? Si j'étais la raison pour laquelle ce projet est passé à la trappe.

– Non, ce n'est pas de ta faute. Au début, c'est peut-être ce que j'ai pensé : que je t'avais promis le rôle, et que je ne voulais pas continuer sans toi, que je ne pourrais pas te regarder dans les yeux. Mais non, il y a plein de raisons pour lesquelles ce projet ne peut pas aboutir. Ne serait-ce que parce que, moi vivante, il n'est pas question qu'Olivia vienne mettre ses sales pattes dessus.

– Bon, très bien. Je suis contente qu'on ait mis les choses au clair.

Claire est repartie vaquer à ses préparatifs mais j'ai mis quelques minutes avant de reprendre mes esprits. Depuis la séance de casting, j'avais été hantée par la pensée que j'allais faire du mal à Claire, que j'allais la faire douter de son talent – qui était évident pour moi quoi que j'aie pu dire – et briser ses rêves. Mais mon amie avait pris la nouvelle bien mieux que ce que j'aurais pu imaginer. À sa place, je doute que j'aurais réagi avec autant de dignité et d'indulgence à mon égard.

Un peu plus tard, je suis allée retrouver Claire dans sa chambre. Elle avait enfilé un haut noir tout simple pour mettre en valeur le collier aux couleurs vives offert par ses parents pour son anniversaire, et une jupe rose pâle. Elle était plantée devant son miroir, équipée de son fer à lisser, la langue sortie sur le côté, extrêmement concentrée pour réaliser des boucles souples avec le bout arrondi de son engin. Elle m'avait montré comment faire au moins trois fois, mais le résultat n'était jamais aussi probant sur moi.

Sur son visage, il ne restait plus aucune trace de la conversation que nous avions eue. Pas de déception, pas d'aigreur. Je savais que le sujet était clos, mais j'avais besoin de m'en assurer une fois pour toutes.

– Tu ne m'en veux pas alors ?

– Pas du tout. Je voulais que tu sois honnête envers moi, et tu m'as dit la vérité, c'est tout.

– Mais le rôle, enfin, ton rôle…

– Violet, je sais que tu me l'avais promis, mais ça n'a jamais été « mon » rôle. Je ne pouvais pas l'obtenir uniquement parce que je suis ton amie.

– Tu n'es pas déçue, alors ?

J'avais du mal à saisir toute la sagesse dont Claire faisait preuve. Je me suis alors fait la réflexion que mes amies avaient toutes mûri, à leur façon, depuis notre rencontre. Je n'étais pas sûre qu'elles puissent en dire autant de moi.

– Si, bien sûr que si que je suis déçue. Mais ça n'a rien à voir avec toi. Je suis déçue parce que je n'étais pas la meilleure, voilà tout.

Il n'y avait plus rien à dire. Nous avons fignolé quelques détails – les bacs à glaçons, tester la musique, ce genre de chose – et les invités ont commencé à arriver. Claire était rayonnante, une parfaite hôtesse. Sachant que nous serions tous séparés pendant les fêtes de fin d'année, elle avait eu l'idée d'organiser un pré-Noël – entre Thanksgiving et les vacances scolaires – où chacun devait apporter un cadeau d'une valeur de 10 dollars au maximum. Les présents seraient déposés dans deux corbeilles – une pour les filles, une pour les garçons – dans laquelle chacun piocherait au cours de la soirée. Claire avait aussi choisi de décorer la maison dans l'esprit de Noël et avait même demandé à ses parents d'acheter leur sapin plus tôt. De toute façon, les Américains ont tendance à célébrer les fêtes de fin d'année dès Thanksgiving et il n'est donc jamais trop tôt pour penser à Noël !

Nous n'étions pas très nombreux – une quinzaine – et l'ambiance était intime et chaleureuse. C'était exactement le type de fête dont j'avais besoin en ce moment. Entourée de mes amies, simple et sans chichis, loin de l'extravagance des soirées à la Olivia Steiner auxquelles je devrais me réjouir de ne pas être invitée.

Maggie, Joshua, Zoe et Jeremy sont arrivés ensemble, et j'ai profité du premier moment venu pour prendre mes amies à part. Je ressentais un besoin certain de leur parler, d'écouter les derniers détails de leur vie, et de leur faire comprendre à quel point elles comptaient pour moi. Mais d'abord, je devais une explication dans les règles à Maggie qui s'était mise en quatre pour nous aider à monter notre projet de film. Elle a hoché la tête pendant tout mon récit et n'a pas semblé surprise quand je lui ai annoncé que le projet était arrêté définitivement. Je n'en voudrais pas à Zoe de lui avoir vendu la mèche mais il était aussi tout à fait probable que Maggie ait deviné toute seule, comme Claire l'avait suggéré.

– Tu sais quoi ma belle ? En t'écoutant, j'ai l'impression que, finalement, tu es surtout soulagée, dit-elle, une fois que j'ai eu fini de lui raconter toute l'histoire.

– Et je crois bien que tu as raison. C'était un peu mal barré d'avance, non ?

Maggie a fait la moue. Depuis combien de temps pensait-elle que je m'entêtais à persister dans un projet sans issue ? Maggie était intelligente et, de nous toutes, c'était elle qui avait le plus les pieds sur terre. Elle devait l'avoir pressenti depuis le début. De la même manière qu'elle avait dû savoir que je ne l'aurais pas écoutée si elle m'avait fait part de ses doutes. Comme si elle pouvait lire dans mes pensées, mon amie a ajouté :

– Ne sois pas trop dure envers toi-même, OK ? Parfois, quand on est trop engagé dans quelque chose, on n'arrive pas toujours à voir clair.

Non, c'est sûr, je n'avais pas vu très clair, je n'avais même pas vu clair du tout. Ces derniers jours, j'en étais même arrivée à me demander si j'avais bien fait de rester à Los Angeles. Je m'étais promis – et j'avais promis à mes amies – que notre année de *senior* compterait plus que tout. Pour moi, ça avait une signification encore plus importante : j'avais besoin de me prouver que j'avais fait le bon choix que rester éloignée de maman et du tourbillon dans lequel elle se trouvait valait le coup. Mais était-ce le cas ? Ma rentrée avait été si chaotique et les choses n'étaient certainement pas allées en s'améliorant. Au fond, je ne m'étais toujours pas remise de mon échec cuisant au journal. C'était ça, le dessein de mon année de *senior*. C'était ça que je voulais plus que tout au monde. Naya était arrivée, et elle s'était emparée de mon rêve le plus cher. Quand je la voyais en réunion avec Nick, ou discutant avec tel ou tel membre de notre équipe, elle était si naturelle, si à l'aise ! Ce rôle était de toute évidence taillé pour elle. J'aurais dû lui en vouloir d'autant plus, mais… Les mots de Claire me sont revenus. C'était ma faute. J'aurais dû être meilleure qu'elle. Avoir plus de prestance. Donner plus envie aux gens de venir vers moi. Écrire mieux. Même si je détestais l'admettre, elle avait obtenu ce poste de plein droit. Et c'était aussi de plein droit qu'elle m'avait subtilisé mon grand projet pour cette année. Et puis, je m'étais dit que ce n'était pas si grave, finalement : j'avais un autre rêve auquel me raccrocher. Être du côté de Naya plutôt qu'en compétition avec elle était déjà une bien meilleure position. Ensemble, on aurait pu accomplir de grandes choses. Unir nos forces créatives. Et avec Noah, nous aurions pu être si forts ! Mais non. Notre collaboration avait été aussi évidente que tendue, aussi soudée qu'impossible, vouée à l'échec dès le début. Oui, j'aurais dû y voir plus clair. Mais la seule chose qui était vraiment claire pour moi, c'était que trois mois après la rentrée, ma dernière rentrée lycéenne, j'avais déjà épuisé mes deux plus belles cartouches. Je me retrouvais maintenant sans but à accomplir, j'avais déçu une de mes meilleures amies, et perdu la seule que je m'étais faite cette année. Le bilan était lourd, je ne pouvais pas le nier. Et le futur plus qu'incertain. Que me restait-il désormais ? Mes amies, qui m'avaient déjà montré qu'elles seraient toujours là pour moi. Mes études, auxquelles il fallait sérieusement que je réfléchisse dans les semaines à venir. Lucas. Finalement, c'était déjà beaucoup. Avais-je vraiment besoin de plus ?

– Hé les filles, vous dansez ?

Joshua venait d'apparaître devant nous. Il a lancé un sourire charmeur à sa belle en lui tendant la main, mais Maggie n'a pas bougé.

– Non, je crois qu'on va rester là. Ça fait longtemps qu'on ne s'est pas retrouvées comme ça, alors on va en profiter encore un peu, si ça ne te dérange pas.

Joshua s'est penché vers elle, lui a volé un baiser et est parti retrouver Lucas, Jeremy et Zoe à l'autre bout de la pièce. Claire et Evan ricanaient dans leur coin, non loin d'eux. Maggie et moi nous sommes mises à les contempler.

– J'envie Claire, tu sais, me suis-je entendu dire. À peine sortie d'une histoire douloureuse, elle a l'air si bien, si épanouie, si amoureuse.

– Toi aussi, tu as l'air bien, non ? a répondu Maggie en pointant le menton vers Lucas.

– Bien, oui. Amoureuse, je ne sais pas trop.

– C'est encore tôt…

– Quand est-ce que tu as su que tu étais amoureuse de Josh ?

– Oh ! là là ! quelle question ! C'est un sentiment qui a grandi, sans que j'y fasse attention. Et puis, petit à petit, c'est devenu évident.

Je ne pouvais pas détacher mon regard de Claire, qui dansait tendrement dans les bras d'Evan. Elle a dû sentir mon regard car elle s'est retournée à ce moment-là et est venue nous retrouver.

– Vous parlez de quoi ? a-t-elle lancé dans un souffle, en s'affalant sur la chaise à côté de nous, avant de prendre une longue gorgée de son Coca.

– D'amour, et de toi, a répondu Maggie.

Claire a affiché un sourire espiègle.

– Alors raconte, ça m'intéresse !

– On disait juste que tu fais plaisir à voir, si heureuse, si amoureuse ! ai-je répondu en prenant bien soin de masquer toute envie dans le son de ma voix.

– Moi ?

Claire a jeté un regard vers Evan.

– Heureuse ? Ben, disons que la fête se passe bien. Les gens ont l'air de s'amuser, ceux qui ne se connaissaient pas ont engagé la conversation, tout le monde me complimente sur la tarte aux noix de pécan parce qu'ils ne savent pas que c'est Zoe qui l'a faite… Disons que je n'ai pas de quoi me plaindre, a-t-elle répondu avec un clin d'œil.

– Mais Evan, enfin, c'est évident, vous vous dévorez des yeux, ai-je insisté.

– Oui, il est mignon, c'est sûr. On se marre bien, mais bon, tu sais, je ne sais pas si ça ira beaucoup plus loin.

J'ai ouvert des yeux bien ronds mais, à côté de moi, Maggie n'a pas bougé un cil. Claire a éclaté de rire.

– Ah Violet, c'est tout toi, ça ! Quand tu te lances dans un truc, il faut que ce soit une réussite totale, tes relations doivent être bien lisses ou ne pas être du tout, et quand tu rencontres un garçon, il faut que ce soit l'amour fou…

– Et qu'est-ce qu'il y a de mal à ça ? ai-je rétorqué, un brin échauffée.

– Rien, rien du tout ! C'est juste que, si tu savais comme c'est bon parfois d'être en paix avec ses défauts, et avec ceux des autres, de vivre au jour le jour sans se soucier du lendemain et d'apprécier une amourette pour ce qu'elle est : un petit flirt léger et sans conséquences !

– Comment tu peux savoir qu'entre vous ça ne va pas durer ?

– Je ne le sais pas ! Je ne crois pas que ce soit le garçon de mes rêves, l'amour de ma vie, et ça m'est égal. Je profite de ce que l'on a, et le reste… a fit Claire en lançant ses mains en l'air.

Presque malgré moi, mon regard s'est reporté sur Lucas. Et si ?

E-mail de **erik@LApublic.com**
à **violetfontaine@myemail.com**
le lundi 5 décembre à 9 h 45
Sujet : *I'm gonna miss you*

Hello Violet,

Alors tu nous quittes pour Noël ? LA ne sera pas pareil sans toi. J'aimerais beaucoup te revoir avant que tu partes. Fais-moi signe…

À plus,

Erik

Violet à la rescousse

Mardi 6 décembre

Nick est accouru vers moi dès que je suis arrivée au journal lundi matin.

– Ah Violet, tu es là ! Ça c'est une bonne surprise ! Tu es justement la personne que je voulais voir.

Mon rédac' chef avait raison. Je n'avais pas rendu un seul papier en retard depuis la rentrée – je mettais un point d'honneur à bien faire mon travail de journaliste – mais je m'étais faite un peu rare dans les locaux de l'*Albany Star*. Faute de temps, et d'envie aussi, j'avais trouvé moult prétextes pour remettre mes derniers textes à Nick par e-mail. Il n'avait pas osé me rappeler que faire partie du journal, c'est faire partie d'une équipe, et pas d'une équipe virtuelle qui ne communique que par ordinateur interposé. Je ne le savais que trop bien. Mais il n'avait pas du tout l'intention de me réprimander, bien au contraire.

– Dis-moi que tu as un peu de temps devant toi aujourd'hui, *please*, a-t-il fait en joignant ses deux mains en prière.

– Euh, je n'ai pas cours avant 10 heures… Ma prof de bio est absente, et…

– Parfait ! m'a-t-il interrompue. Jeff était malade la semaine dernière et il n'a pas pu me remettre son article à temps. On part en impression demain et il me reste un gros trou page 10. Pas le temps d'ajouter un nouvel article, mais je me suis dit que l'on pourrait rallonger le tien.

– Lequel ?

Depuis le début de l'année, Nick n'avait cessé de me donner de nouveaux sujets. Lors de la dernière édition de l'*Albany Star*, pas moins de quatre articles étaient signés Violet Fontaine. Quand il m'avait réclamé le quatrième papier à la dernière minute, je l'avais d'ailleurs trouvé un peu trop exigeant. Sur le moment, je ne m'étais même pas rendu compte que j'avais conçu mon poste de journaliste presque comme une corvée ces derniers temps. Une corvée à caser entre mes aspirations de scénariste et mes obligations pour le lycée. Et puis, je m'étais soudainement rappelé la joie que j'avais ressentie quand Mme Andrews m'avait acceptée au sein de l'équipe l'année dernière, et une bouffée de honte m'avait parcourue. Comment avais-je pu me détourner ainsi de mon premier amour ?

– Celui sur les matières préférées. Un de tes meilleurs papiers de l'année. Tu crois que tu pourrais le développer un peu plus ? Sans faire du remplissage, hein, mais je te fais confiance !

– Pas de problème, je m'y mets tout de suite.

– Merci Violet, t'es la meilleure !

Nick était déjà reparti en direction de son bureau, sans doute pour aller traiter la demi-douzaine de problèmes qui pointent toujours le bout de leur nez au moment d'un bouclage. Nick semblait jongler avec tout cela facilement, mais en observant de plus près ses gestes impatients et sa façon de sauter d'un bureau à l'autre, je me suis dit qu'être rédacteur en chef n'était pas donné à qui le voulait.

Je me suis installée à mon bureau et ai sorti mon carnet de notes de mon tiroir. En arrivant, j'avais eu l'intention de ne pas m'attarder dans les locaux de peur de croiser Naya. Une veille de bouclage, elle allait certainement apparaître d'un moment à l'autre pour prêter main-forte à Nick. Mais les mots de mon rédac' chef avaient suffi à me distraire car l'article en question était un de mes préférés depuis mes débuts à l'*Albany Star*. J'en avais eu l'idée en discutant avec mes copines. On parlait de nos matières préférées au lycée – l'anglais pour moi, l'économie pour Maggie, le sport pour Zoe et l'espagnol pour Claire – et des raisons pour lesquelles ces sujets nous parlaient tant. L'idée avait germé dans ma tête et j'avais poursuivi mon interrogatoire auprès de quelques camarades de classe : qu'est-ce qui faisait que nous étions plus intéressés par un sujet que par un autre ? Comment ce que l'on apprenait dans ces cours nous touchait-il dans notre vie de tous les jours ? Nos préférences avaient-elles évolué au fur et à mesure de nos années de lycée ? J'avais envoyé un e-mail à Nick le soir-même pour lui présenter mon idée, et il m'avait répondu avec un simple « banco ». Au final, j'avais interviewé une douzaine de personnes et j'avais donc amplement matière à approfondir. Pendant les quarante-cinq minutes qui ont suivi, je n'ai relevé le nez de mon ordinateur que pour parcourir mes notes. Je retrouvais enfin la jouissance d'écrire qui semblait m'avoir désertée. Quand j'ai cliqué sur le bouton « envoyer », j'affichais même un large sourire, adressé à personne, juste pour moi. Ce petit exercice m'avait fait plus de bien que je n'aurais pu l'imaginer.

J'en étais là de mes pensées, en train d'enfiler ma veste, quand j'ai entendu des pas précipités dans le couloir. Un instant plus tard, Nick se tenait devant moi, une feuille imprimée à la main, la nouvelle version de mon article.

– Parfait ! Tu es une star Violet !

– Je ne fais que mon boulot, ai-je répondu maladroitement, pleine de fausse modestie.

Mais mon « patron » n'en avait que faire.

– Non seulement tu me sauves la mise avec Jeff, mais en plus, c'est du super-travail. Cette version est encore meilleure que la précédente, chapeau !

– Ravie qu'elle te plaise.

Un paon n'aurait pas été plus fier que moi. Puis, Nick a jeté un coup d'œil inquiet à mon manteau.

– Tu dois partir, là, tout de suite ?

– Euh…

J'ai lancé un regard nerveux vers la porte.

– Parce que j'aimerais bien te demander ton avis sur un article. Je viens de recevoir une nouvelle version, mais je ne suis pas sûr…

– Ce n'est pas à Naya de faire ça ?

Ma remarque était un peu plus acerbe que je ne l'aurais voulue. Je n'avais pas l'intention de refuser quelque aide que ce soit à Nick, surtout pas après qu'il m'avait couverte de compliments, mais éditer les articles avant la publication, c'était justement le rôle du rédac' chef et de son adjointe.

– Elle n'est pas là… Je… je lui ai dit qu'elle n'avait pas besoin de venir aujourd'hui.

J'ai froncé les sourcils.

– Enfin, ce n'est pas ce que je voulais dire, mais… bon, tu peux garder un secret ?

– Toujours.

– Naya est super, je ne dis pas. Mais parfois, elle est un peu insistante, tu vois ? Elle a plein de bonnes idées aussi et elle agit dans le meilleur intérêt du journal, mais, tu vas peut-être trouver ça bête…

– C'est toi le rédac' chef ?

Je comprenais tout à fait. L'année dernière, l'affreux Nathan faisait toujours tout pour éloigner son adjoint, de peur qu'il ne marche sur ses plates-bandes. Nick était infiniment plus juste, et n'était pas aveuglé par sa soif de pouvoir, mais il avait été nommé à la tête du journal, et au final, le dernier mot lui appartenait.

– Tu ne lui répéteras pas, hein ? Mais j'ai un peu l'impression de me heurter à elle à chaque détour et de ne rien pouvoir faire sans son accord. Et puis, ses copines sont toujours dans les parages et, entre nous, je m'en passerais bien…

– Ses copines ? Tu veux dire…

– Olivia, oui. Elle n'est jamais très loin quand Naya est là. Personne n'ose rien dire, mais bon…

Nick m'a adressé un clin d'œil malicieux. Le truc avec Olivia, c'est qu'elle avait beau être la fille la plus populaire et la plus respectée du lycée, elle ne pouvait rien faire contre la poignée d'irréductibles qui ne la portaient pas dans leur cœur. Nick en faisait de toute évidence partie.

– Bon, tu me montres cet article ?

– Viens, m'a-t-il dit en se dirigeant vers son bureau.

Il n'y avait quasiment personne dans les locaux ce matin-là, mais il a quand même cru bon de baisser la voix pour me faire une nouvelle confidence.

– Je sais que ça ne change rien, mais si j'avais eu mon mot à dire, entre elle et toi, eh bien, il n'y aurait pas eu photo !

Le soir même, je répétais ses paroles mot pour mot à Simon et à Susan lors du dîner. Cela faisait longtemps que je ne m'étais pas honteusement répandue sur mes exploits, et les éloges de Nick méritaient bien que je les crie haut et fort. Bien sûr, j'avais promis de garder cela pour moi, mais je ne pouvais pas non plus cacher une telle prouesse à mes deux hôtes favoris.

– C'est génial, Violet ! s'est exclamée ma tante.

– Je n'ai jamais douté de ton talent, mais tu as raison, un tel compliment a dû te faire chaud au cœur, a prononcé Simon, un brin plus réservé.

– Vous imaginez ! Il m'aurait choisie, moi, au lieu d'elle ! Vous ne pouvez pas savoir à quel point ça me fait plaisir.

– Je te comprends, a dit Susan.

– Enfin, ce qui compte surtout, c'est que ton travail soit de qualité et que tes articles soient publiés en nombre.

J'ai fait la moue.

– C'est le plus important, non ? Ton talent pour l'écriture, plutôt que la compétition entre collègues.

– Moui... ai-je concédé.

– Ah, au fait, je change de sujet... On tourne quelques scènes d'un film sur lequel j'ai travaillé au studio vendredi après-midi...

J'ai eu du mal à cacher mon amertume. Non pas que j'avais l'intention de passer tout le dîner à parler de moi et de mon talent sans bornes, mais... enfin, bon, si, en fait. C'était la meilleure nouvelle que j'avais reçue depuis longtemps et elle méritait bien qu'on s'attarde dessus, non ? Mais Simon était déjà passé à autre chose.

– ... et je me demandais si tu voulais venir avec moi ?

– Sur le tournage ? me suis-je exclamée, ma déception se transformant en excitation.

– Oui.

– Mais je croyais que c'était impossible d'obtenir un pass ? Chaque fois que je t'ai demandé…

– Je me suis débrouillé pour cette fois, a-t-il répondu sans plus de précisions. Alors, je compte sur toi ?

E-mail de **loulou@emailme.com**
à **violetfontaine@myemail.com**
le mercredi 7 décembre à 20 h 13
Sujet : Bravo !

Hello ma belle,

Quelle bonne nouvelle ! Je suis super-fière de toi ! Il a raison Nick, c'est toi la meilleure.

J'ai tellement hâte que tu arrives à Paris… on va s'éclater. D'ailleurs, il faut qu'on se parle très vite pour organiser ton séjour. J'ai déjà quelques idées de sorties, plein de trucs de prévu. Tu me skypes dès que possible ?

Ta Lou

Changement d'itinéraire

Vendredi 9 décembre

– Je n'arrive pas à croire que tu voulais me faire la surprise ! s'est exclamée mon amie à travers la webcam.

Je m'étais levée aux aurores pour l'appeler, et elle était bien plus réveillée que moi qui avais du mal à garder les yeux ouverts. Normal, il était 16 heures à Paris.

– Hé hé hé, je voulais juste te rendre la pareille !

J'avais été tellement émue quand j'avais découvert Lou sur le perron de notre maison de Santa Monica par un samedi d'août que j'avais été tentée de lui cacher le fait que j'atterrirai à Paris très bientôt. J'avais imaginé débarquer chez elle, comme elle l'avait fait pour moi, et me délecter de l'expression choquée sur son visage. Sauf que j'avais été bien incapable de tenir ma langue. À peine avais-je réservé mes billets que je lui envoyais un message survolté. Je ne savais pas comment elle avait fait cet été, mais, moi, une nouvelle aussi capitale, je ne peux pas du tout la garder pour moi.

– Oh ! là là ! je n'arrive pas à croire que tu seras à Paris dans deux semaines.

– Incroyable, mais vrai !

– J'espère que tu as autant hâte que moi.

– Sûrement plus ! J'ai une liste longue comme le bras de trucs à faire. Je n'aurai jamais assez de temps…

– Mais, et New York alors ?

Lou avait le chic pour aborder les sujets qui fâchent. Enfin non, ce n'était pas tout à fait ça. Lou avait, elle, le courage d'aborder les sujets qui fâchent. Moi, j'avais plutôt tendance à les éviter jusqu'à ce que je ne puisse plus les ignorer.

New York, New York, New York. J'avais toujours envie d'y aller, bien sûr. Et je savais tout aussi bien que c'était impossible. Depuis l'arrêt officiel de notre projet, mes contacts avec Naya avaient été plus que brefs. Elle n'avait pas insisté. Nous avions communiqué une fois ou deux au sujet du journal, principalement, mais nous en étions restées là. Aucune allusion au film, aucune tentative d'amitié. Il n'y avait pas d'animosité non plus, il semblait juste que nous n'avions plus rien à nous dire. Alors, non, bien sûr, passer trois jours dans sa famille à New York n'était plus une si bonne idée. Et puis, il me paraissait évident que je n'étais plus invitée.

– Oh, tu me rappelles qu'il faut que je change mes billets d'avion, ai-je répondu entre deux bâillements, et sans grande conviction.

– Tu iras une autre fois, ce n'est pas perdu. En tout cas moi, ça me réjouit : ça veut dire que tu vas passer trois jours de plus parmi nous !

J'ai émis un faible sourire. Décidément, mon amitié avec Naya n'avait arrangé personne dans mon entourage. Mes copines californiennes s'étaient senties délaissées et Lou avait eu l'impression de se faire voler quelques jours avec moi. Et maintenant, tout le monde se félicitait de la situation. Je n'avais aucune raison de les contredire et pourtant j'avais du mal à me joindre à eux.

Silence, on tourne !

Samedi 10 décembre

Hier, Simon est passé me chercher au lycée après les cours pour m'emmener sur le tournage du film dont il m'avait parlé. J'aurais dû me douter qu'il manigançait quelque chose. D'abord, je savais depuis mon stage chez BCP – et pour lui avoir demandé de nombreuses fois par le passé – qu'il était très difficile d'obtenir un pass invité sur un si gros tournage. Il y a déjà tellement de monde dans le studio ! Chacun a un rôle bien précis : de la maquilleuse au caméraman en passant par le réalisateur, ses assistants, les techniciens lumière et la costumière, et bien d'autres encore. Et donc, les badauds qui ne sont là que pour regarder ne sont en général pas les bienvenus : ils risquent de se mettre dans les pattes des autres et pourraient éventuellement distraire les acteurs. Bien sûr, il y a des exceptions. Il y a toujours des exceptions, surtout à Hollywood. Mais, alors qu'on roulait à travers Los Angeles, évitant de justesse l'heure de pointe, je n'avais encore aucune idée de la raison pour laquelle j'étais l'exception du jour.

Sa réaction un peu tiède à mes exploits au journal m'avait fait réfléchir sur ma relation avec mon oncle. Le pauvre avait vu sa vie complètement chamboulée depuis mon arrivée à Santa Monica. Pour le pire : accueillir une ado chez lui alors qu'il vivait tranquillement seul et aussi, parce que je m'étais acharnée à découvrir la vérité sur ses liens avec ma mère. Et pour le meilleur : il avait pu apprendre à connaître sa nièce et parce que, il me l'avait avoué, son quotidien était plus joyeux depuis que j'y étais entrée. Et puis, il y avait cette connexion entre nous. Maman me l'avait dit d'ailleurs, avant de repartir pour Paris après le mariage de Simon et Susan : Simon était sans doute la personne de la famille à laquelle je ressemblais le plus. Pas physiquement, non, mais nous étions semblables sur tellement d'autres plans : tous les deux fascinés par l'écriture, artistes dans l'âme, tous les deux ayant eu envie de partir vivre loin pour nous « trouver ». Ma relation avec maman avait beau être plus belle et sereine que jamais, Simon resterait celui qui me comprenait, et celui à qui je pouvais toujours me confier.

Et comment l'avais-je remercié ? En fouillant dans son passé et en menaçant son anonymat, ce qui l'avait contraint à entrer de nouveau en contact avec sa famille et avec son frère. Oui, je savais qu'il était soulagé que je sache enfin la vérité. Mais il aurait le droit d'être exaspéré par tous les ennuis que j'avais apportés dans ma valise en arrivant chez lui il y a plus d'un an. Sans moi, il vivrait une vie paisible avec Susan et se préoccuperait de sa famille à lui, sans avoir à subir les sautes d'humeur d'une adolescente. Malgré tout cela, il n'avait jamais émis de doute quant au fait que j'étais la bienvenue parmi eux. Jamais lui – ou Susan d'ailleurs – ne m'avait fait sentir que j'étais de trop. Il s'était toujours intéressé à moi, à mes études, à ma réussite. Peut-être que c'était normal pour un oncle d'encourager sa nièce à ce point. Je ne pouvais pas le savoir, il y a quelques mois encore, ma famille se réduisait à trois personnes : maman et mes grands-parents. Mais maintenant, je me demandais si je n'avais pas abusé de sa patience, de sa générosité. Peut-être souhaitait-il secrètement se débarrasser de moi, peut-être en avait-il assez de cette nièce qui monopolisait toujours la conversation lors des repas, qui se fourrait toujours dans des situations impossibles, qui avait toujours autant de mal à tenir ses promesses.

– Isabelle m'a raconté ce que vous avez décidé pour tes études. C'est une bonne idée, a-t-il annoncé, comme pour me prouver que j'avais tort.

– Tu le penses vraiment ?

– Bien sûr. Ton avenir, c'est très important ! Mais ça ne veut pas dire que tu dois tout définir dès maintenant. Ce n'est pas une décision à prendre à la légère.

Justement, la décision que nous avions prise avec maman, après en avoir discuté longuement, c'était de ne pas prendre de décision. Beaucoup de choses allaient changer dans ma vie dans les prochains mois. Allais-je vouloir rester quelques années de plus à Los Angeles – ou tout du moins, en Californie – pour mes études supérieures ? Bien sûr, pour le moment, la réponse était oui, cent fois oui. Mais c'était un engagement sur le long terme, un engagement que je ne me sentais pas prête à prendre. Il y a quelques mois, j'avais une vision totalement différente : accéder aux meilleures universités américaines était hors de ma portée, tant les frais d'inscription y sont exorbitants. Je me rappelle en avoir touché un mot à maman et elle m'avait tout simplement ri au nez. Nous n'avions pas les moyens et maman n'avait jamais eu l'intention de m'envoyer vivre chez

Simon pour plus d'un an. Son refus catégorique n'avait eu qu'un seul effet sur moi : une détermination à modifier le cours des choses pour que je puisse continuer à vivre *my American dream*. Mais maintenant, la donne avait changé. L'argent n'était plus un problème : la somme mise à ma disposition par mon père dès mes 18 ans m'ouvrirait les portes des facs les plus prestigieuses. Ce n'était pas tout, bien sûr, mes notes et mon dossier de candidature comptaient tout autant, mais j'avais désormais l'opportunité de tenter ma chance au lieu de me contenter de rêvasser à ce que pourrait être mon avenir ici. Était-ce vraiment ce qu'il y avait de mieux pour moi ? Je n'avais pas à répondre à cette question pour le moment. Maman avait approuvé mon idée de faire mes demandes à Paris comme en Californie. De ne pas trancher sur mon avenir maintenant alors que tant d'autres choses restaient en suspens : qu'allait-il se passer si quelqu'un découvrait que j'étais la fille de Paul Walmsley ? Ma vie serait-elle plus paisible à Paris ou en Californie ? Et si, une fois rentrée à Paris pour les fêtes de Noël, je n'avais plus envie d'en repartir ?

– Ça ne te dérangerait pas, si je restais en Californie ?

– Bien sûr que non !

– De toute façon, si je faisais mes études ici, je serais logée sur le campus de la fac, je ne vous embêterais pas.

– Qu'est-ce que tu racontes, Violet ? Tu sais bien que tu es toujours la bienvenue ici !

Nous venions d'arriver dans le parking de BCP. Je n'y étais pas retournée depuis mon stage, mais je me suis tout de suite rappelé les bons moments que j'avais passés cet été aux côtés de Carroll et de son équipe. Elle ne travaillait pas sur ce film en particulier, mais j'ai néanmoins reconnu de nombreux visages et il a fallu que je me retienne pour ne pas courir dans tous les sens dire bonjour aux uns et aux autres et leur demander des nouvelles. Simon ne m'avait pas fait la morale, mais je connaissais les règles : éteindre mon portable, ne parler à personne, m'écarter du chemin, et ne rien toucher. L'équipe était en train de terminer une scène lorsque nous sommes arrivés, et nous nous sommes glissés sans bruit dans le fond du studio, d'où nous avons observé le tournage. Un peu plus tard, le réalisateur a annoncé une pause et, à ma grande surprise, Simon m'a entraînée à sa rencontre. Nous avons discuté avec lui quelques instants, et mon oncle m'a même encouragée à lui poser toutes les questions que je voulais, ce qui aurait été strictement interdit en temps normal. Il n'avait pas besoin d'une petite lycéenne pour venir le déconcentrer en plein milieu de ce qui allait sans doute être une longue soirée de travail. Puis, c'est vers l'un des cameramen que Simon m'a dirigée. Ce dénommé Aaron arborait une barbe de trois jours et des cheveux noirs hirsutes. Il avait l'air de bien connaître Simon et nous a accueillis chaleureusement.

– Alors, c'est toi, Violet ? Tu veux regarder dans le viseur ? Tiens, je vais te montrer comment tenir une caméra.

Puis nous sommes passés voir l'équipe de scénaristes qui révisait un passage de la prochaine scène à filmer. Je connaissais déjà l'un d'entre eux, mais Simon a cru bon de me présenter à tous et de m'expliquer en détail ce qu'ils étaient en train de faire :

– Les acteurs ont répété cette scène de nouveau hier, et ils se sont rendus compte que quelque chose clochait. L'émotion n'était pas assez puissante et le dialogue était un peu alambiqué. Depuis, ils travaillent d'arrache-pied pour qu'elle soit parfaite. Si elle ne fonctionne pas sur papier, il n'y a aucune chance qu'elle marche une fois que la caméra sera en marche !

La pause était presque terminée, mais nous n'avons pas battu en retraite pour autant. Au contraire, nous nous sommes retrouvés sous les feux des projecteurs, littéralement. Simon insistait pour que je monte sur le plateau qui représentait le salon du personnage principal du film.

– Tu vois tous ces objets ? a-t-il fait en désignant les cadres et livres éparpillés parmi le décor. Rien n'est là par hasard. Tout est placé stratégiquement pour que l'on ait l'impression que quelqu'un vit vraiment ici, que c'est vraiment le foyer du personnage.

J'étais subjuguée. Ce n'était pas le premier tournage auquel j'assistais, j'avais déjà eu cette chance lors de mon stage cet été. Mais c'était la première fois que Simon me faisait partager ainsi son lieu de travail, sa passion. La première fois que je voyais un film se faire dans les moindres détails. Dire que j'étais fascinée aurait été un euphémisme. Pourtant, en regardant le visage de Simon, je sentais qu'il se passait quelque chose. Mon petit doigt me disait que nous n'étions pas venus aujourd'hui par hasard.

– Pourquoi est-ce que tu m'as emmenée ici, Simon ? Je sais très bien que tu as dû leur demander à tous un gros service pour qu'ils nous laissent nous balader dans le studio comme ça.

Le regard de mon oncle s'est assombri.

– Pour te montrer que c'est beaucoup de travail de faire un film. Un travail monumental qui demande l'expertise de dizaines, de centaines de personnes. Il peut se passer des années entre le moment où l'idée germe et celui où le film est prêt à sortir dans les salles. Il faut être vraiment passionné pour persévérer et avoir beaucoup de talent et d'énergie pour arriver au bout. Mais tu sais quoi ? Quand tout est fini, voir le film terminé après tant de labeur, c'est un sentiment indescriptible. C'est une joie et une fierté telles que l'on n'a qu'une seule envie : recommencer au plus tôt.

– Tu ne m'apprends rien. Je n'ai qu'à te regarder… tu aimes tellement ce que tu fais.

– Alors pourquoi as-tu tout laissé tomber ? Je sais que tu as la passion, je sais que tu as le talent et je sais que tu as l'énergie pour y arriver. Et pourtant, tu as tout abandonné alors que tu étais si bien partie. Je dois te l'avouer, Violet, c'est la première fois que tu m'as déçu.

J'ai accueilli ces derniers mots avec effroi. Je savais que j'avais plein de défauts et que je pouvais parfois être difficile à vivre, mais décevoir Simon ? C'était bien la dernière chose que j'aurais voulu faire.

– Il n'y a pas de gloire à s'être acharné sur un projet que l'on finit par mettre à la poubelle. Être bloqué parce que tu n'as pas les moyens, parce que tu n'as pas la possibilité d'avancer, c'est une chose. Mais laisser tomber sur un coup de tête ? J'avoue que j'en attendais plus de ta part.

– Je n'ai pas laissé tomber sur un coup de tête ! me suis-je écriée en prenant tout de même soin de ne pas trop élever la voix.

Les larmes commençaient à me monter aux yeux. Simon et moi avions déjà traversé des moments difficiles mais jamais une de nos conversations ne m'avait fait autant souffrir.

– Tu ne peux pas comprendre ! Il n'était pas question que je laisse Olivia s'emparer de *MON* film. Pas question que je la laisse tout gâcher. Noah et Naya étaient contre moi, je n'avais pas le choix !

– Tu m'as déjà raconté tout cela. Mais regarde tous ces gens. Tu crois qu'ils s'aiment tous ? Tu crois qu'ils sont tous amis ? Non, pourtant ils continuent à travailler ensemble.

– On ne peut pas comparer un film comme celui-ci avec notre petit projet étudiant.

– Si, on peut, Violet. Parce que je vais te dire, il y a une chose qui ne changera jamais : parfois, tu seras contrainte de faire des choses qui ne te plaisent pas beaucoup. Parfois, tu vas devoir travailler avec des gens que tu n'aimes pas. Parfois, tu vas devoir accepter les décisions des autres, même si elles vont à l'encontre de tes choix. Si tu abandonnes à chaque fois, si tu baisses les bras au moindre obstacle, tu n'arriveras jamais à rien.

– Et qu'est-ce que tu proposes alors ? Que je dise à Olivia qu'elle a le premier rôle ? Que l'on va continuer à utiliser ses contacts, sa réputation pour faire notre film, pour qu'au final, ce soit *SON* film ?

– Non, ce n'est pas ce que je veux dire. C'est ton projet, et c'est à toi de tenir les rênes, de te montrer forte. Tout ce que j'essaie de dire, c'est : n'abandonne pas comme ça. Tu le regretteras si tu ne vas pas jusqu'au bout. Si tu ne tentes pas le tout pour le tout. Tu ne peux pas arrêter juste parce que c'est devenu difficile.

– Mais c'est impossible, Simon, rien que financièrement, on ne pourra jamais…

– Impossible, c'est un mot qui ne veut rien dire quand on a la volonté.

E-mail de **erik@LApublic.com**
à **violetfontaine@myemail.com**
le dimanche 11 décembre à 17 h 51
Sujet : Youhou

Hello ma belle Violet,

Tu me snobes ? Tous les jours, j'attends de tes nouvelles avec impatience… mais rien ne vient. Je vais finir par croire qu'il t'est arrivé quelque chose.

Appelle-moi si tu es toujours en vie !

Ciao,

Erik

Mon prince

Lundi 12 décembre

J'étais en train de choisir entre ma robe noire à imprimé graphique blanc et gris et ma blouse en soie bordeaux sur un jean slim quand on a frappé à la porte de ma chambre samedi après-midi. Lucas devait passer me chercher pour aller au ciné dans une demi-heure et je n'avais toujours pas choisi ma tenue.

– Violet, je peux entrer ?

La voix masculine était aussi familière qu'inattendue. Simon et moi étions rentrés de chez BCP vendredi dans un silence de mort. Un flot de larmes m'était resté coincé dans la gorge, et je n'aurais pas pu dire un mot sans craquer complètement. Mon oncle n'avait jamais eu de paroles aussi dures à mon égard. Il m'avait encouragée dans tout ce que j'avais entrepris depuis que j'étais arrivée à LA. Savoir qu'il pensait que j'avais été lâche en décidant d'arrêter le film m'avait beaucoup blessée. Mais j'avais été catégorique avec lui. Je ne pouvais pas accepter qu'Olivia soit la star de mon film, dans tous les sens du terme. Quand nous étions arrivés à la maison, je m'étais précipitée dans ma chambre et effondrée en pleurs sur mon lit. J'avais attendu que Simon et Susan soient couchés pour descendre à la cuisine manger un morceau. Et je n'étais ressortie de ma tanière que samedi matin une fois que j'avais entendu la porte d'entrée s'ouvrir et se refermer. Ils devaient être partis faire leur jogging habituel. Je savais bien que je n'allais pas pouvoir l'éviter pour toujours, mais il semblait en tout cas que je disposais d'un léger sursis, car la voix de l'autre côté de la porte, je l'avais reconnue au premier son, appartenait à Noah. Hmmm, à ce moment-là, je crois que j'aurais préféré affronter mon oncle.

– Qu'est-ce que tu fais là ?

Je voulais me montrer froide et détachée dès l'instant où il est entré, mais ma voix s'est enrayée pour n'émettre qu'un murmure plaintif.

– C'est Simon qui m'a appelé.

– Quoi ? J'aurais dû me douter que…

– Non, attends, ce n'est pas ce que tu crois. Il m'a appelé hier soir et m'a raconté ce qui s'était passé chez BCP. Il se sentait mal et m'a dit qu'il s'y était pris comme un manche avec toi.

Et il croit que toi, tu vas me faire changer d'avis ?

– Il voulait juste mon opinion, savoir si je pensais comme lui.

Noah était resté près de la porte et osait à peine lever les yeux. La moutarde m'est montée au nez.

– Écoute Noah, je n'ai pas le temps, là. J'ai un rendez-vous et…

Mon ex-petit copain s'est passé la main dans les cheveux à plusieurs reprises, visiblement troublé.

– Je peux m'asseoir ?

Il est venu se poser sur mon lit sans que je lui réponde.

– Il faut que je te parle. Vraiment. Et j'ai besoin que tu m'écoutes jusqu'au bout sans m'interrompre.

C'est à ce moment-là que j'ai remarqué les cernes marqués sous ses yeux ainsi que sa mine un peu pâlotte.

– C'était une erreur ce projet, dès le départ.

– Ah, là, au moins, on est d'accord.

– Violet, s'il te plaît !

Noah a pris sa tête dans ses mains. Ne sachant pas comment réagir, je suis restée plantée là, debout, sans bouger.

– C'était une erreur parce que je n'en pouvais plus d'être si proche et si loin de toi à la fois. Mais, depuis qu'on a tout arrêté, c'est pire. Je n'arrive pas à dormir, je ne peux pas penser à autre chose. Quand on travaillait ensemble, je perdais la tête ! Tu t'emportes pour un oui pour un non, tu prends des décisions derrière notre dos, tu as des principes plus gros que toi, c'est un vrai cauchemar !

J'ai ouvert la bouche pour protester mais la mine défaite de Noah m'en a dissuadée.

– Mais ces dernières semaines, je me suis rendu compte que, si je n'arrive pas à vivre avec toi, à travailler avec toi, j'y arrive encore moins sans toi. Tu me rends fou, Violet, tu le sais, ça ? J'ai craqué pour toi dès notre rencontre l'année dernière, et j'ai gardé tout ça pour moi jusqu'à l'explosion. Je sentais que tu en aimais un autre et que tu ne me voyais que comme un copain. Et finalement, je t'ai eue dans mes bras ! J'étais le garçon le plus heureux au monde. Pourtant, j'ai eu du mal à digérer que tu viennes faire ton stage chez BCP, et je m'en veux, tu ne peux pas savoir comment je regrette la façon dont je me suis comporté.

– C'était de ma faute aussi, je ne t'ai pas rendu la tâche facile.

Noah m'a regardée avec tout le sérieux du monde et j'ai cru un instant qu'il allait de nouveau me reprocher de l'avoir interrompu.

– C'est vrai, et c'est pour ça que je me suis dit qu'entre nous, ça ne pouvait pas marcher. Qu'il y avait un truc qui ne collait pas, qui ne collerait jamais. Et pourtant, toi, tu me collais à la peau. Ton parfum, ton sourire, ta façon de toujours jouer avec la mèche qui tombe devant tes yeux. Tu te souviens de la fois où je suis venu te retrouver sur la plage ?

Comment pouvais-je l'oublier ? Noah avait rompu avec moi quelques semaines plus tôt et je n'arrivais pas à m'en remettre. C'était aussi au moment où je venais de décider de rentrer à Paris avec maman et, quand je l'avais aperçu à l'arrêt de bus devant chez moi, j'avais bien cru être victime d'une hallucination.

J'ai hoché la tête doucement.

– Je m'y suis pris comme un pied ! Je n'arrivais pas à comprendre mes sentiments. D'un côté, je ne parvenais pas à t'oublier et de l'autre… Enfin, quand tu m'as dit que tu rentrais à Paris, je me suis dit « ça y est, c'est ça le signe du destin que j'attendais, elle et moi, ce n'est pas possible, ça n'a jamais été possible ». Et j'étais serein, tu vois ? Triste, au fond, mais apaisé. J'allais pouvoir t'oublier, passer à autre chose.

Noah s'est relevé et s'est dirigé vers la fenêtre. Il l'a ouverte et a pris une grande inspiration. De mon côté, j'étais gelée sur place, incapable de mettre le doigt sur l'émotion qui me traversait. J'ai laissé passé une minute ou deux, persuadée que la tirade de Noah n'était pas terminée, qu'il ne pouvait pas me laisser en suspens, comme ça. Puis, alors qu'il me tournait toujours le dos, je me suis approchée de lui.

– Qu'est-ce que tu fais là, alors, si tu es tellement mieux sans moi ?

Il s'est retourné vers moi les yeux embués.

– Parce que je n'y arrive pas ! Plus j'essaie de m'éloigner de toi, plus j'ai envie, plus j'ai besoin de revenir. Et j'en ai tellement marre de faire semblant !

– Eh bien ne fais pas semblant, alors.

Mes jambes commençaient sérieusement à se dérober sous moi. Noah a émis un petit rire sardonique.

– Ne fais pas semblant… a-t-il murmuré.

Puis il s'est emporté.

– Qu'est-ce que tu veux que je te dise ? Que j'étais fou de rage contre toi car tu nous rendais la vie si difficile pour ce film ? Qu'en même temps, j'admirais tellement ta passion, ton engouement ? Que je ne peux pas m'empêcher de penser que c'est ce que je préfère chez toi ? Que je suis fou amoureux de toi et que ça me rend dingue de te voir avec un autre garçon ?

Comme possédée, j'ai attrapé Noah par la taille et l'ai embrassé fiévreusement, au moment même où Lucas sonnait à ma porte.

Amoureuse

Mercredi 14 décembre

Lucas n'a pas vraiment bien pris la nouvelle. Pourtant, j'y ai mis tout le tact du monde, et lui ai présenté une version plus qu'allégée des faits. Il ne sait même pas pour Noah. Samedi, j'ai attendu la fin du film au cinéma pour lui avouer que je n'étais pas très sûre de mes sentiments, que je ne voulais pas lui faire de peine et que je me demandais s'il ne valait pas mieux qu'on reste amis. Je me sentais un peu penaude en lui balançant ces mots clichés, mais je savais que la vérité serait trop difficile à digérer.

– Je n'arrive pas à y croire ! s'est-il écrié. Ça fait des semaines que je me pose des questions, que j'ai l'impression que tu te fiches un peu de moi, mais non, je ne voulais pas me fixer là-dessus.

– Je suis désolée Lucas, je tiens à toi, mais je ne suis pas sûre d'avoir des sentiments aussi profonds que les tiens. Je préfère être honnête, c'est tout.

– Pfff, j'aurais dû m'écouter. Tu m'as fait tourner en bourrique depuis le début !

– Ça me fait de la peine que tu le prennes comme ça…

– Et comment tu veux que je le prenne ? Facile à dire quand tu viens de me plaquer…

Je ne pouvais pas lui en vouloir de s'énerver comme ça. Les ruptures, je connaissais bien, et j'étais plus souvent du côté du destinataire que de celui de l'envoyeur. Malheureusement, il n'y avait pas d'autre issue possible. Même pendant cette douloureuse conversation avec Lucas, je ne pouvais pas faire abstraction des sensations qui me parcouraient : la douceur des lèvres de Noah, la chaleur de ses mains… Je ne voulais pas être loin de lui une minute de plus. Lucas est parti sans un mot, et, essayant de chasser la culpabilité qui m'envahissait, j'ai rappelé Noah le soir même. Nous ne nous sommes presque pas quittés depuis.

Dimanche matin, il est repassé chez moi pour m'emmener faire une balade et, dès qu'il m'a vue, il m'a prise dans ses bras, m'a embrassée et a murmuré dans mon oreille :

– Je t'aime, Violet.

La terre aurait pu s'écrouler sous mes pieds, je n'en aurais rien eu à faire. Il ne m'avait jamais été donné d'entendre de mots plus doux. Si j'avais pu, je les aurais enregistrés pour me les passer en boucle pour le restant de mes jours. Mais ce n'était pas nécessaire, car Noah n'avait pas peur de se répéter.

– Je t'aime tellement. Je ne veux plus jamais que quelque chose vienne se mettre entre nous.

– Moi aussi, je t'aime, ai-je répondu.

Je n'avais jamais dit « je t'aime » avant cela. Enfin si, en vérité, je l'avais dit à Noah dans une lettre que je lui avais donnée cet été, mais rien ne pouvait se comparer au fait de prononcer ces mots de vive voix, en regardant dans les yeux le garçon dont je suis amoureuse. C'était un sentiment tellement enivrant que j'aurais bien pu le dire et le redire à longueur de journée, quitte à passer pour la fille la plus mièvre et la plus dégoulinante de bonheur.

Peut-être que Claire avait raison. Certaines filles peuvent se contenter d'un petit flirt sans conséquences, prendre plaisir à tenir un garçon dans leurs bras sans que leur cœur batte la chamade. Je ne suis pas de ces filles-là. Je l'ai toujours su, au fond, mais cela m'est apparu de manière évidente quand Noah et moi nous sommes embrassés dans ma chambre. Ce que je voulais, moi, c'était vibrer jusqu'au plus profond de mon être, avoir l'impression de ne pas pouvoir respirer quand je ne suis pas avec lui. Et désormais, je savais que c'était possible. Et tant pis si, pour être heureux, nous devions rester cachés pendant quelque temps. Nous nous sommes tout de suite accordés sur le fait qu'il valait mieux passer nos retrouvailles sous silence, pour le moment. Je craignais surtout que Lucas ne nous surprenne au lycée, et, même dans l'état euphorique dans lequel je me trouvais, je pouvais concevoir qu'il était plus raisonnable de profiter de Noah sans avoir à me soucier de ce que les autres penseraient. Nous aurions tout le loisir de dévoiler notre amour au grand jour à la rentrée des vacances de Noël.

Cela dit, il y avait tout de même quelques personnes dans la confidence. Simon et Susan avaient été aux premières loges et je n'aurais pas pu le leur cacher bien longtemps : mon sourire niais après la première visite de Noah m'avait trahie instantanément. Pour faire la paix avec moi, mais aussi parce qu'il a toujours adoré Noah et qu'il n'était sûrement pas peu fier d'avoir joué un rôle dans notre réconciliation, mon oncle a invité mon petit copain à dîner hier soir. Et, sans surprise, la conversation a fini par dévier sur notre film. Simon et Noah avaient été de mèche depuis quelques jours : mon oncle l'avait appelé à l'aide suite à notre discussion sur le tournage de BCP. Il pensait que Noah pourrait réussir là où il avait échoué. Il avait eu à la fois tort et raison. Tort parce que, quand Noah avait débarqué chez moi, ses intentions premières avaient vite dérapé. Raison parce que, hier soir, alors que nous étions tous les quatre réunis autour d'un curry indien – une nouvelle recette inaugurée par Susan – et que les deux hommes les plus importants de ma vie ont abordé le sujet – subtilement, croyaient-ils – je ne me suis pas fâchée. Je me sentais comme en orbite depuis notre passage chez BCP. La colère et l'incompréhension m'avaient quittée. Je me sentais plus sereine, plus apaisée. Alors, j'ai écouté leurs arguments, un par un. Eux n'avaient pas changé, mais, moi, oui, un peu. Et quand Noah et moi nous sommes retrouvés seuls après le dîner, c'est moi qui ai relancé le sujet.

– Pour que ce soit possible, pour que ce soit ne serait-ce qu'envisageable, il faut que l'on réfléchisse sérieusement à la façon dont nous allons nous y prendre.

Noah a froncé les sourcils.

– Il faudrait déjà que l'on reparle du choix du personnage principal. Et surtout, que l'on se mette tous d'accord. D'accord sur la personne, mais aussi et surtout, d'accord sur le fait que nous devrions sélectionner la fille la mieux adaptée au rôle, quelles que soient nos affinités. Tu crois que tu pourrais faire ça ?

– Il faudra organiser une nouvelle séance de casting.

– Oui. On repart à zéro, pour la fille, en tout cas. Il y aura des compromis à faire, c'est certain. Il faut que chacun d'entre nous l'accepte. Ça et le fait que l'on ne peut pas se permettre de faire des choix pour de mauvaises raisons.

– D'accord, ai-je répondu.

– D'accord ? Vraiment ?

Oui, vraiment. Il fallait bien que j'admette que ce que Noah me demandait – trouver la meilleure actrice pour incarner le rôle principal dans notre film – n'avait rien d'extravagant. Je savais bien que je courais un risque, que cette fille serait peut-être Olivia. Mais si Noah était certain que cela pourrait fonctionner ainsi, j'étais tentée, pour la première fois, de lui faire confiance les yeux fermés.

– Mais j'ai quelques conditions, tout de même. On devra tout faire pour rester maîtres de notre projet. Je ne peux pas tolérer le fait qu'Olivia prenne totalement part à la production. Si on accepte d'utiliser ses contacts, ses fonds, le projet ne nous appartiendra plus. Et ça, pour moi, il n'en est pas question.

– On reste maîtres du jeu, OK, mais on fait comment pour le financer, notre film ?

– Il n'y a pas qu'Olivia Steiner qui a des ressources. On trouvera un moyen.

– Quel moyen ?

J'ai ma petite idée.

L'idée venait de germer dans mon cerveau en même temps que j'avais prononcé ces mots. Je ne pouvais pas croire que je n'y avais pas pensé avant ! J'avais été tellement obsédée par l'irruption d'Olivia dans notre projet que je n'avais même pas vu la solution juste devant mon nez.

– Violet, si on veut que ça marche cette fois, il va falloir tout se dire, se comporter comme une vraie équipe.

– D'abord, il faut que je passe un coup de fil. Dès que je sais si mon idée tient la route, je pourrai t'en dire plus.

Noah n'a pas eu l'air bien plus apaisé.

– Tu es sûre ? Parce que, si on veut vraiment faire ça, ce sera sans détour et sans cachotterie.

– Noah, regarde-moi.

J'ai passé ma main derrière sa nuque.

– Tu peux me faire confiance. Pas de cachotteries, pas de mensonges. C'est fini, tout ça. Mais je ne veux pas te donner de faux espoirs.

– Je te fais confiance, Violet, à 100 %, a-t-il répondu avant de m'embrasser.

Puis nous avons recommencé à monter notre plan d'attaque. Il nous fallait créer un planning, nous intéresser plus sérieusement aux aspects techniques du tournage – et là-dessus, heureusement que Noah s'y connaissait bien plus que moi – et, bien sûr, régler la question du personnage principal. Il restait évidemment trop peu de temps avant les vacances de Noël pour faire quoi que ce soit, mais, si nous étions bien préparés, nous pourrions relancer notre projet dès la rentrée des classes. Oublier le temps perdu, les querelles passées, les désaccords et enfin accomplir notre chef-d'œuvre, comme un point d'exclamation final à notre année de *senior*.

– Et Naya ?

J'étais persuadée que Noah allait l'évoquer d'un moment à l'autre. Comment passer outre ? Elle faisait partie intégrante de ce projet, qu'on le veuille ou non. Noah se serait sans doute moqué de moi si j'avais suggéré que notre trio se recompose en duo. Mais, même moi, je n'aurais pas pu m'y résoudre. Alors, pour éviter que le fantôme de notre coéquipière ne plane plus longtemps sur notre projet, c'est moi qui ai mis les deux pieds dans le plat.

– On ne peut pas l'oublier, tout de même, ai-je poursuivi.

Noah a fait la moue.

– Non, j'imagine que non. Mais enfin, je ne vois pas trop comment ça peut marcher, si on lui dit que l'on ne peut pas accepter l'aide d'Olivia. J'ai peur que ça ne dérape de nouveau…

– Non, non, pas de dérapage ! me suis-je exclamée. Et, tiens, pour te prouver que je suis prête à laisser le passé derrière nous, je te propose un marché. Je règle la question du financement, et nous allons, ensemble, annoncer à Naya que nous sommes prêts à repartir de plus belle.

– Tu peux vraiment faire ça ?

– Je croyais que tu me faisais confiance à 100 % ?

E-mail de **isafontaine@myemail.com**
à **violetfontaine@myemail.com**
le jeudi 15 décembre à 7 h 22
Sujet : Ton film

Hello ma chérie,

J'ai bien réfléchi à la question que tu m'as posée. J'apprécie que tu m'aies demandé mon avis, mais, après mûre réflexion, je pense que cela ne me concerne pas. Tu es libre de le contacter et de lui demander tout ce que tu veux. Mais je tiens tout de même à te prévenir, cela risque d'être plus compliqué que tu ne l'imagines. J'espère juste que tu ne seras pas trop déçue si la réponse est négative. Ton père ne s'est jamais préoccupé de tes intérêts par le passé…

En attendant, je me réjouis de te retrouver dans quelques jours à la maison !

Bises,

Maman

Un marché

Vendredi 16 décembre

Je savais que la partie n'était pas jouée d'avance, mais le plus dur était passé : maman m'avait donné sa bénédiction. Il n'aurait pas été question de me lancer là-dedans sans lui demander, si ce n'est son autorisation, tout du moins son avis. Et maintenant, il ne me restait plus qu'à passer un coup de téléphone. Mais quel coup de téléphone ! Parce que voilà : ce serait la première fois de ma vie que je demanderais une faveur à mon père. La première fois ! Et, honnêtement, même si maman m'avait prévenue, je ne m'attendais pas à ce que ce soit si difficile. Car pour arriver à entrer en contact avec Paul Walmsley, il faut déjà passer le barrage des secrétaires, qui ont des ordres stricts de ne déranger leur patron que pour des situations de la plus haute importance. Alors, bien sûr, j'aurais pu leur clouer le bec en leur répondant « c'est sa fille ! » mais je ne suis pas sûre qu'il aurait beaucoup apprécié que je vende la mèche aussi facilement. Et vu que je l'appelais pour demander son aide, autant éviter de me le mettre à dos !

Il m'a fallu insister, ruser, inventer une fausse excuse ou deux, et même, à la fin, supplier. Puis, quand j'ai enfin eu mon père au téléphone, il avait l'air si détaché, si distant, que je me suis demandé s'il savait qui j'étais. Au moins, il se souvenait de mon prénom.

– Ah, Violet, j'ai appris que tu avais cherché à me joindre plusieurs fois. Ça a l'air important.

– Ça l'est. Je ne me permettrais pas de te demander une telle faveur si ce n'était pas important.

– Quel genre de faveur ?

J'ai exposé à l'étranger qui me sert de père les grandes lignes de notre film, chiffres à l'appui. J'ai insisté sur la passion et le travail que mon équipe et moi y avions investis, sur le sérieux et le professionnalisme dont nous faisions preuve et sur l'importance d'obtenir le budget nécessaire à réaliser un film de cette envergure. Je n'avais pas envie de faire dans le mélodramatique, mais je n'ai pas hésité à lui faire remarquer que, si je le contactais pour lui demander de l'argent, c'était que cela m'importait bien plus qu'il ne pouvait l'imaginer.

– Je vois, a-t-il simplement répondu.

– Nous avons déjà essayé de récolter des fonds par divers moyens et, pour le moment, nous avons fait chou blanc. Je ne savais plus vers qui me tourner…

Avant de composer son numéro de téléphone, j'avais compilé une liste d'arguments. J'avais lu assez d'articles sur Paul Walmsley, et entendu assez d'histoires de la part de Simon et de maman, pour savoir quel fin négociateur il était. Il n'allait pas me faire un chèque aussi facilement.

– Je sais que je pourrais attendre mes 18 ans et mon héritage, mais je monte ce projet avec deux amis lycéens et on souhaite boucler la production avant la fin de l'année scolaire. L'année prochaine, on sera tous éparpillés. Si on ne le termine pas au plus vite, on ne le terminera jamais…

– Écoute, Violet, j'ai une réunion dans cinq minutes, alors je vais être bref. Je t'ai déjà dit ce qui m'importe vraiment : que ma famille ne soit pas salie par une… erreur que j'ai commise dans ma jeunesse.

J'ai dégluti au son du mot « erreur ». Je sais que j'ai beaucoup de défauts, mais celui d'être une « erreur » me déplaît particulièrement.

– Enfin, je veux dire, ce qui est fait est fait. Maintenant, tu le sais, je cherche à limiter la casse. Alors, je peux le financer ton film, mais à une seule condition, et tu dois déjà savoir laquelle…

– Que je sois muette comme une tombe au sujet de mes origines.

– Et que tu ne divulgues aucune information sur les Walmsley, ma relation avec ta mère, les conditions de ton héritage, en bref, que tu te refuses à tout commentaire, et auprès de quiconque, sur cette affaire.

– *Deal* [1], ai-je annoncé sans plus attendre.

– Et bien sûr, il va sans dire que tu ne peux préciser à personne les détails de notre arrangement.

– C'est-à-dire ?

– Que je ne veux avoir aucun lien avec ton film. Il ne manquerait plus que quelqu'un croie que j'essaie d'acheter ton silence. Donc, ma collaboration devra être strictement anonyme.

– C'est entendu.

J'ai eu un très bref moment d'hésitation. J'avais promis à Noah de lui dire la vérité et toute la vérité. Mais, ce à quoi je n'avais pas vraiment réfléchi, c'est que Noah ne savait rien de mon père. Il ne savait pas que je l'avais rencontré, et

---

1. *Deal* : marché conclu.

il ne comprendrait sans doute pas comment j'avais pu le convaincre de nous faire un don de plusieurs milliers de dollars en l'espace de quelques jours. Bien sûr, Noah ne pouvait pas savoir que, pour quelqu'un comme Paul Walmsley, une telle somme était dérisoire, et il ne le saurait désormais jamais. C'était dans notre intérêt à tous.

– Très bien, dans ce cas, mon assistante te contactera pour arranger le transfert des fonds. Tu auras 25 % à la rentrée. Puis le reste par tranches de 25 % par mois, en partant du principe, évidemment, que tu respectes notre accord. Cela te convient-il ?

– Cela me convient.

– Dans ce cas, je te laisse, on m'attend.

Et mon père a raccroché. Dans d'autres circonstances, j'aurais sans doute été peinée par sa façon de me traiter comme une étrangère avec laquelle il venait de conclure un marché de travail. Il fallait bien que je m'y habitue, mes relations avec celui qui n'avait de père que l'appellation biologique resteraient probablement toujours aussi impersonnelles. Mais, à ce moment-là, il n'y avait qu'une seule chose qui comptait vraiment : nous allions pouvoir réaliser notre film ! Maintenant que la question du budget était résolue, tout se mettrait en place, j'en étais sûre. J'ai appelé Noah dans la foulée.

– J'ai une bonne et une mauvaise nouvelles, ai-je annoncé alors qu'il venait à peine de décrocher. Je commence par laquelle ?

Noah a soupiré.

– Disons la mauvaise.

– Je ne peux pas te dire exactement comment j'ai obtenu l'argent pour notre film.

– Ah non, Violet ! Tu m'avais promis, plus de secrets… attends une seconde, « comment tu as obtenu… », tu veux dire que… ?

– Oui ! me suis-je écriée. Je veux dire que la question est réglée. Définitivement, Noah, tu m'entends ? On va pouvoir le faire notre film, exactement comme on l'entend, et sans rendre de comptes à personne !

– Wow ! Je n'arrive pas à y croire ! C'est génial, génial, génial !

– Hé hé hé, je t'avais dit que j'y arriverais !

– Mais attends, c'est quoi cette histoire ? Pourquoi est-ce que tu ne peux pas me dire d'où vient l'argent ?

– Je suis vraiment désolée, mais c'est comme ça, ça fait partie du contrat, si je puis dire.

– Et le contrat que tu as passé avec moi, c'est d'être honnête en toute occasion.

– Crois-moi, si ça ne tenait qu'à moi, je te dirais tout, sans retenue. Est-ce que tu peux me faire confiance là-dessus ?

– Je te fais confiance, mais ça ne me plaît pas trop, c'est tout.

– Moi non plus, ça ne me plaît pas, mais je n'ai pas eu le choix. C'était ça ou rien. Au final, l'important c'est que l'on ait l'argent, non ?

– Moui… C'est vrai. Et c'est grâce à toi, merci, merci !

– Oh ! là là ! je crois que je réalise seulement maintenant que tout cela, c'est pour de vrai !

– Tu sais quoi ? Je réalise surtout que l'on a du pain sur la planche ! a-t-il lancé avec un rire, avant d'ajouter, un peu plus sombre : Je crois qu'il est temps qu'on appelle Naya.

Si Noah craignait nos retrouvailles avec Naya, il pouvait désormais être rassuré. Nous lui avions proposé de nous rencontrer chez Cookie, pour reprendre nos vieilles habitudes, et elle était arrivée pile à l'heure et prête à écouter ce que nous avions à lui dire. Noah m'avait demandé de prendre la parole, et je dois bien admettre que je n'en menais pas large. Comment expliquer, avec un semblant de tact, que nous ne voulions pas qu'Olivia touche à nos affaires ? Comment justifier la somme d'argent prêtée par mon père ? Mais surtout, surtout, comment pouvions-nous faire renaître notre projet – et avec lui, peut-être, notre amitié – après tout ce qui s'était passé ?

Mais Naya a pris la nouvelle, toutes les nouvelles, avec cette grâce qui la caractérise tant.

– Je dois bien dire que je ne suis pas d'accord avec vous sur tous les plans. Comme tu l'as fait remarquer, il va falloir que nous fassions tous des compromis.

– Ça veut dire que tu es partante ? ai-je demandé en tâchant de dissimuler l'excitation dans ma voix.

– Je suis partante, si tu penses vraiment tout ce que tu as dit. On agit en équipe, tous les trois ensemble, et dans le meilleur intérêt de notre film.

– Je le pense vraiment, Naya. Nous le pensons vraiment, ai-je précisé en jetant un petit coup d'œil à Noah. J'ai failli, un instant, poser ma main sur la sienne à travers la table, mais me suis ravisée à temps. Au-delà de notre décision de garder notre idylle pour nous, je n'aurais surtout pas voulu mettre Naya mal à l'aise.

– Alors, c'est reparti ? est intervenu Noah.

– C'est reparti, a confirmé Naya avec son sourire le plus charmeur.

Formelle, elle nous a serré la main à tous les deux, puis nous avons trinqué à la réussite de notre court-métrage. Dix minutes plus tard, alors que nous étions lancés sur tout ce qu'il y aurait à faire dès la rentrée des vacances, on aurait dit que nous nous étions quittés la veille.

– Bon, il faut que j'y aille, a annoncé Noah en consultant sa montre. J'ai entraînement de basket dans vingt minutes.

Je m'apprêtais à me lever en même temps que lui quand Naya m'a retenue.

– Tu veux bien rester un peu ?

Noah a froncé les sourcils avant de s'éclipser sans plus de cérémonie.

– Je suis vraiment ravie, ai-je dit une fois qu'il était parti. Je sais que je n'ai pas toujours été très tendre avec toi et, franchement, je n'étais pas sûre que tu aies envie de continuer à travailler avec moi.

Une ombre est passée sur le visage de la belle Indienne.

– On était si bien lancés… Ce serait trop bête de ma part de refuser. Mais je t'avoue que je suis un peu triste que notre amitié ait déraillé ainsi. Je savais depuis le début que ça n'allait pas être facile, mais, je te le dis sincèrement, ton amitié pendant ces quelques mois a beaucoup compté pour moi.

– Je ne vois pas pourquoi on ne pourrait pas redevenir amies, me suis-je entendu dire.

– Vraiment ? Je pensais que tu ne voulais plus entendre parler de moi, que tu ne viendrais même plus à New York.

Mon Dieu, comment avais-je pu être si tête en l'air ? Après que Lou me l'avait rappelé quelques jours plus tôt, je m'étais efforcée de me souvenir d'appeler la compagnie aérienne pour changer mes billets. Chaque matin, je me disais qu'il fallait que je les appelle en rentrant à la maison.

Et chaque soir, quand je me souvenais au moment de me coucher que je ne l'avais toujours pas fait, je me promettais de m'y atteler dès mon réveil. Cette petite mascarade avait duré pendant plusieurs jours, avant que j'oublie complètement. J'étais tellement perdue dans mes pensées – à imaginer la réaction de maman quand je lui avouerais ma bourde – que la voix de Naya m'est parvenue presque que comme dans un rêve.

– L'invitation tient toujours, si tu le souhaites.

– Pardon ?

– Je comprendrais que ça ne t'intéresse plus, mais, si tu veux encore venir passer quelques jours chez moi à New York, tu es la bienvenue.

J'ai hoché la tête, pensive, désorientée, un brin effrayée.

– Eh bien ce sera avec plaisir.

– C'est vraiment reparti, alors, a-t-elle répondu songeusement.

E-mail de **erik@LApublic.com**
à **violetfontaine@myemail.com**
le vendredi 16 décembre à 20 h 14
Sujet : le cœur brisé
Ma très chère Violet,

J'ai le cœur brisé… Tu n'as répondu à aucun de mes messages, et pourtant, j'aimerais tant te revoir. S'il te plaît ! Un café, c'est tout ce que je demande.

Bye,
Erik

Sur le départ

Dimanche 18 décembre

Ma valise était faite. Je l'avais sortie du placard une semaine plus tôt et avais dû la faire et la défaire trois fois. J'étais partagée entre l'envie d'emporter la moitié de ma garde-robe achetée en Californie – pour me pavaner dans Paris avec mon nouveau look – et la conviction que j'aurais cent douze choses à rapporter de mes vacances en France, et qu'il fallait absolument que je voyage léger. Et donc, après de nombreuses négociations avec moi-même, j'en étais arrivée à préparer une valise pleine, avec mes vêtements préférés, ainsi la paire de bottines que je venais de m'offrir et qui seraient parfaites pour déambuler dans Paris, mais avec tout juste assez de place pour rapporter mes cadeaux de Noël. J'avais aussi emballé mes propres cadeaux, glissés ceux pour maman, mes grands-parents et Lou dans ma valise, et posé ceux destinés à Simon et à Susan sous le sapin dans le salon. J'avais pris un tel plaisir à le décorer avec Susan le week-end dernier ! Mais malheureusement, je ne serais pas là pour célébrer Noël avec mon oncle et ma tante préférés. Alors, en guise de consolation, nous avons organisé hier soir un petit repas aux airs de Noël, rien que tous les trois. Je savais bien que je ne partais que pour deux semaines, mais ils allaient me manquer, c'était certain !

Noah, quant à lui, avait insisté pour que l'on passe notre samedi ensemble, à profiter l'un de l'autre, et avec l'interdiction formelle de parler boulot. Nous avons aussi échangé nos cadeaux : du parfum pour lui et un superbe bracelet en argent pour moi. J'ai poussé un cri quand j'ai déballé le paquet ! Je savais que Noah n'avait pas pu demander l'avis de mes amies, puisqu'elles ne savaient toujours rien de nos retrouvailles, alors il était d'autant plus impressionnant qu'il réussisse à choisir un bijou aussi parfait : une délicate chaîne en argent au milieu de laquelle trônait un papillon décoré de strass. J'ai demandé à mon amoureux de le passer à mon poignet illico. Ce merveilleux cadeau me ferait penser à lui pendant tout mon voyage et je savais déjà que je ne pourrais plus jamais me résoudre à l'enlever.

J'avais fini mes devoirs, rangé ma chambre, rendu mon dernier papier pour le journal qui devait paraître à la rentrée. J'avais envoyé les détails de mon vol pour New York à Naya qui viendrait me chercher à l'aéroport avec son père. Tout était prêt pour mon départ. À l'exception d'un petit détail. Un petit détail que je ne pourrais régler que devant un café, apparemment. Oui, j'avoue, j'avais été très tentée d'ignorer tous les messages d'Erik. Il finirait bien par se lasser, non ? À mon retour en janvier, il m'aurait sans doute oubliée. Mais je voulais pouvoir partir le cœur léger, sans avoir à me soucier de lui. J'allais être honnête avec lui : j'étais prise. Qu'elles soient sincères ou non, ses avances ne m'intéressaient plus. Cela dit, son dernier message m'avait touchée, et je n'avais pas pu le laisser languir plus longtemps. Je ne saurais dire si c'était parce que j'étais flattée qu'il s'accroche autant à moi, ou parce que je ne pouvais que trop bien comprendre sa douleur d'avoir grandi sans père, mais j'ai accepté de le retrouver peu après midi. Et puis, s'il se montrait trop insistant, j'avais une excuse en or : mon avion décollait à 16 heures et je ne pourrais donc pas m'attarder. Je lui avais donné rendez-vous dans un café près de chez moi, où je n'étais jamais allée auparavant, je ne risquais d'y croiser personne et je n'y retournerais probablement jamais.

– Ah, Violet ! J'ai cru un instant que tu n'allais pas venir !

Erik s'est immédiatement levé pour me prendre dans ses bras. Je me suis raidie comme une perche, pour me garder de l'encourager mais, s'il a remarqué mon malaise, cela ne l'a pas empêché de continuer. Nous avons échangé quelques plaisanteries d'usage, et sa mine s'est soudainement assombrie.

– Je t'envie d'être aussi enjouée à l'approche de Noël.

– J'ai de quoi me réjouir ! Je rentre à Paris, je vais voir ma mère, mes copines…

– Moui… Pour moi Noël, c'est vraiment une période trop difficile.

– C'est à cause de ton père ?

Erik a hoché la tête.

– Une fête de famille avec une famille incomplète, ça ne me donne pas envie.

– Tu sais, le mot « famille » a une définition différente pour tous. Ce n'est pas forcément celle du sang.

– Tu veux dire, comme avec Simon ?

– Oui, enfin, non. Enfin, je veux dire que j'ai appris à faire avec ce que j'ai. Et finalement, je trouve que j'ai de la chance.

– Tu as de la chance ? Tu es tellement optimiste… Moi, il n'y a pas un jour qui passe sans que j'espère que mon père se manifeste. Mais à Noël ou lors de mon anniversaire, c'est encore pire.

Je ne comprenais que trop bien ce qu'Erik était en train d'exprimer. Pendant des années, j'avais fantasmé que mon père m'envoie une lettre pour mon anniversaire, expliquant les raisons de son absence et me demandant de le pardonner. À l'époque, je ne pouvais pas savoir que les excuses, ce n'était pas vraiment le genre de Paul Walmsley.

– Je comprends…

– Non tu ne comprends pas ! Tu me dis que tu n'as jamais rencontré ton père, que tu ne sais pas d'où tu viens, et tu as l'air de t'en moquer complètement. C'est curieux, surtout de la part d'une fille si passionnée.

– C'est plus compliqué que ça.

– Ce n'est pas si compliqué. Je pensais qu'on était pareils, toi et moi. Je croyais que tu pouvais me comprendre…

– Qu'est-ce que tu racontes ?

– Tu m'as menti, non ?

Erik a fouillé dans la poche intérieure de sa veste et en a ressorti une feuille imprimée, qu'il a posée face contre la table.

– Il y a quelques jours, je faisais des recherches sur une starlette, une nouvelle chanteuse qui est en train de percer, Lea Dinning, tu la connais ?

J'ai fait signe que non.

– On va faire un article sur elle, bientôt. Bref, j'ai parcouru tout un tas de clichés d'elle, pris par des paparazzis récemment. Tu connais le Ginger Palace ? C'est un restaurant huppé dans Beverly Hills.

J'ai fait signe que non une nouvelle fois, mais mes joues commençaient à s'empourprer.

– Je t'ai ouvert mon cœur Violet. Je t'ai tout raconté sur mon enfance et, quand tu m'as raconté la tienne, je croyais qu'il y avait un truc entre nous. Pourquoi m'as-tu menti ?

– Je ne t'ai pas menti.

– Alors, c'est qui ça ?

Sur ces mots, Erik a retourné la feuille sur laquelle était imprimé la photo d'une jeune fille métisse, aux cheveux courts, portant une robe à paillettes et des talons de douze centimètres. Elle était en train de sortir du restaurant, et un paparazzi, sans doute caché derrière une voiture dans le parking, avait pris ce cliché volé. À un mètre ou deux derrière elle, on pouvait apercevoir un homme en costume élégant.

La légende de la photo précisait : « Lea Dinning sort du Ginger Palace le jeudi 20 octobre. Il y avait du beau monde ce soir-là dans le restaurant étoilé ! Derrière elle, on aperçoit Paul Walmsley, de l'empire immobilier britannique Walmsley ».

Erik pointait mon père du doigt, à côté duquel on pouvait distinguer une forme féminine. Mon visage était en partie camouflé par la starlette et la mauvaise qualité de la photo n'était pas très convaincante, mais quiconque me connaissait aurait probablement reconnu les ballerines rouges que je portais à toutes les sauces et mon légendaire chignon coiffé décoiffé.

– Je me suis demandé comment tu t'étais trouvée à dîner avec un homme comme Paul Walmsley. Alors, j'ai continué à fouiller…

– Bon, arrête Erik, ça suffit !

– Le monsieur là, il a un frère, Daniel Simon Walmsley. J'ai trouvé une photo de lui sur Internet – ce n'était pas bien difficile – et tu sais quoi ? Il ressemble à s'y méprendre à Simon Porter… Une véritable coïncidence, tu ne trouves pas ?

– Qu'est-ce que tu veux que je te dise ?

– La vérité. Tu me dois bien ça, non ?

– Je ne te dois rien du tout !

– Je me suis confié à toi, Violet, et tu t'es bien moqué de moi.

Je me suis rappelé l'expression torturée qu'Erik avait affichée lorsqu'il m'avait raconté son histoire et les larmes qui lui étaient montées aux yeux. Je ne lui devais rien du tout, mais pourtant, un sentiment de honte m'a envahi. J'avais l'habitude de dire des mensonges ou bien d'esquiver la vérité lorsqu'il s'agissait de mon père, mais je n'avais jamais souhaité faire de mal à qui que ce soit. Erik continuait à m'implorer du regard.

– Paul Walmsley, c'est ton père, c'est bien ça ?

– Oui.

Contrite, j'ai noyé mon regard au fond de ma tasse à café.

E-mail de **info@youngscreenwritersawards.com**
à **violetfontaine@myemail.com**
le lundi 19 décembre à 10 h 45
Sujet : Félicitations !

Chère Mlle Violet Fontaine,

Nous avons le plaisir de vous annoncer que votre scénario est arrivé parmi les dix meilleurs de notre compétition, le plaçant ainsi en demi-finale. Les finalistes et les gagnants seront annoncés début 2012.

Bien à vous,

L'équipe des *Young Screenwriters Awards*

New York, New York

Mardi 20 décembre

Aucun film, aucune série télévisée, aucun reportage n'aurait pu me préparer à cela. New York a beau être une des villes les plus décrites au monde, je sais désormais que rien ne vaut de parcourir ses avenues dominées par les innombrables gratte-ciel plus hauts les uns que les autres, d'observer ses taxis jaunes traverser la ville comme une armée, de voir la fumée s'évaporer de ses bouches de métro et monter jusqu'au ciel. New York ne ressemble à aucune ville que j'ai visitée auparavant. Elle est bruyante, mouvementée, électrisante, tourbillonnante et totalement addictive. Mais avant de découvrir cette ville fascinante, j'ai passé ma première nuit chez Naya. Après leur déménagement à Los Angeles, ses parents ont conservé leur appartement new-yorkais, car son père continue de s'y rendre régulièrement pour son travail. Jusque-là, j'avais toujours considéré Naya comme une fille plutôt normale. Je ne sais pas pourquoi j'avais autant de mal à accepter que Naya fasse plus partie du clan des Olivia Steiner que de celui des Violet Fontaine. Je me doutais bien qu'elle venait d'une famille aisée, mais ce n'est qu'en entrant dans la maison sur trois étages que la famille Singham possède dans le sud de

Manhattan[1] que j'ai pris toute la mesure de la situation de mon amie. La maison était décorée de manière assez classique : imposants meubles en bois sombre, épais rideaux drapés entourant chaque fenêtre, tapis persans dans les deux pièces à vivre et lumières tamisées. Il y avait aussi de nombreuses toiles accrochées au mur, conférant à la demeure un aspect luxueux mais toutefois élégant et discret, loin de l'opulence affichée de la demeure des Steiner. J'avais du mal à imaginer la Naya que je connaissais grandir entre ces murs, mais, comme je l'ai appris un peu plus tard, je ne la connaissais pas autant que je croyais.

Hier, après une nuit au sommeil agité dans la chambre d'amis des Singham, et un petit déjeuner de bagels au *cream cheese*, Naya s'est enquis de ce que j'avais envie de faire pour mon premier jour à New York. Le truc, c'est que je voulais tout faire, tout voir, tout expérimenter. Je savais bien que c'était impossible en l'espace de trois jours, alors je lui ai simplement répondu de m'emmener dans ses endroits préférés. Je ne pourrais peut-être pas explorer New York dans tous ses recoins mais, au moins, j'aurais la chance de découvrir New York selon Naya. Et quelle journée splendide ce fut !

Nous avons commencé la journée à Washington Square, où se trouve une réplique de l'Arc de Triomphe et où des musiciens en tout genre viennent jouer à longueur de journée pour divertir les passants. Il y a même un piano en plein milieu de la place ! Puis nous avons déambulé dans le West Village, avec ses petites rues bordées d'arbres, ses maisons en brique charismatiques, ses

1. L'île principale de la ville de New York.

boutiques classieuses et ses petits cafés *trendy*. Après avoir déjeuné dans l'un d'entre eux, nous avons pris le métro en direction de Times Square. Naya m'avait prévenue : « C'est bondé de touristes, tu vas vite avoir envie de déguerpir ! » Mais il fallait que je voie ça : Broadway, les milliers de néons étourdissants, le centre névralgique de la ville. Ensuite, nous avons remonté la 5e Avenue, et j'avais bien envie de me prendre pour Audrey Hepburn quand nous sommes passées devant la célébrissime bijouterie, j'ai nommé Tiffany's. Sauf que je portais un jean et un manteau bien moelleux, et que mes pieds commençaient sérieusement à me faire souffrir. Question glamour, ce n'était pas vraiment ça. Mais ça m'était bien égal, j'étais sur la 5e Avenue ! Et rien de ce qui s'est déroulé par la suite ne pourra changer cela. C'est un souvenir que je chérirai toujours, et qui ne se laissera pas ternir par le reste.

J'avais passé la nuit à tourner et à me retourner sans pouvoir trouver le sommeil. J'aurais pu mettre cela sur le fait de dormir dans un lit inconnu mais, au fond, je savais ce qui me tracassait : en plus de nous avertir par e-mail, les *Young Screenwriter Awards* avaient publié sur leur site Internet la liste des demi-finalistes, et je craignais d'être démasquée à tout moment. Est-ce que j'étais flattée d'être arrivée si loin dans la compétition ? Oui, un peu au fond, mais ma fierté avait été de courte durée. Je savais que j'avais agi de manière impulsive, sous le coup de la colère, et que ma candidature n'était de toute façon pas légitime. Je craignais donc d'avoir à faire les frais de cette erreur colossale. Noah ne me pardonnerait pas, j'en étais certaine. Mon seul espoir résidait dans Naya. Si j'arrivais à la convaincre que ça n'avait été qu'un acte insensé et que je comptais faire tout ce qui était en mon pouvoir pour réparer les dégâts, peut-être me soutiendrait-elle lorsque j'affronterais les foudres de Noah. Il se pouvait aussi qu'elle se révolte contre moi, mais quelque chose me disait que sa réaction ne pourrait jamais être aussi virulente que celle de Noah. Parce que j'étais sa petite amie en plus d'être sa coéquipière, mais aussi et surtout parce qu'il m'avait maintes fois fait promettre que je ne lui cacherais plus jamais rien. Alors, c'était décidé, il fallait que j'avoue tout à Naya en premier.

Quant à Erik, j'avais des frissons rien qu'en repensant à la scène qu'il m'avait faite avant-hier. J'avais déguerpi aussi rapidement que j'avais pu. Je ne comprenais rien à son charabia, ni de quoi il m'accusait vraiment. Après avoir retourné la question dans tous les sens toute la nuit durant, j'en étais arrivée à la conclusion qu'il avait dû se sentir insulté que je partage avec lui mon histoire de fille abandonnée par son père, sans lui faire part du dénouement. Une chose était sûre, je n'avais rien compris à ce garçon du début jusqu'à la fin. Pouvait-il être sensible à ce point ? Pouvait-il être si traumatisé par l'absence de père ? Il fallait croire que oui. Une chose était sûre, je ne le reverrais plus jamais. En le quittant, je lui avais dit que j'étais désolée si je lui avais fait de la peine, mais que j'étais amoureuse d'un autre, et que je ne pourrais plus le revoir. Puis j'avais effacé son numéro de téléphone et son adresse e-mail de mes contacts. Maintenant, il me restait à effacer son souvenir, ce qui serait sans doute moins facile que d'appuyer sur un bouton.

Cependant, si j'ai passé la journée dans un état d'épuisement avancé, je me suis efforcée de chasser mes idées noires et de profiter pleinement de mes premiers moments à

NYC[1]. J'ai sans doute été moins bavarde et moins gaie qu'à mon habitude, mais, curieusement, je n'ai pas été la seule. Naya s'est comportée comme une parfaite guide touristique, m'abreuvant de détails sur chaque quartier ou chaque monument, mais quelque chose ne tournait pas rond. Elle avait l'air préoccupée, distraite, et parfois carrément morose. Je lui ai demandé à plusieurs reprises si quelque chose n'allait pas, mais elle s'est tout de suite ragaillardie en me racontant telle ou telle anecdote sur sa ville natale. Nous avons terminé l'après-midi sur un banc aux abords de Central Park, à nous reposer de notre journée marathon dans un silence presque complet.

Puis, en rentrant chez elle, j'ai été soulagée de constater que ses parents et son grand frère dîneraient avec nous. C'est eux qui ont mené la conversation pendant tout le repas et je leur en ai été secrètement reconnaissante. Je sentais la pression monter en moi et j'ai dû rassembler toutes mes forces pour me comporter en invitée modèle. Naya a annoncé qu'elle était épuisée dès la fin du dîner et cela me convenait tout à fait : j'avais grand besoin de me retrouver seule et de tenter de mettre de l'ordre dans mes idées.

Mais ma seconde nuit a été tout aussi mouvementée et j'avais les yeux encore bouffis par le manque de sommeil quand j'ai retrouvé Naya autour de la table de la salle à manger. Le moment était venu, il fallait que je vide mon sac et que je prenne la mesure des dégâts que j'avais causés.

---

1. New York City.

– Naya, il faut que je te dise quelque chose. J'ai fait une bêtise et, enfin, il faut que je t'explique.

Mon amie m'a répondu d'un regard navré.

– Après le casting, j'étais très fâchée contre Noah et toi. Je sais que ça n'excuse rien, mais j'avais l'impression que le film m'échappait, et j'ai entendu parler de cette compétition…

– Les *Young Screenwriter Awards*. Je suis au courant.

– C'est impossible, la seule personne à qui j'en ai parlé…

– Je suis au courant, c'est tout.

– Mais je ne comprends pas…

– N'insiste pas, Violet.

– Oh, Naya, si tu savais comme je m'en veux ! Je ne sais pas ce qui m'a pris.

– Qu'est-ce que tu t'es imaginée, Violet ? Que c'était toi qui l'avais écrit ce scénario ? Que Noah et moi n'étions que des figurants ?

Naya parlait d'une voix teintée de résignation, mais totalement dénuée du mépris auquel je m'étais attendue de sa part.

– J'étais très contrariée… mais ce n'était pas une raison pour vous poignarder dans le dos.

– Ravie que tu l'admettes.

Un long silence s'est installé entre nous. Les larmes commençaient à me monter aux yeux, mais je devais me montrer forte. Il fallait que je convainque Naya de mes remords, mais surtout, il fallait que je la mette de mon côté : si elle ne pouvait pas me pardonner, je n'avais plus aucune chance avec Noah.

– Il y a un truc qui m'échappe. Si tu savais que j'avais soumis le scénario en secret, pourquoi as-tu accepté de continuer à travailler avec moi ? Pourquoi m'as-tu invitée ici ?

– Parce que je voulais te laisser le bénéfice du doute, une nouvelle fois. Peut-être que j'avais besoin de voir par moi-même si tu étais vraiment aussi malhonnête que ça.

– Oh, si tu savais ! Je ferais tout pour réparer ça ! Je vais me retirer de la compétition et tout cela ne sera plus qu'un vilain souvenir.

– Si seulement c'était aussi simple que ça, a murmuré Naya.

Et là, je n'en pouvais plus. Les larmes ont coulé à flots sans que j'essaie de les retenir. Tout à coup, le film ne m'importait plus du tout. Tout était gâché, tout avait été gâché depuis le départ. Le projet pouvait bien tomber en lambeaux, ça m'était égal. Ce qui m'importait, c'était d'être avec Noah. À ce moment-là, j'étais tellement désespérée que je me suis embourbée encore plus dans mon malheur.

– Je sais que tu n'as aucune raison de m'aider, mais s'il ne te reste ne serait-ce qu'une once d'amitié pour moi, s'il te plaît, ne dis rien de tout cela à Noah.

– Tu veux que je lui mente ?

– Non… enfin, si. Je t'en supplie ! S'il l'apprend, il va tellement m'en vouloir et tout sera fini entre nous.

– Je crois que tout est déjà fini de toute façon, a prononcé Naya dans un autre murmure presque inaudible.

– Pardon ?

– Pourquoi est-ce que tu as si peur de lui ? Si peur de sa réaction ?

– Parce que j'avais promis de ne plus jamais rien lui cacher.

– Et moi dans tout ça ? Tu ne m'as jamais fait confiance, de toute façon !

– Ce n'est pas la même chose. Noah et moi, enfin... je n'étais pas censée te le dire mais... on s'est remis ensemble, voilà tout. Il m'a déclaré son amour avant les vacances et...

– Noah et toi ? Ensemble ?

Naya a plaqué sa main devant sa bouche ouverte.

– Oui. On avait décidé de n'en parler à personne avant la rentrée. Alors, tu vois, s'il apprend la vérité, il me quittera sur-le-champ.

Elle s'est relevée brusquement et a commencé à faire les cent pas.

– Je n'arrive pas à y croire. Je n'arrive pas à y croire, a-t-elle répété en fixant le sol.

– Je suis désolée Naya, je ne devrais pas te demander ça, mais, tu ne te rends pas compte, si je le perds de nouveau, ma vie est fichue !

Naya est restée clouée à l'autre bout de la pièce. Je pouvais à peine distinguer les larmes qui coulaient le long de ses joues.

– Je n'arrive pas à comprendre comment les choses ont pu si mal tourner. Je n'aurais jamais dû m'approcher de toi.

Elle ne pouvait même plus me faire face.

– Ne dis pas ça ! Moi aussi, j'ai longtemps pensé que notre amitié était complètement improbable, mais c'est faux, c'est faux !

– Tu ne peux pas comprendre, Violet !

Secouée par les sanglots, elle a pris son visage entre ses mains.

– Alors explique-moi ! Parce que si je vais perdre mon petit copain et une de mes meilleures amies, j'aimerais au moins savoir ce qui se passe !

– Je ne peux pas ! Je ne peux pas !

– Bien sûr que tu peux !

Naya s'est rapprochée, lentement, et a pris une grande inspiration avant de fixer de nouveau son regard sur le parquet. Sa voix était faible, enrouée.

– Noah, je... je croyais qu'il était amoureux de moi. Après le casting, on a continué à se voir en dehors du lycée. En copains, au départ, et puis, une chose en entraînant une autre, on s'est embrassés et...

Mon cœur s'est arrêté de battre. Naya a continué à parler mais mon cerveau refusait d'assimiler un mot de plus. J'ai attrapé mes affaires, me suis précipitée vers la porte et suis partie sans me retourner.

J'ai erré dans les rues de New York pendant des heures. La ville me paraissait soudain plus hostile, plus brutale. Un passant pressé m'a poussée hors de son chemin. Un taxi impatient a grillé un feu rouge au moment où j'allais traverser. Deux filles apprêtées m'ont reluquée de la tête aux pieds avec dédain. Le message était clair, je n'étais pas la bienvenue par ici. Comment avais-je pu croire un instant que moi, Violet Fontaine, je pouvais être heureuse ? Ma vie était plein de choses à la fois : des voyages, des amitiés profondes, des découvertes bouleversantes, une passion inassouvissable pour l'écriture, des idées fantasques qui me faisaient toujours un peu plus vibrer. Mais le bonheur ne semblait pas vouloir en faire partie. Depuis que je vivais à Los Angeles, je n'avais jamais réussi à être heureuse en amour et dans mon travail en même temps. J'avais toujours dû faire des sacrifices, accepter que ma vie soit constamment déséquilibrée, que je ne pourrais jamais tout avoir. Et maintenant, j'avais perdu les deux, définitivement. Normal que New York ne veuille pas de moi. C'était la ville de tous les rêves, de toutes les réussites, de toutes les grandes histoires d'amour. Je n'avais rien à faire ici. Dans moins de quarante-huit heures, je serais chez moi. Chez moi ! Ces deux mots ne m'avaient jamais autant rassurée. Là-bas, je serais entourée des personnes qui me sont les plus chères. Qui me comprennent. Qui m'acceptent telle que je suis. Avec mes défauts, mes erreurs, mes failles. Peut-être que c'était cela, la solution ? Parce que, pour le moment, je ne pouvais pas me sentir plus rejetée, bafouée, déniée. Et pourtant, cette confession qu'elle m'avait faite, ce n'était que le début de ma descente aux enfers.

Le coup final

Mercredi 21 décembre

J'ai fini par atterrir dans un petit café parsemé de plantes vertes. Le patron avait l'air sympathique et n'a rien dit au fait que j'ai passé trois heures devant un café *latte* et un muffin. J'ai sorti mon journal intime de mon sac – eh oui, je l'emporte partout avec moi, surtout en voyage – et j'ai écrit, écrit, écrit jusqu'à ce que ma main soit engourdie. C'est ce que je fais toujours quand je touche le fond, que plus rien n'a de sens dans ma vie.

Et puis, quand la nuit a commencé à tomber, j'ai su que je ne pourrais pas l'éviter. Il fallait que je rentre chez Naya, quitte à compter les heures jusqu'à ce que mon avion décolle le lendemain après-midi, aujourd'hui, donc.

Elle m'attendait, assise sur le canapé, les yeux rougis, les cheveux décoiffés. Comment Noah avait-il pu se jouer de nous deux ? Avait-il vraiment des sentiments pour elle ? Avait-il été sincère quand il m'avait avoué ses sentiments pour moi ? Je ne pouvais pas m'empêcher de constater l'ironie de la situation : celui qui prêchait la sincérité et la transparence ferait mieux de balayer devant sa porte.

Je me suis dirigée vers la chambre d'amis sans un bruit, mais Naya m'a retenue.

– Violet, viens ici, s'il te plaît. Il faut que je te parle.

– Je ne crois pas que ce soit une bonne idée. Je vais me reposer.

– Non, il faut que je te parle. Maintenant.

Son ton était autoritaire, sans appel. Je me suis assise face à elle.

– Je suis désolée pour Noah. Je croyais que tu étais amoureuse de Lucas, que Noah était libre... Si j'avais su... enfin, ça n'a plus aucune importance.

– Ça en a pour moi ! me suis-je exclamée.

– Non, ce n'est pas ce que je voulais dire... C'est juste que, je sais que tu ne voudras plus jamais me reparler après ce que je vais t'avouer. Je le comprends et je l'accepte. Si je pouvais revenir en arrière, je changerais tellement de choses, et surtout, je ne me serais jamais approchée de toi. Je ne peux pas changer le passé, mais je n'en peux plus de mentir à tout le monde. À toi, à Olivia et à moi-même. Alors, voilà toute l'histoire.

Elle a marqué une courte pause et j'ai haussé les épaules. Malgré son discours poignant, je n'avais que faire de ce qu'elle pourrait me raconter. En ce qui me concernait, je savais déjà le pire. Je ne me suis jamais autant trompée de ma vie. Elle a poursuivi.

– Quand je suis arrivée à Albany High, j'étais tellement contente de retrouver Olivia ! Quoi que tu puisses penser d'elle, c'est une de mes plus vieilles amies, et bien que j'étais triste de quitter mes copines de New York, je savais que j'allais être entre de bonnes mains dans mon nouveau lycée. Et puis, je t'ai rencontrée. Je sais que tu ne me croiras pas une fois que tu sauras toute la vérité, mais j'ai tout de suite eu de la sympathie pour toi. J'étais nouvelle, j'avais envie de me faire plein d'amies, et j'étais tellement contente d'entrer dans un journal tout aussi prestigieux que celui que j'avais laissé à New York. Dès que je suis venue vers toi, j'ai senti ta réticence envers moi, mais j'ai décidé de l'ignorer. J'étais persuadée qu'il y avait une affinité entre nous, et j'ai persévéré. Olivia l'a remarqué et elle n'a pas apprécié. Elle m'a mise en garde contre toi, plusieurs fois, et m'a conseillée de ne plus te parler. Je ne l'ai pas écoutée. Je savais que mon amie pouvait être un peu snob parfois, et qu'elle pouvait être assez dure quand elle avait une dent contre quelqu'un, mais je me suis dit qu'elle finirait bien par voir que tu étais une fille géniale et que l'on pourrait toutes devenir copines.

– Ah, jamais de la vie ! ai-je raillé.

– Oui, je l'ai vite compris. Quand Olivia a vu que nous nous rapprochions malgré ses avertissements, elle m'a tout déballé. De mon côté, je ne pouvais pas croire que tu étais capable d'une chose pareille.

– Qu'est-ce que tu racontes ?

– Olivia m'a expliqué que, l'année dernière, tu avais essayé de lui voler son petit copain, Nathan. Elle pense même que vous êtes sortis ensemble derrière son dos. Mais Nathan était fou d'elle ! Je le savais, elle n'arrêtait pas de me parler de lui. J'avais toujours pensé qu'ils formaient un couple si solide et si glamour que rien ne pourrait leur arriver. Puis, elle m'a dit que quand tu as compris qu'il ne la quitterait pas pour toi, tu t'es acharnée sur lui. Tu as fouillé dans son passé, dans les archives du journal, jusqu'à en ressortir l'histoire de la disparition mystérieuse de…

– … Sarah Drake [1].

– Alors, c'est bien vrai ?

J'ai baissé les yeux. Naya a dégluti bruyamment avant de poursuivre.

– Elle m'a même fait lire l'e-mail anonyme qui avait été envoyé à tout le lycée, qui confessait la vérité sur Nathan dans tous les détails. Olivia a été humiliée. Tout le monde savait désormais qu'il l'avait trompée à plusieurs reprises et qu'il se servait d'elle pour assurer ses ambitions de journaliste. Olivia a pleuré pendant des jours, dévastée par le fait que Nathan ne l'avait jamais aimée. Et elle est convaincue que cet e-mail venait de toi.

– Elle a raison, ai-je répondu, dépitée.

– Et moi, je n'ai pas voulu y croire. La charmante Française que j'avais appris à connaître au journal ne pouvait pas être responsable d'une telle atrocité. Pourtant, je voyais bien que notre amitié blessait Olivia, et j'ai commencé à douter. Elle a continué à me dire que tu n'étais pas qui tu prétendais être et qu'elle allait le prouver. C'est là qu'elle m'a demandé de t'inviter à sa soirée pour que tu rencontres Erik. Elle ne m'a pas dit pourquoi, juste que vous devriez très bien vous entendre.

– Qu'est-ce qu'Erik vient faire là-dedans ?

Naya m'a lancé un regard peiné, et a poursuivi.

– Mais c'est aussi lors de cette soirée que toi et moi avons décidé de travailler ensemble. Je n'y pouvais rien, moi ! C'était la première fois que je rencontrais quelqu'un avec qui je pouvais vraiment partager ma passion pour

---

1. Vous vous souvenez de la fameuse Sarah Drake du tome 1, que Nathan avait séduite dans le but de faire passer son talent pour le journalisme comme sien ?

l'écriture. Et quand tu m'as proposé de travailler avec toi et Noah sur ton scénario, j'étais aux anges ! Et tout a dégringolé quand j'ai été nommée rédac' chef adjointe.

– Olivia devait être ravie.

– Elle l'était, je ne vais pas te mentir. Et moi, bien sûr, j'étais super-heureuse ! Je savais que ma quantité de travail au journal allait être décuplée et que tu allais être contrariée par ta défaite – je l'aurais aussi été à ta place – mais, bizarrement, peut-être, j'espérais que je pourrais toujours faire partie de votre équipe avec Noah. J'avais pris tellement de plaisir à nos premières séances !

– Et moi, je ne voulais plus jamais entendre parler de toi, surtout que tu m'avais aussi volé le garçon qui me plaisait.

– Ça je n'y pouvais rien ! Et ça m'a fait de la peine, honnêtement. Je savais que c'était peut-être mieux comme ça – c'est certainement ce que mes copines pensaient – mais je n'arrivais pas à tourner la page. Comme tu le sais, Noah et moi avons continué à travailler ensemble et à ma grande surprise, tu as fini par nous rejoindre. Quand elle l'a appris, Olivia a vu rouge, tu ne peux pas imaginer !

– Si, j'imagine très bien.

– Enfin, moi qui la connais depuis toujours, je l'avais rarement vue aussi contrariée. Elle était persuadée qu'après tout ce qui s'était passé, toi et moi, c'était fini. C'est là qu'elle m'a raconté que tu étais la fille d'un riche et célèbre entrepreneur anglais, un certain Paul Walmsley, qui avait abandonné ta mère avant ta naissance.

Naya a pris note de l'expression d'horreur qui est passée sur mon visage, mais ne s'est pas interrompue.

– J'ai trouvé cette histoire complètement insensée ! Ça ne pouvait pas être toi la fille dont Olivia parlait ! Mais Olivia est mon amie, pourquoi m'aurait-elle menti ? Alors, un jour, je ne sais pas si tu te souviens, je t'ai posé la question discrètement et…

– … et je t'ai dit que je ne savais pas qui était mon père.

– En effet.

– Mais c'est mon histoire, ça Naya ! Ça ne regarde personne ! Ni Olivia, ni toi, personne ! Et je ne sais pas comment Olivia a appris ça, mais elle n'a pas le droit !

– Comme toi tu n'avais pas le droit de l'humilier devant tout le lycée. En tout cas, le fait est que j'ai commencé à me poser de sérieuses questions à ton sujet. Se pouvait-il que tu sois vraiment une menteuse, et prête à tout pour piquer le petit copain d'une fille qui ne t'avait rien fait et lui gâcher la vie ? Faisais-tu vraiment semblant d'être une fille simple et sans prétentions, alors que ta famille est l'une des plus connues d'Angleterre ? Aussi, quand Olivia m'a dit qu'elle avait besoin de mon aide pour prendre sa revanche, j'ai accepté de l'aider, sans savoir dans quoi je m'embarquais.

– Mais tu ne connais pas ma version des faits ! Tu n'étais pas là !

– Je sais, je m'en rends compte, maintenant. Mais il est trop tard.

– Pardon ?

– Je n'avais pas l'intention de te faire beaucoup de mal, au départ. Elle m'a expliqué le marché qu'elle avait conclu avec Erik. Elle lui avait dit tout ce qu'elle savait sur toi et ta famille – et ne me demande pas comment elle l'a appris, Olivia sait se débrouiller – et l'avait chargé de trouver des preuves mais, surtout, d'obtenir une confession de ta part.

– Et en quoi cela pouvait-il intéresser Erik ? Ne me dis pas que c'est parce que lui aussi a grandi sans père !

– Oh, Violet ! a gémi Naya. Erik a toujours connu son père. Ses parents sont mariés et il vit chez eux avec sa petite sœur.

– Hein ? Mais pourquoi m'a-t-il fait croire cela ?

– Les garçons se mettent toujours en quatre pour aider Olivia. Et puis, il aurait un article exclusif pour son site, alors, crois-moi, il ne s'est pas fait prier.

Soudainement, j'ai eu du mal à respirer.

– Attends, je crois que je n'ai pas bien compris. Erik va publier mon histoire ? La vérité sur mon père ? Mais c'est un secret !

– C'est bien pour ça qu'Olivia voulait le faire éclater. Elle a très vite compris que tu voulais que personne ne le sache.

– Mais Naya, c'est impossible, il faut qu'on l'arrête, il ne peut pas faire ça !

– C'est trop tard, Violet. Mais surtout, ce n'est pas la fin de l'histoire. Alors qu'Erik menait sa petite enquête dans son coin, Olivia a décidé que ça ne suffisait pas. Elle voulait vraiment te faire du mal et m'a demandé de participer à notre film. Ça ne me paraissait pas si terrible comme idée. Après tout, on n'y arrivait pas tout seul. Je ne crois pas qu'elle avait l'intention de faire couler notre projet, juste de s'impliquer assez pour te faire complètement tourner en bourrique. Mais ce que ni elle ni moi n'avions prédit, c'est que tu annulerais tout.

– Tu me connais décidément très mal.

– Sans doute. Mais malgré tout ce qu'Olivia m'avait dit sur toi, je n'avais pas non plus envie de détruire ce pour quoi nous avions déjà tant travaillé. Et tu vois, je crois qu'Olivia voit plus clair que moi. Elle savait d'instinct que tu allais nous jouer un mauvais tour et elle n'avait pas l'intention d'en rester là.

– Mais comment a-t-elle su pour les *Young Screenwriter Awards* ?

– Elle a appelé ses contacts chez BCP et a récupéré le numéro de Carroll Egan. Olivia s'était souvenue que tu travaillais avec elle, et elle se doutait que tu avais dû lui parler de notre film. Alors, elle a contacté Carroll sous un faux prétexte. Elle lui a dit qu'elle était en train de t'aider à réaliser ton film et voulait savoir si on pouvait utiliser du matériel de BCP. Bien sûr, elle savait que la réponse serait négative, mais Carroll a mordu à l'hameçon et lui a répondu qu'elle était bien au courant de ton projet, puisqu'elle t'avait conseillé de le soumettre aux *Young Screenwriter Awards*. Olivia a fait quelques recherches et s'est rendu compte que tu n'avais pu poser ta candidature qu'en prétendant être l'unique scénariste.

– Et elle s'est précipitée pour te rapporter tout cela.

– Bien sûr. Son but premier était de me prouver que tu étais la pire fille au monde. Alors, quand elle m'a présenté son plan pour t'asséner le coup final, je n'ai pas hésité une seconde.

Je commençais à souffrir d'un gros mal au crâne. Tout cela devait être un cauchemar, un véritable cauchemar ! Et pourtant, Naya avait décrit les événements avec une logique implacable et indiscutable. J'ai dû me faire violence pour ne pas m'écrouler sur le canapé. Mais, comme Naya l'avait si bien dit, l'histoire n'était pas terminée.

– Elle voulait te faire mal, vraiment mal, de la même façon que tu l'avais fait souffrir. Alors elle a décidé que l'article d'Erik ne serait pas suffisant. Son site commence à se faire connaître, et des milliers de personnes le consultent chaque jour, mais ce n'était pas assez pour elle. Il fallait qu'elle frappe plus fort et te rende la monnaie de ta pièce. Et moi, je ne voyais plus aucune raison de ne pas l'aider quand elle m'a demandé de publier le même article dans l'édition de l'*Albany Star* de la rentrée.

Une sirène d'alarme a retenti dans tout mon être.

– Je n'avais jamais envisagé que tu reviendrais vers moi. En plus, après ce qui s'était passé entre Noah et moi, j'étais sûre que notre petit groupe était dissous pour de bon. Je sais que ça ne changera rien mais, au dernier moment, quand nous nous sommes réconciliées, j'ai essayé de faire marche arrière. L'article était prêt, et Olivia et moi étions déjà convenues d'un plan pour passer outre Nick et insérer l'article dans le journal sans qu'il le sache. Tout était mis en place, mais j'ai supplié Olivia d'abandonner. Malgré tout ce que tu m'avais fait, tout ce que tu avais fait à mon amie, je ne voulais pas être de ces filles-là, revancharde, aigrie, manipulatrice. Mais Olivia a insisté jusqu'à ce que je craque. Elle m'a dit que si je ne l'aidais pas, c'était comme si je me rangeais de ton côté et qu'elle ne serait plus jamais mon amie, qu'elle, Alyssa et Rebecca se retourneraient à jamais contre moi. Tu comprends ?

Oh, je comprenais. Je ne comprenais que trop bien. Comme mon père l'avait prédit, notre secret allait éclater au grand jour. Sa famille allait être salie, harcelée, scrutée dans les moindres détails. Et désormais, aux yeux du monde entier, je ferais partie de cette famille-là. Mais de quoi pouvais-je me plaindre ? Ce calvaire, c'est moi qui nous l'avais imposé. Les ennuis ne faisaient vraiment que commencer.

Violet Fontaine

Le
LookBook
des filles
Fleurus

MEGA
TESTS
Vraie guerrière, douce rêveuse ou folle rockeuse ?
Plus de 300 pages de tests !
Fleurus

COMMENT J'AI RENCONTRÉ
mon Prince Charmant
(OU PRESQUE...)
By Mademoiselle
FLEURUS

Love,
friendship
et autres complications
FLEURUS

Composition et mise en pages : Facompo, Lisieux
Achevé d'imprimer en mars 2013
par Legoprint (Italie)
Dépôt légal : avril 2013